謹訳 源氏物語 九

改訂新修

林望

装訂　太田徹也

目次

訳者からのおことわり

宇治十帖のうち、橋姫と椎本は、その前の匂宮三帖と時代が一部重なっているが、その竹河に、夕霧は右大臣から左大臣に昇格し、同時に薫は中納言になったという記事がある。また椎本の中でも薫の中納言昇任の記述がある。しかるに薫が中納言になって以降も、夕霧は右大臣のままの本と、左大臣とする本とあって、この夕霧の官名記述には諸本間に混乱が認められる。本書では、読者の通読上の便宜を考慮して、総角以降の帖々については、夕霧の官名は左大臣とする本（湖月抄等）に従い、便宜左大臣に統一することとした。

早蕨
さわらび

薫二十五歳

新春、独り残された中君の憂い

日の光藪《やぶ》しわかねば石上《いそのかみ》ふりにし里に花も咲きけり

ああ、こうして春ともなれば、陽光はどんな藪にも隔てなく降りそそぐものゆえ、もうすっかり忘れられ古びてしまったこの片里《かたさと》にも、また花が咲いたなあ……と昔の人は詠《なが》めたものだが、今こうして年が明けて春の光を見るにつけても、中君《なかのきみ》は、いったいどうしてこんなふうに自分ばかり生き長らえた月日なのであろうと、姉にまで先立たれて以来の日々を、ただただ夢でも見ているように感じるのであった。

またいにしえの人は「花鳥《はなとり》の色をも音《ね》をもいたづらにもの憂《う》かる身は過《す》ぐすのみなり（花が咲いたといっても、鳥が鳴いたといっても、ただただ空《むな》しいこととして、見過ごし聞き過ごすのみだ、物思いに心の晴れぬ我が身には）」と嘆いたけれど、姉妹の姫君は、季節の移りかわる折々ごとに、花の色につけ鳥の声につけ、いつだって明け暮れ心を同じくして眺めては、かりそめに歌を詠むとても、その上《かみ》の句と下《しも》の句を互いに分担して歌い交わしなどしながら、父宮亡きあとの心細い生活の憂《うれ》わしいことも辛《つら》いことも、仲睦《なかむつ》まじく語り合って来たのだった。さればこそ、寂しい心を慰めるよすがともなったのであったけれど、今ではもう、どんなに風情豊かなことや心に沁《し》みるようなことがあったとしても、話して解ってくれる人もいなくなってしまった。

こうなっては、もはや憂《うれ》いを晴らすべき折とてもなく、ただただ心を砕くように悲しみにくれている。そうして、父宮が世を去られた時の悲しさよりも、姉君をまでも喪《うしな》った今のほうが、恋しさも悲観的な気持ちもひとしおであった。

中君は、〈どうしよう、どうしよう……〉と、夜の明けるのも日の暮れるのも覚えぬほどに心惑いして過ごしていたが、さりとて人には定まる寿命というものがあるゆえ、生きているべき年月のあいだは、死にたくても死ぬことができぬ。こんな状況は、ただもう情《なさけ》ないばかりであった。

宇治山の阿闍梨、文に添えて山菜を贈り来る

かの宇治《うじ》山の阿闍梨《あじゃり》のもとからは、

「年が改まりまして、姫さまには、いかがお過ごしでおわしましょうか。姫さまのご息災のためのお祈りは、すこしもたゆまずお勤めいたしております。今となりましては、中君さまお一人の御身《おんみ》を、精々心込めてお祈り申し上げております」

などという手紙に添えて、蕨《わらび》、土筆《つくし》などの山菜をば、風情ある籠《かご》に入れて、

「これは当寺の童僕《わらわべ》どもが仏様に供養いたしました初物《はつもの》でございます」

と一筆《いっぴつ》添えて贈ってきた。その筆跡はひどい悪筆で、文の奥なる歌も、なにやら経典の文字よろしく一字一字放《はな》ち書きにして、こう詠んであった。

「君にとてあまたの春を摘みしかば
　常《つね》をわすれぬ初蕨《はつわらび》なり

亡き父宮さまにとて、ずいぶん多くの年数を積(つ)んで、春の初物を摘(つ)んで差し上げましたから、

今年もその常々のご奉仕を忘れずに進上《しんじょう》いたします初蕨でございます

どうぞ、この歌も姫君の御前《おまえ》にてご披露ねがいます」

どうやら、こんなことも大切に思いを巡らして、精々苦心の末に詠み出《いだ》した歌であろう

と思うと、へたくそながらに、その真心にいたく感動する中君であった。されば、いいかげんな出任《でまか》せめいて、それほど真心を込めたとも思えないように見える歌などを、それでも流麗な筆で、あれこれと歓心を買うべく言葉を尽くして書いてくる匂宮《におうのみや》の手紙などよりも、格別目が留《と》まって、涙さえこぼれるほどであったから、ただちに返事を書き送ることにした。

この春はたれにか見せむ亡き人の
かたみに摘める峰の早蕨《さわらび》

さあ、この春はいったい誰に見せたらよいのでしょうか。今は姉も亡くなってしまって……亡き父宮の形見(かたみ)として、この竹籠(かたみ)に摘んでくださった峰の早蕨を……

この歌と共に、中君は、使いの者に褒美の品を授けさせる。

まことに今が女盛りの中君は、匂うように色香豊かな人であったが、それが、このところのさまざまな物思いのために、すこし面瘦《おもや》せしているのは、たいそう貴《あて》やかですっきりとした美しさがいや増しになって、亡き大君《おおいぎみ》を彷彿《ほうふつ》とさせるところが見える。

二人の姫君が揃《そろ》っていた時分には、その美しさもとりどりで、まったく似ているようには見えなかったものだが、大君がもうここにはいないのだということをつい忘れて、ふとそれかと錯覚してしまうほど、よく似通っている。されば、

「中納言殿は、蟬《せみ》の抜け殻のように残しておいていつも眺めていたい、と仰せになって、明け暮れに恋しがっておられたように拝見いたしますものを……」

「ですからね、同じことなら、この君とご夫婦になられたらよかったに……ああ、そういうご宿縁ではなかったことが口惜しいこと……」

などなど、中君の近くに仕える女房どもは、口々に残念がるのであった。

薫《かおる》が宇治へ通ってこなくなって以後も、家来衆のなかに宇治の女房に通ってくる男があるゆえ、その人を通して、その後の互いの様子などは、絶えず聞き交わしあっている。そうして、大君の他界後、薫が限りもなくぼんやりと悲しみに沈んでいて、新しい年が来たことも喜ばず、ただもう涙ぐんでばかりいると聞いて、中君は〈そうだったのか、さては中納言さまのお気持ちは、うわべばかりの懸想沙汰《けそうざた》ではなくて、心底《しんそこ》から思っていてくださったのだ〉と、今という今、しみじみと薫の真心を思い知るのであった。

しかるに、匂宮のほうでは、もはや宇治へ出向くということも、とても窮屈で出来難い立場ゆえ、実際には通っていくこともなりがたい。この上は、中君を京の二条院のほうへ

迎えとろうと、そう思い定めたところであった。

薫、匂宮と語り合う

正月二十日過ぎの宮中の内宴《ないえん》も終わり、なにかと公務繁多《はんた》の時をすごして、中納言薫の君は、胸一つに納めて置けない悲しみを、さて誰と語り合うことができようかと考えたとき、この人をおいて他には心を通わしあう人もあるまいと思って、同じ六条院の内の匂《におう》兵部卿《ひょうぶきょう》の宮の部屋へ出向いていった。

折しも、しんみりとした夕暮れであった。

匂宮は、ぼんやりと物思いに耽《ふけ》りながら、端近《はしぢか》なところに座っていた。そうして、箏《そう》の琴《こと》を掻《か》き鳴らしながら、またあの、お気に入りの紅梅の香を賞翫《しょうがん》している。そこへ、白梅の下枝を押し折って手に持った薫が入ってくると、梅が香《か》と薫中納言の体の香と渾然《こんぜん》一体、たいそう優艶《ゆうえん》な薫りが充《み》ち満ちてすばらしく、匂宮は、折も良し、たいそう興趣深く思って、

折る人の心に通ふ花なれや
色には出《い》でずしたににほへる

折る人の心と気心の通う花なのであろうか、見ればその梅、
色には出さず、ひっそりと匂うているな……もしや表面には顕わさねど、
下心にあの姫君を思っているのではあるまいかね

と、こんな戯《たわむ》れを歌いかける。薫は、

「見る人にかこと寄せける花の枝《え》を
心してこそ折るべかりけれ

ただこうして賞翫しているだけの私に、とんだ言いがかりを……
そんなことなら、花の枝は、もっと用心して折ってもよいところであったな

まことに煩《わずら》わしいことを仰せになる」

と、戯れ返す。

こんな冗談を平気で言い合えるとは、この二人、たいそう仲良しの間柄なのである。

それから、心濃《こころこま》やかにあれこれの物語をするうちに、あの宇治の山里の消息を……まずはどうしているかと、宮は尋ねる。

薫の中納言も、過ぎ去った日々のことどもが、残念で悲しくてならないこと、また初めて姫君たちの姿を垣間見《かいまみ》して以来、今日に至るまで、自分としては大君に寄せる思いが絶えざるものであったこと、あの時はああであった、その折はこんなふうであった、などなど、しみじみと哀しかったことや、また面白可笑《おか》しかったことを、世に「泣きみ笑いみ」とかいうような調子で、泣いたり笑ったりしながら打ち明け物語る。これを聞いている宮は、もとよりあれほどに多情多恨、しかも涙もろい性格ゆえ、我が身ならぬ人の身の上のことにまでも、涙で袖も絞るばかりになって、どこまでも打てば響くように反応しながら聞き入っているようであった。薫にとって、宮は、まことに話し甲斐《がい》のある相手でもあった。

このやりとりに感応してか、空模様もまた、いかにも人心の哀しみを知って涙ぐんでいるかのように、ぼうっと霞《かす》みわたっている。

夜になると、烈《はげ》しく風が吹き出してきた気配、それは春とは言いながらまだまだ冬めいて、たいそう寒そうに、灯明台《とうみようだい》の火も消え消えとなる。

「春の夜の闇《やみ》はあやなし梅の花色こそ見えね香やは隠るる（春の夜の闇はわけがわからない。梅の花の形は見えないのに、香りだけは隠れることもないのだから）」といにしえの歌にあるごとく、火が消えて闇になると互いの姿も見えない心もとなさとなったけれど、それでも、互いの薫香は匂いあって、どちらも話しを途中で打ち切ろうとも思わず果てしない物語、まだまだ心ゆくまで語り尽くさぬうちに、夜もたいそう更けた。

あれほど幾夜も共にしながら、ついに清らかな関係のままで過ごした、世にも稀《まれ》なる仲らいの睦《むつ》まじさについて、宮は、

「いやいや、そうは言うけれど、ほんとうのところは、そんな聖人君子のようなことばかりでもなかったのではないかな」

とて、まだまだ語られていないことが残っているかのような口ぶりで、せいぜい問い詰めようとするのも、色好みの宮の心からすれば、いかにも納得できかねてのことであったろう。

さはさりながら、宮は、その道にかけては酸《す》いも甘いも嚙《か》み分けた人、嘆きに沈む薫の

心のうちも晴れやかになろうかというほどに、かつは慰め、かつはまた悲しみを軽減させるべく、さまざまに語らっている、その宮の親身な応対の巧みさに、ついついほだされて、まことに、心ひとつに余るほどにわだかまった憂愁も、こうして少しずつ告白していくにつれて、薫は、すーっと胸が晴れていく心地がするのであった。

匂宮、中君を二条の院に迎えたいと薫に相談

宮は宮で、あの中君をいよいよ近々《きんきん》にも京へ迎えとるための、あれこれの支度などについて、薫に折り入って相談する。薫は、

「ああ、それはまことに嬉《うれ》しいことでございますね。不本意ながら、わたくしの過ちであったと、そう思っております、あの……宇治の姫君（大君）のことは、あんなふうに亡くなられてしまいましたゆえ、後ろ髪を引かれるような思いが残っておりまして……そのゆかりの人をなんとか探そうと思いましても、妹君の他には求めることも叶《かな》いませぬこと……さればなんと申しましょうかな……、特別なる思いをかける……とかではなく、ただ一般的な意味で申すのですが、何ごとにつけ日々のお世話などしてさしあげなくてはなら

ない方だ……と、さように心得ておりまして……もしや、それもよろしくないと宮は思《おぼ》し召されましょうか」

こんなことを語るついでに、あの大君が、姉妹は一心同体なのだから、妹を別の存在だと思うことなく、自分の代わりに妹に思いを掛けてやってほしいと、そんなふうに譲ろうとした心向けのほどなど、かれこれ少しばかり物語りはしたけれど、「恋しくは来ても見よかし人づてに磐瀬《いはせ》の森の呼子鳥《よぶこどり》かな（そんなに恋しいのなら、直接に来てごらんなさい。人伝てになにやかやと言〔い〕わせて、私を呼〔よ〕ぶのでなくて……磐瀬〔いわせ〕の森の呼子鳥〔よぶこどり〕でもあるまいし）」と古歌にあるごとく、人伝てでなくて直接にあの中君と語り合った一夜のことは、なにも話しはしなかった。

そうして、薫の心中に去来するのは、〈これほどまでに尽きることなく恋しい大君の形見としてでも、ええい、まったくの話、あの中君を自分がこんなふうに京の邸《やしき》にお迎えするべく、結婚のことなども考えればよかったものを……〉という悔恨であった。そんな気持ちはだんだんと強くなってゆくけれど、〈……いやいや、そんなことを今さら思ったとて何になろう、どうあってもそれは甲斐なきこと、いつもいつもこんなことばかり思っているようでは、しまいにとんでもない横恋慕《よこれんぼ》の心が出《い》で来《こ》ぬとも限らぬ……それは、自分にとっても、宮にとっても、ひいては双方の家族にとっても、無益で愚かなことに違いない……〉と強いて諦《あきら》めるように自分の心に言い聞かせる。

〈……さはさりながら、宮のものとなってそんなふうに京へ迎えられるについては、親代わりになって、心底《しんそこ》親身にお世話をする後見人としてならば、自分を措《お》いていったい誰がその任に堪《た》えようか〉とも思うゆえ、姫君の移転《わたまし》についてのあれこれ一切を、薫は、心にかけて用意させるのであった。

しかるに、宇治の山荘のほうでも、こういうことになった以上はとて、新たに姿のよい若女房やら女《め》の童《わらわ》やらを雇い入れるなどして、女房たちは、今こそ晴れ晴れとした気分で、わくわくしながら過ごしているのだが、肝心の中君ばかりは、とてもそんな気持ちにはなれなかった。

古い歌に「いざここにわが世は経《へ》なむ菅原や伏見《ふしみ》の里の荒れまくも惜し（さあ、この場所で私は一生過ごすことにしよう。よそへ移って、ここ菅原の伏見の里が荒れ果ててしまうのも惜しいから）」と歌ってあるのを思い出しては、〈……もうこれ限りと思い切って宇治を捨て、この邸を荒れ果てさせてしまうのも、ほんとうに寂しいことだし〉と、中君は、ため息ばかりつきながら限りなく懊悩《おうのう》しているものの、〈……といってまた、無理に強情を張って、この山荘に一生籠居《ろうきょ》していたとしても、この先しっかりとした後ろ楯があるわけでもなし……〉とも思う。そうして、宮が「こんな不便なところにおいでては、今は浅からぬ仲の契《ちぎ》りを結んだとて、いずれは通いきれなくなって、絶えてしまうかもしれぬ、そのことをどうお思いになりますのか」と、ひたすらに恨みがましく訴えてくるにつけても〈宮の仰せにも一理あることと思われるし……ああ、どうしたものであろう〉と、ひたすら思い乱れる中君であった。

中君、喪服を脱ぐ

その移転の予定が二月《きさらぎ》の初めごろ、ということゆえ、次第にその日が近づいてくると、花の木々の蕾《つぼみ》もだんだんと咲きそうになってくるのも、このまま見ずに行くのは残念だし、峰々に霞が立つのを見ても、「春霞立つを見捨てて行く雁《かり》は花なき里に住みやならへる（ああして、春霞が立っているのを見捨てて北へ帰ってゆく雁は、もしや花というものの無い里に住み馴《な》れているのであろうか）」という古歌の心も思い合わされる。けれども、あの北の故郷、常世《とこよ》とやらへ帰って行く雁とはことかわり、自分はまったく見も知らぬところでの旅寝に等しい移転で、こんな草深いところから天下の都に上《のぼ》っていくからには、どんなにみっともなく物笑いの種になるようなことも出来《しゅったい》するだろうか、などと思うては、なにもかも思い臆《おく》することばかり、中君は、おのが胸一つに悶々《もんもん》として、物思いのうちに日々明かし暮らしている。

姉の死に対しては軽い服喪の定めで、三か月と決まったものゆえ、はやくも喪服を脱ぎ捨て、死の穢《けが》れを落とすための禊《みそぎ》をするなどということも、なんだか姉への誠が浅いような気がして悩ましい。おなじ死別といっても、母君については、生まれたばかりのときに先立たれて、顔も見た記憶がないことゆえ、別に恋しいという実感もなかった。その母の身代わりとして、こたび姉の死に際しては、親の重い喪に服するときのように、濃い鈍色《にびいろ》の喪服を着たいと心に念じてそのように言ってもみたが、それでも、そんなことをすべき特段の理由づけも叶わぬことであるから、思うようにはならず、残念で悲しいことは限りもなかった。

中君、いよいよ京へ移る

中納言薫殿から、移転のための牛車《ぎっしゃ》、ならびにその前駆《さきが》けの者ども、方角などを考えさせるための陰陽博士《おんみようはかせ》など、ぬかりなく遣わされてくる。そのついでに、薫からは、

　はかなしや霞の衣《ころも》裁《た》ちしまに
　花のひもとくをりも来にけり

　あっけないほどたちまちに時は過ぎて、いつしか霞(かすみ)も立(た)ち、霞(かすみ)の衣（喪服）を裁(た)ち着たと見るまに、
　はやくも花が紐を解くように咲く頃になって、その喪服の紐を解く時がやってきましたね

と、こんな歌までも添えて、なるほどその歌に詠まれているとおり、花の色さながら色々に美しく汚れない装束《しようぞく》などを用意して贈ってくるのであった。そればかりでなく、京への移転の際に、奉仕した人々への褒美として与える衣裳《いしよう》のたぐいなども、けっしてこれ見よがしの仰々しいものではないものの、身分立場に応じて細かな配慮をしつつ、たいそ

う数多く用意してあった。

これには、女房たちも、

「なにかの折々ごとに、いつでも中納言さまは、忘れずに痒《かゆ》いところに手の届くようなお心配りをしてくださる……ほんとに世にあり得ぬほどのお心寄せで……」

「ええ、ええ、それはもう、実のご兄弟でも、とてもこうはまいりませぬこと」

などなど、薫への賛美を中君に吹き込む。とりわけ、もはやぱっとしない老女たちともなると、心ごころに、こういうことを特にしみじみとありがたく思って、熱心に中君に言《ごん》上《じょう》するのであった。

いっぽう、若い女房たちは、

「今までは、時々ではあったけれど、姫さまも、中納言さまのお姿を拝見し馴れていたものを、これからは、京の宮さまのお邸とあって、とてもそんなわけにはいかなくおなりになるのね」

「ああ、なんてお寂しくなられることでしょう」

「そうなったら、どんなに恋しくお思いになられるかしらね」

などなど、口々に噂しあっている。

いよいよ明日は姫君移転というその日、薫は、まだ朝早い時分に宇治の山荘へやってきた。

いつもの、西廂《にしびさし》の客座《きゃくざ》に入《い》り来るにつけても、〈ああ、大君がもしあんなことになっていなかったら、今ごろは、次第にこの山荘にも馴れ親しんでいただろうな……だいたい、ああやって京の邸に姫君を迎えとろうということだって、宮より先に自分が、思いついたことであったのにな……〉など、大君生前の様子や、また話してくれたかれこれの言葉の風情を思い出さずにはいられない。

〈かの君は……あんなふうに冷淡な人であったけれど、それでも、まったくよそよそしい、もってのほかだと思うようなあしらいをして、私に恥をかかせることなどはなさらなかったものだ。それなのに、私ときたら、自分の心ながら、あんなふうに妙なぐあいに善人ぶって自重したものだから、とうとう最後まで他人行儀のままになってしまった……〉と、薫は、胸の痛むような思いで、かれこれ追憶に耽《ふけ》る。

かつて垣間見をした障子口の穴のことも自然に思い出されるゆえ、近寄ってまた覗《のぞ》いてみたけれど、内部に簾《すだれ》などがきっちりと下ろしてあって、なにも見通すことができないのは、まことに甲斐のないことであった。

母屋《もや》の内でも、女房たちが亡き大君のことを、かれこれ物語りながら、しきりと泣き崩れている。中君は、ましてそれどころではなく、後《あと》から後から湧《わ》き出ずる涙の河に、まるで大河を前に渡り方も分からぬごとく、明日の京への渡りのことも忘れ、ただもうぼんやりと呆《ほう》けたようになって、物思いに打ち沈み臥《ふ》している。

薫は、女房を介して訴えかける。

「去年の末のご一別以来、すっかりご無沙汰に打ち過ぎ、積る話もかれこれございます。とくになにがどうということもございませぬが、胸のうちにわだかまる思いもございますので、その片端《かたはし》だけでもお打ちあけ申しなどして、思いを慰めたいと存じます。されば、例によってのそっけなく疎々《うとうと》しいお仕打ちをしてくださいますなよ。姉君さまもおわしまさぬ今、そんなことでは、ますますどこか見も知らぬ世界に放り出されたような心地がいたしますほどに……」

これを聞いて中君は、取り次ぎの女房に内心を打ちあける。

「なにも、そんなにそっけない人間と思われるような仕打ちをしようと思っているわけではないけれど、……どうしたものでしょうか……なんだか気分が悪くて体の調子もおかしいような感じがするし、ともかく今は辛くてなりません。こんなことでは、いつにもまして訳の分からない、とんでもないことを口にしてしまいそうで、気恥ずかしいばかり……」

苦悩しながらこんなことを囁《ささや》くけれど、

「さりながら、このままでは中納言さまがお気の毒でございますよ」

「さ、ぜひご対面あそばしませ」

など、その場にいた何人かの女房どもが口々に諌《いさ》め勧めるので、中君は、とうとう中の隔ての障子口のところまで出て薫と対面することになった。

そうして、今見る薫の姿は、こちらが恥ずかしくなるくらいにすっきりとした美しさで、〈……以前拝見したときより、今はまた一段とご立派になっていらっしゃる〉と女房たちが目を瞠《みは》るばかりである。〈それに、あの嗜《たしな》み深いお身のこなしも、ほかに並ぶ人もないくらい、ほんとうにすばらしいお方……〉と、皆々の目には、そんなふうにばかり見える。

しかしながら、姫君の心はそう単純ではない。この薫の姿に、どうしても忘れることのできない亡き姉君のことまでもが、二重写しのように彷彿《ほうふつ》と思い出され、たいそうしみじみとした感慨を以て薫の姿を見ている。

薫は口を開いた。

「かの姫君の御物語など、お話し申したいことは山々ございますが、明日はおめでたい日でございますから、今日のところは、ご遠慮申しましょうか」

と、亡き人の話題には口を噤《つぐ》みつつ、話頭《わとう》を転じる。

「こんどお移りになる所にほど近いあたりに、いましばらくいたしましたら、わたくしも移転することになっておりますので、俗に申します『夜中といわず暁といわず』……というような按配《あんばい》にお親しくさせていただきまして……なにごとにつけても、どうぞお心置き無くご用命くださいませ。わたくしの命がございます限りは、いかようにもお申し付けのとおりにご用を承りなどしつつ過ごしたいものと存じております。この点、どのように思し召しておられましょうか。もとより、人によりお考えはさまざまでございます。これで、万一にもわたくしの独り合点《がてん》ではご迷惑にもなろうかと存じますゆえ、一存ではなんとも思い定めがたいことでございます」

薫がそんなことを申し入れると、

「わたくしは、この宇治の山荘を見捨てることはすまい、という思いが深うございますのに、……二条のどこかお近くへお越しになるとの仰せを承りますにつけても……心があれこれ乱れまして……もうなんとも申し上げようがございません……」

こう答える中君の声は、いかにもかすかで、ところどころ聞こえぬところもある。その声のかそけき調子といい、たいそう心哀しく思っている気配といい、あの亡き大君にたいそうよく似ている。

〈ああ、こんなによく似た妹姫を、自分のほうから進んで他人のものにしてしまったことよなあ……〉と、薫は今になってたいそう後悔しているけれど、いくら悔やんでもなんの甲斐もないことゆえ、いつぞや、間違えて同衾《どうきん》してしまった一夜、なにもせぬまま朝を迎えたあの時のことは、ついぞ口に出すこともせぬ。もうそんなことはすっかり忘れてしまったのかと思われるくらい、それはそれはきっぱりと襟《えり》を正した態度を持《じ》している。

庭前の紅梅の香をめぐって中君は薫と歌を唱和す

すぐ目前の庭に咲く紅梅、それはかつて亡き人が愛していた木であったけれど、その花の色にも香にも心惹《こころひ》かれて、人ばかりか鶯ごときものまでが、このまま見過ごしにはできぬとばかり、しきりと鳴いて渡るように見受けられる。ましてや薫と中君、ともに心の揺れる大君の想い出話ともなれば、かの『伊勢物語』に「月やあらぬ春や昔の春ならぬわが身ひとつはもとの身にして（月はあの昔の月ではないのだろうか、さてまた春は昔の春ではないのだろうか、ただわが身ばかりは昔のままなのだけれど……）」と昔男が嘆いたことも彷彿とするほど、ちょうどこの紅梅の花の折も折とて、しみじみと心に沁みたことであった。

風が、さーっと吹き込んでくると、花の香も薫の身より出る芳香も、渾然となってあたりに匂い満ちる。これもまた、またかの『伊勢物語』に「五月《さつき》待つ花橘《はなたちばな》の香《か》をかげば昔の人の袖の香ぞする（五月を待つ時分の、花橘の香をかぐと、昔馴染《なじ》んだ人の袖の香がする）」と、昔男の嘆いたことが思い出されて、いまここに香っているのは花橘ではないけれど、同じように、昔の人……あの亡き姫君の思い出ぐさともなるのであった。

〈姉君にとっては、所在なさを紛らすよすがともなり、また世の中の憂さを慰めるためにも、じっと心をとどめて愛惜《あいせき》なさったのは、あの紅梅であったものを……〉など、中君は、ついに心ひとつに留《とど》めかねて、

見る人もあらしにまよふ山里に
昔おぼゆる花の香ぞする

私が都へ行ってしまったあとには、もう見る人もあらじと思えるこの山荘……
折しも春のあらしに吹き荒らされる山里に、昔を思い出させる花の香がしています

と、一首の歌を口ずさむ。ただ、誰に聞かせようというつもりもないことゆえ、まるで呟《つぶや》くように幽《かす》かな声で、詠ずる歌が絶え絶えに薫の耳にも辛うじて届いてくるのを聴き、薫はすぐに覚えて、慕《した》わしげな声音で朗吟してみせる。そうして、歌を返した。

袖ふれし梅はかはらぬにほひにて
根ごめうつろふ宿やことなる

いつぞや一度は我が袖を触れたあの梅は、今も変わらぬ匂いがしていますが、
これより根こそぎに移っていかれるという家は、もうこことは違う所なのですね

薫はこんな歌を詠じて、下心に、かの一夜我が袖を触れた中君が、ここを出て二条の宮邸に移られたなら、もう別世界の人となってしまうのかと、それとなく嘆いてみせたのだ

った。そうして、堪《こら》えても堪え切れぬ涙を、体裁よく袖で拭《ぬぐ》い隠して、口数も少なく、ただ、

「またいつか、こうしてご対面くださいまして、穏やかにお話しできますようなら、何ごともご相談にあずかりやすきことと存じます」

など語りおいて、薫はさっと席を立った。

姫君の移転《わたまし》については、さまざまの支度が必要である。薫は、それらについて、ぬかりなく女房どもなどに命じておく。

主《あるじ》が出ていってしまった後《のち》も、この山荘の番人として、例の髭《ひげ》づらの宿直人《とのいびと》などは居残る予定なので、この近在にある源氏所有の荘園などに命じて、山荘へのしかるべき世話をするよう周到に手配するなど、日常のこまごまとした事柄までも、薫は、きちんと定めおくのであった。

かの弁《べん》は、

「こんなおめでたい移転に、わたくしごとき、思いもかけず長らえ惚《ほう》けております者が、お供などいたしますのは、なんとしても心苦しく存じますこと……また世間の方々もなん

だか忌まわしいことのようにご覧になるでしょうから、この際様を変えて、今はもうこの世にあるものとも知られぬようにいたしましょう」

と言い、髪を切って尼姿《あますがた》になっていた。

そんな弁を、薫は強いて呼び出し、柏木や大君のゆかりの者よとて、深い感慨とともに対面した。そうして、例の昔物語などさせては、

「この山荘には、今後もなお時々は参上したいと思うけれど、ゆかりのある人が誰もいなくてはいかにも心細いことと思うておった。しかし、そなたが、こうして様を変えてここに留まってくれるのは、まことに胸に応《こた》えて嬉しかろうということぞ……」

と、言いも果てず、薫は泣き崩れる。

「さても、昔の人が『あやしくも厭《いと》ふに栄《は》ゆる心かないかにしてかは思ひやむべき（なんと不思議なことに、厭わしく思われるほど却《かえ》っていっそう盛んになる恋しさよ、どうしたらこんな思いを止《や》めることができようか）』と嘆かれたとおり、もう早くこの世にお暇《いとま》をいたしたいと思えば思うほど、その思いとは裏腹に延びてまいります馬齢《ばれい》が辛《つろ》うございます……それにつけても、亡き大君さまはまた、このわたくしにどうせよというおつもりで、こんなふうに憂き世にうち捨てて先立たれてしまったのでございましょう……『大方《おほかた》のわが身一つの憂

きからになべての世をば恨みつるかな（なにもかもわが身から出た錆《さび》にて、こんなに辛い思いばかりしているのを、おしなべて世の中のせいにして恨んできたことよな）』と昔の歌にもございますとおり、ただもうわたくしを置き去りにされて亡くなられた姫君が恨めしくて、こうして思いに沈んでおりますれば、ああ、その妄執ゆえのわが罪障も、どれほどに深いことでございましょう」と、弁はかねてよりの思いのほどを、あれもこれもと訴え続ける。これには、薫も、〈いつまでもぐずぐずと愚痴めいたことを〉と思うけれども、そこは面《おもて》には出さず、言葉を尽くしてよくよく言い慰めるのであった。

弁は、ずいぶんと年をとっているのだが、昔は濁りなく美しげであった黒髪を、今は尼らしく短かく削《そ》いでいるので、額髪《ひたいがみ》のあたりなど、すっかり様子が変わってしまっているる。が、そのため却っていくらか若返ったように見えて、それなりに上品な美しさである。

こんな弁の尼姿を見るにつけても、想起されるものは、かの亡き大君である。薫は、大君が、臨終を前にして、出家したいと懇願したのを退けたことを思い出した。そうして、薫の心はどうにもやり場のない思いに満たされる。

〈ああ、なんだってあの時、私は姫の出家の願いを聞いてやらなかったのであろう。尼姿にしてあげればよかったものを……。もしかしたら、その出家の功徳《くどく》で、命が延びるということだってあったかもしれない。……そうしたら、どれほど心を許し合って語りあうことができただろうか……〉など、ひとかたならぬ思いが薫の心を苦しめる。すると、こうして出家してのけた弁の尼までが羨《うらやま》しく思えて、もとより出家の思いやみがたい薫は、弁の尼が姿を隠している几帳を少し引きのけて、したしく顔を合わせては、心こまやかに語りあうのであった。

すると、なるほど、目《ま》の当たりの姿こそ物思いに呆《ほう》けているように見えるけれど、そのぽつりぽつりと物を言う様子や心用意など、なかなか見どころがあって、もともと嗜《たしな》み深い女房であった人の名残《なごり》が残っているように見えた。

弁は、一首の歌を詠じた。

さきに立つ涙の川に身を投げば
人におくれぬ命ならまし

老いたわが身に、まず先立つものは涙々々、いっそその涙の川に身を投げてしまったなら、こんなふうに姫君に死におくれるというようなこともありませんでしたろうにこう言いながら、弁はくしゃくしゃと泣き顔になっている。

「身を投げるなどとは、それはそれでたいそう罪深い行ないであろうぞ。さようなことでは、かの仏様のおわす彼岸《ひがん》のほうへ参ることは、とてもおぼつかぬ。そのようなあるまじきことまでしたとても、彼岸どころか、ついには深い闇の底に沈み果てて浮かばれぬことになるぞ……いずれ無益《むやく》なことだ。すべてこの俗世などは、なにもかも空しいことと、しっかり思い悟るべきなのだよ」

など、せいぜい言い聞かせる。そうして、

「身を投げむ涙の川に沈みても
　恋しき瀬々《せぜ》に忘れしもせじ

そなたは涙の川に身を投げたいという、いや、私とて思いは同じだが、
その涙の川の底に沈んだとしても、恋しい思いに駆られる折々は、
とてもあの姫君のことを忘れることはできぬにちがいない

ああ、いつになったら、こんな悲しみから少しでも慰められる時があるだろうか」

と、心くれ惑う薫にとって、恋の痛苦《つうく》は果てもなく続くような気がする。かの古歌に

「わが恋は行方《ゆくへ》も知らず果てもなし逢《あ》ふを限りと思ふばかりぞ（私の恋は、未来にどうなっていくのかもわからず、いつまで続くのか、その果てもないこと、さればこうして逢えた時に、もうこれきりだと思い定めようばかりだ）」と古《いにし》え人は詠じたが、もはや逢うことの出来ぬ身には恋の苦しみは、これきりという終わりなど考えようもないのであった。

このまま都へ引き揚げるという気にもなれぬまま物思いにくれているうちに、やがて日も暮れたが、だからといって、このままここにわけもなく泊まっていくというのも、匂宮などの咎《とが》めるところとなりはせぬかと、不都合な感じがするので、薫は仕方なく帰っていった。

弁と中君、別れの歌を詠み交す

弁は、薫君の切実な気持ちや、その悲痛な話しぶりを中君に物語り、ますます心の慰めようもなく涙にくれ惑うている。しかし、ほかの女房たちは、いよいよこんな山住まいから都へ帰れると思うと、みな満ち足りた様子で、新居の暮らしのための新しい衣裳などをせっせと縫ったりするのに余念もなく、もう年老いて醜くなった容貌《ようぼう》もどこ吹く風で、夢

中になってお洒落やお化粧などに精出している……そんなありさまをよそに、弁は、ますます地味な尼姿《あますがた》に窶《やつ》し窶して、

人はみないそぎたつめる袖の浦に
ひとり藻塩《もしほ》を垂《た》るるあまかな

他の人たちはみなご新居へ発(た)つ準備とて、衣を裁(た)つことに余念もないように見える袖の浦(うら)の浜辺にて、
わたくしひとりは、
まるで藻塩の雫《しずく》を垂れている海士《あま》のように、その袖の裏(うら)に涙をぽたぽた垂れている尼《あま》でございます

と思いのほどを訴えかけると、中君は、

「しほたるるあまの衣に異なれや
浮きたる波に濡《ぬ》るるわが袖

そなたは、藻塩垂れる海士の衣だと言うけれど、私だって、ちっとも変わることはありませんよ。ふわふわとどこへ漂っていくかも分からない今の私は、浮いて漂って波に濡れて、

そして涙に濡れるわが袖なのですからね

これから都へのぼって、宮のお邸に長く住みつくということも、思えばほんとうにあり得ないようなことだと思うから……あちらでの様子によっては、またここに戻ってきて、このままこの山荘を荒れたままにはしておかない……ということも思ったり……もしそういうことになったら、またそなたと対面することもあるに違いないけれど、それまでの、ほんのしばしの間《あいだ》にせよ、そなたがたった一人で心細くここに居残られるのを、見て見ぬふりをしてゆくのだから、それはもうほんとに気が進まない……。だいたい、そんな尼姿の人だって、かならずしも一途《いちず》に山奥に籠《こも》ってばかりでもないように見えますから、やはりね、そう頑《かたく》なな思いに凝り固まっていないで、世間並みに時々は京の邸のほうへも顔を見せてくださいね」

と、こんなことを、いかにも温かく親しみ深く語らうのであった。

そうして、亡き姉君が日常使っていた、思い出深い調度の数々は皆、弁のためにこの山荘に残し置いて、中君は、こうも語りかける。

「こんなふうに誰よりも深く姉君を慕って思い沈んでおられるのを見ると、そなたと姉君とは、きっと前世でも、取り分けて深い縁《えにし》に結ばれていたのであろうか……と思うにつけても、いっそう親しみを感じて心に沁みますよ」

その言葉を聞いて、弁は、ますます悲しみが募り、まるで子どもが母を慕って泣きじゃくるように、心を鎮めるすべもなく、前後不覚に泣き崩れている。

中君、いよいよ京へ出で立つ

隅々まで掃除を終え、なにもかもよく始末してから、迎えの車を簀子《すのこ》のところまで寄せさせて、そのまま中君は車に乗り込もうとする。車には、前駆《さきが》けの人々として、四位五位《しいごい》の官人《かんにん》がたいそう多く随従《ずいじゅう》している。

ほんとうを言えば、宮も、自身で宇治まで迎えに出向きたかったのだが、いかになんでもそれでは身分柄あまりにも大げさなことになって、却ってなにかと都合が悪かろうということで、そこはやせ我慢、すべてのことは忍び忍びのこととして処理しつつ、京のほうで、ただやきもきとして姫君の到着を待ちわびているのであった。

なおまた、薫のほうからも、前駆けに奉仕する人々を数多く差し向かわせた。

このあたりの、移転に関わるおおかたのところは宮のほうで差配しておいたようだが、それでも、姫君の手回りのことなど、ごく内々《うちうち》のあれこれについては、ただこの薫が、心にかけて隅々まで思いやりの行き届いた仕方で、一切を世話したのであった。

「はや、日も暮れましょう」

と、外からはお供の者どもが、また内には女房や乳母《めのと》たちが、口々に出立《しゅったつ》を促す。

中君は、なにやら急《せ》かされるような思いで車に乗るについても、〈さあ、これからどこの、どんなところへ行くのでしょう……〉と思うゆえ、ただもう心細く悲しく思われるばかりであった。それなのに、姫君のご用車に陪乗《ばいじょう》してゆく大輔《たゆう》の君という女房が、

ありふれればうれしき瀬にも逢ひけるを
身を宇治川に投げてましかば

生き長らえていればこそ、こんな嬉しい瀬にも巡り合えるものを、これで早まって、我が身を心憂(う)く思って、この宇治川(うじがわ)に身投げでもしてしまっていたら……ああ、どれほど悔やまれたことでしょう

と、こう詠じながら、にんまりと満面の笑みを浮かべるのを見て、〈なんてこと……弁

の尼の心がけに比べると、なんという違いなのだろう……〉と、中君はいやな感じに思うのであった。すると、もう一人の女房が、

過ぎにしが恋しきことも忘れねど
今日はたまづもゆく心かな

お亡くなりになられた姫君が恋しいという思いも忘れはしませぬが、
今日はまた、何といっても晴れやかなところへ行(ゆ)く日、心ゆくまで嬉しく感じられます

と、大喜びで詠じなどする。いずれもこの山荘に長く勤めてきた女房たちで、皆亡き大君に心を寄せていたと見えるものを、今はすっかり心を変えて、縁起でもない死者のことは口にせず、ただこんな嬉しがりの歌を詠んで移転を言祝《ことほ》いでいるのを見れば、中君の心には〈ああ、なんて情ない世の中でしょう……〉と痛憤《つうふん》の思いが湧き出《い》でて、もはや何を言う気にもならぬ。

やがて車は京への道を辿《たど》りはじめた。

その道中の、遥々《はるばる》と遠くまた険《けわ》しい山道のありさまを初めて実見して、中君は〈なんと

遠く険しい道のりなのでしょう……宮のお通《かよ》いがあんなに間遠《まどお》なのを、無情なお仕打ちだとばかり思って恨んでいたけれど、これほどの道をおいでになると知ってみれば、それも無理のないことであった……〉と、おのずからいくらか納得するところがある。

空には二月《きさらぎ》七日の月が清《すが》やかにさし出でて、その光が趣もゆたかにやや霞んでいるのを見ながら、姫は、京までの道のりがたいそう遠いうえに、かような道行きは経験したこともないことゆえ苦しくもあり、またついつい物思いに沈みがちになって、

ながむれば山より出でてゆく月も
世にすみわびて山にこそ入れ

こうして空も遥かに眺(なが)めながら、沈愁(ながめ)てみると、あの山から出て西へ行く月も、結局は、
この俗世には住(す)みかねて……ああして澄(す)みつづけてはいられなくなって、西の山に入るのですね

〈……それに引きかえ、我が身の上は、この先結局どうなってゆくのであろう〉と、そのことばかりが心に案じられて、行く末の不安なことを思うと、〈まったく、これまで自分

は、いったい何を思い悩んでいたのであろう。あんな宮になど逢わずにいたあの時分に、もう一度帰りたい〉と、中君はうち沈む。

中君、二条院に到着

こうして、宵を少し過ぎた頃に、姫は二条の宮邸に着いた。

二条院は、山育ちの姫の見たことも聞いたこともないような豪邸で、それはもう目も眩《くら》むほどの御殿が、あの催馬楽《さいばら》『この殿は』に「この殿は　むべも　むべも富みけり　三枝《さきくさ》の　あはれ　三枝の　はれ　三枝の　三つ端《ば》四つ端の中《なか》に　殿造《とのづく》りせりや　殿造りせりや（この御殿は　なるほど　なるほど豊かな御殿だ　福草《さきくさ》の　ああ、福草の　はあ　三つ棟四つ棟と殿造りしてある　殿造りしてあるよ）」と謡われているのさながらに、堂々と建ち並んでいる、その中に車を引き入れた。

宮は、もうずっと、今か今かと待ち遠しく思って待っていたところだったので、さっそく車のところまで、みずから立ち出でて、手ずから中君を下ろした。

姫の部屋のしつらいなどは、考えうる限りの立派さに造り、女房の局《つぼね》の端々《はしばし》に至るまで、宮がみずから心を配って調《ととの》えさせたことは誰の目にも著《しる》くて、それはたいそう理想的な佇《たたず》まいと見えた。宇治の山奥に育った姫を迎えるとあっては、さてどの程度のあしらいになるだろうかと公家たちは見くびっていたのだが、どうしてどうして、にわかにこれほどまでに立派な形で二条院へ迎え取ったというところを見れば、宮のご執心は決して並々ならぬものであったのだろうと、誰もが件《くだん》の姫君に対して心惹《こころひ》かれ、目を瞠《みは》ったのであった。

そのことを知った薫の屈折した思い

さて、中納言の薫は、かねて再建中であった三条の宮に、二月の二十日過ぎころに移り住むということで、このところは、毎日のように出向いてあれこれと現場での指図《さしず》に余念がない。そこで、二条院と三条の宮とはほど近いこととて、かの中君の様子など、それとなく聞きたいものと思って、夜遅くまで三条の宮に居残っている。そこへ、宇治のほうへ前駆《さきが》けのために派遣していた家来たちが帰参してきて、姫君の二条院到着のありさまなどを報告に及ぶ。そうして、宮自身が直々《じきじき》に迎えに出てきたりして、たいそう懇《ねんご》ろな心入れを以て姫を遇《ぐう》してくれたようだということを聞くにつけても、薫の思いは複雑であった。

それはいっぽうでは確かに嬉しいものの、また悔しい思いもあって、我と我が心ながら、なんと愚かしいことであろうかと、胸も潰《つぶ》れる思いに駆られる。そうして「とり返すものにもがなや世の中をありしながらのわが身と思はむ（昔を今に取り返せるものであったらいいのだがなあ、そうしたら、この世の中を、かつての我が身として思い返そうものを）」という古歌が、何度も何度も自然と口ずさまれて、

しなてるや鳰《にほ》の湖《みづうみ》に漕《こ》ぐ船の
まほならねどもあひ見しものを

しなてるや（注、「しなてるや」は「鳰の湖」にかかる枕詞）鳰の湖……あの琵琶湖を漕いでゆく船が風をはらんだ真帆（まほ）……
真剣（まほ）に契ったわけではないけれど、たしかにあの夜あの姫とひとつ衾《ふすま》に共寝《ともね》はしたものを

と、けちのひとつも付けてみたくなる。

夕霧の不愉快

左大臣夕霧《ゆうぎり》は、その六の君を匂宮に差し上げることを、この二月にもと思い定めていたのだが、その矢先に、宮がかかる想定外の姫を、まるでその予定の先を越してやろうというこれみよがしの企てのように、下へも置かぬもてなしで迎え取り、六の君のほうへはいっこうに知らん顔でいるというわけで、その不機嫌は並々でない。宮とても、このことは耳に入っているから、それはそれで父親の夕霧にも娘の六の君にも気の毒なことをしたと思って、手紙は時々書き送りなどしている。六の君については、結婚を前に御裳着《おんもぎ》の儀を済ませようとて、夕霧はちょっとした評判になるほど、盛大な準備をしていたのだが、ここへきて中君の一件に押されて繰り延べにしたなどということがあっては、いかにも人聞き悪く、世の物笑いになることゆえ、その二十日過ぎに予定通り裳着を済ませた。

かくなる上は……と夕霧は考える。

〈中納言は、もとより近い縁者とて、こういう縁談の相手としては珍しくもあるまいが、みすみすこのまま赤の他人の婿がねとしてとられてしまうのも業腹《ごうはら》ゆえ、この際、六の君を宮に差し上げるのはやめにして、中納言を婿に迎えてしまうか……なんでも、このところ長い間人知れぬ恋仲にあった姫君を亡くして、ずいぶん心細く物思いに沈んでいるとかいう話でもあるし……〉と、そこに思い至って、しかるべき仲立ちの人を介して、薫の意向を探らせてはみたのだが、そうそう思うようにはならぬ。

「現《うつ》し世の儚《はかな》さを目《ま》の当たりに実見致しまして、ひどく辛い思いもし、また死の穢《けが》れに触れた不浄の身の上でもございますゆえ、どうしても、どうしてもそのような筋のお話には心が動きませんので」

と、薫はそういって取りつく島もないようなありさまであるということを聞いて、夕霧は、

「なんだってまた、あの宮ばかりか、この君までも……私が心を込めて申し出たことを、そのように無関心にあしらってよいものか」

と恨んだけれど、親縁の間柄ながら、この薫中納言は人柄がいかにも立派で、こちらが恥ずかしくなるほどなのであってみれば、それ以上強いてこの話を推し進めようということもできぬのであった。

薫、二条の院に行き、中君のもとへ訪れる

やがて花盛りの頃おい、二条の院の桜を望見するにつけても、薫は、もう今では主《ぬし》のない家となってしまった宇治の山荘のことがまず心にかかる。すると、「浅茅《あさぢ》原主《はらぬし》なき宿の桜《さくら》花《ばな》心やすくや風に散るらむ（草茫々《くさぼうぼう》の無住《むじゅう》の家の桜花は、見る人もないこととて心安く風に散ることだろうか）」という古歌なども思い出されて、

「心やすくや……」

などとつい独り言を口にしては、思い余って匂宮のもとへ訪ねていった。

宮は、この二条の院にいることが多くて、たいそう平安に中君との暮らしに馴染《なじ》んでいる。それを、薫は〈ああ良かった、これなら大丈夫だ〉と見はするものの、また例の、どうかと思うような邪心が湧き起こってくるというのも、なにやら妙なことではあるまいか。

しかし、もともと実直な性格の薫のこととて、その本心としては、中君がこうして宮と睦まじく暮らしているのは、やはりしみじみと嬉しく、また安心なことだと、いいい姫君のため

いに思っているのであった。

それから、なにくれとなくおしゃべりをして、夕方のほどに、宮は内裏へ参上するというので、車の支度をさせ、お供の人々もたくさん参集してきた。この気配を見て、薫はさっと腰を上げると、西の対に住む中君のところへ渡っていった。

対では、中君が、かの宇治の山荘の様子とはことかわり、御簾《みす》の内にいかにも心惹かれるような風情の暮らしぶり、そこに美しい容姿の女《め》の童《わらわ》が御簾の隙間《すきま》からちらりと見えるのを取り次ぎとして、薫は参上の挨拶を申し入れる。すると、中から簀子《すのこ》へ、座布団が差し出され、おそらくは宇治の昔から仕えてよく事情を知っている女房と思われる人が出てきて、中君の返答を取り次ぎなどするのであった。

薫はこんなことを言った。

「いま、三条と二条と、ほんとうにお近くに越してお出でで、この近さでございましたなら、朝にお目にかかって、また夕べにもお目にかかることがなんでもないくらいに存じますが、しかし、特段のご用もないのに、なにかと行き来させていただきますのも、却って狎々《なれなれ》しいとお咎《とが》めを頂戴いたすかもしれませぬから、そこはご遠慮申しております……

が、そんなことでついついご無沙汰しておりますうちに、もうなにもかも、あの宇治においでの頃とは、世の中が一変してしまったような心地がいたします……。こうお近くですと、こちらのお邸のお庭の桜の梢《こずえ》なども、霞を隔てて見えることでございますが、それにつけても、心に沁みることがなにかと多くございまして……」

と申し入れるや、そのまま庭の景色など眺めてぼんやりと物思いに沈んでいる。その様子はいかにも心を痛めているように見えて、中君のほうにもまた思いなしとしない。

〈ほんとうに、姉君がお元気でいてくださったら……いまごろは、中納言さまの北の方にもなられて、ご近所どうし隔てもなく行き来していたに違いない。そしたら、昔のように、花が咲いた、鳥が鳴いたと言っては、その折々につけて歌の上《かみ》の句と下《しも》の句を歌い交《か》わしたりして、宇治に逼塞《ひっそく》していた頃にくらべたら、すこしは満足のできる思いで暮らしていられたにちがいないのに……〉などなど、亡き大君を思い出さずにはいられない。すると、かつて姉と二人、あの世間から隔絶して山里に籠っていた住まいの心細さよりも、今のこの一見華やかな京の生活のほうが、なにか物足りない、そして悲しい思いがして、こんな暮らしをしていることを悔やむ気持ちがますます募ってくるのであった。

しかし、女房たちは、

「姫さま、よろしいですか。あの中納言さまに対して、けっしてそこらの殿方に対するような疎々《うとうと》しい態度などなさってはいけませせぬ」

「ええ、さようでございます。このようなお幸せを得られたのも、なにもかもあの中納言さまのこの上もないご厚意によってのこと、そのことを姫さまも重々ご承知おきあそばされておいでのことを、よくよくお分かりいただくようになさらなくてはね」

などと諫め申すけれど、といって、女房などの取り次ぎもなしに、みずからうちつけに口をきくというようなことは、やはり憚《はばか》り多く思えて躊躇《ためら》わずにはいられぬ。

そうこうしているところへ、匂宮が、いよいよ参内のために出かけるというので、対のほうへ、暇中《いとまもう》しの挨拶のために出向いてきた。

その出で立ちを見れば、高雅《こうが》を極めた美しさに身なりを整え、化粧などもたっぷりとして、いかにも見る甲斐のある姿をしている。

宮は、〈ややや、中納言はこちらに来ていたのか〉と思って、

「これこれ、どうしてまた、中納言どのを、このように御簾の外の簀子《すのこ》になど座らせておくのだね。そなたに対しては、あの君は、どうしてそこまでしてくださるのかと思うほどに、なにもかも痒い所に手の届くお世話を下さったではないか……それこそ、もしや我が

身にとって、なにやら愚かしげなこともあるまいものでもなし、と思えるほどにな、ふふ。……といって、そうそうよそよそしい応対など申しては、罰《ばち》が当たるというものだよ。まず、もっと近く、御簾内《みすうち》の廂《ひさし》の客座《きやくざ》にでもお通しして、宇治の昔話でもたっぷりと語り合われたらよろしかろう」

など、言いながら、ふと声を潜めて、

「そうは言ってもな、あまり気を許すというのも、またどうであろうな。あの君のことだ、下心になにを思っておいでか、疑わしいところもあるぞ」

などと裏腹なことを囁《ささや》いたりもするので、中君は、〈なんとまあ、煩わしいことを……〉と思う。

〈あの中納言さまのご親切の数々については、なにも宮に言われるまでもないこと、優しいお気持ちは、かねてしみじみと自分の心に思い知られているところゆえ、今さら、なぜ疎《おろそ》かな応対などするものであろう……かつて中納言さまは「自分を亡き姉君の身代わりとでも思ってください」と、そんなことを思われて、仰せくださったことでもあり、私のほうもそのように姉君さまをお慕い申すような気持ちでいたいのに……それで、私がそんなふうに、あの君のご厚意を重々承知して感謝しているということ、なんとかして分かっていただけるようにする機会がないものであろうか……〉と、そのように中君は思っているのだが、それでも、宮がこんな妙な言いがかりのようなことを、なにやかやと煩わしく言いかけるので、心中《しんちゅう》まことに辛《つら》く思うのであった。

宿_{やどりぎ}木

薫二十四歳の春から二十六歳の夏

藤壺の女御と、その一人姫女二の宮

その頃、藤壺《ふじつぼ》の女御《にようご》と呼ばれていたのは、今は亡き左大臣なにがし（梅枝の帖三六一頁に登場。系図不明）の姫君であった。この女御は、今上帝がまだ東宮であった時分に、いち早く入内《じゆだい》して、麗景殿《れいけいでん》に住まいを賜《たまわ》っていたのだったが、後に藤壺の女御となったのである。この御方《おんかた》は、最初に入内したこともあって、帝とは御仲《おんなか》も睦《むつ》まじく、心からのご寵愛《ちようあい》も並々ならぬものがあったようにみえたが、どういうわけか、そのことがはっきりとわかる立后《りつこう》などのお沙汰《さた》もないまま長《なが》の年月が経っていた。この間《かん》、明石中宮には宮たちも多く生まれて、もうすっかり大きくなっているようだったが、こちらの藤壺のほうは、そのようなことも少なくて、ただ一人、女二の宮を産みまいらせていたというばかりのことであった。

そこで、自分がまことに口惜しくも、明石中宮に圧倒されてしまっている前世からの因縁を嘆かわしく思うかわりに、せめてこの女二の宮だけは、なんとかして将来は自分の今までの屈託も晴れるほど幸福な身の上に生《おお》し立てたいものと、大切に傅育《ふいく》することひとかたならぬものがあった。

この姫は、容貌《かおかたち》もたいそう美しかったので、帝も、目の中に入れても痛くないほどのかわいがりようであった。とはいえ、明石中宮腹の女一の宮を、帝は世に二人とないほど大切に思っておいでであったから、それにくらべると公卿《くぎょう》たちの間での二の宮の評判は、もとより及ぶべくもなかったものの、しかし、御殿内での暮らしぶりは、一の宮におさおさ見劣りするものではない。

亡き父左大臣生前の威勢は大したもので、今もその余波《なごり》がすっかり衰えてしまったというわけでもなかったゆえ、藤壺の女御かたでは、その暮らし向きには格別の不安とてもなく、近侍《きんじ》する女房たちの身なりを始めとして、しつらい調度などなど、心抜かりなく、季節柄にふさわしくみごとに調《ととの》え、よろず物好《ものごの》みを尽くして、それはもう華々《はなばな》と、また由緒床しげに日々を送っているのであった。

さて、この女二の宮が、十四歳になった年に、御裳着《おんもぎ》の儀を挙げさせようと、春から準備にとりかかり、藤壺周辺は余事《よじ》を交えずもっぱらこのことで持ち切って、一から十まで並々ならず立派にしたいと思い設けている。

父の左大臣家重代《じゅうだい》の宝物《ほうもつ》かれこれを、この機会にとばかり探し出してくるなどして、それはもう熱を入れて準備に明け暮れているうち、女御は、その夏ごろ、俄《にわ》かに物の怪《け》病みに罹《かか》って実家の故左大臣邸へ下がり、そうこうするうちに、あっというまに亡くなってしまった。

これには、言語に絶して残念なことと、帝も思い嘆かれる。女御という人は、性格も情《なさけ》深くて、どこか親しみやすいところのある御方であったから、殿上人《てんじょうびと》どもも、

「ああ、これよりは、まことに寂しくなることであろうな」

と、その逝去を惜しみ申したことであった。そうして、女御の謦咳《けいがい》に接したことなどあろうはずもないような身分の女官《にょうかん》などに至るまで、その遺徳を偲《しの》び申さぬはない。

ましてや二の宮はまだ若いだけに、心中心細く悲しく思い沈んでいることが上聞《じょうぶん》に達すると、帝は胸を痛めてしみじみと同情を寄せられ、母女御の四十九日の法要が終わるとすぐに、そっと里の邸《やしき》から宮中藤壺へお召し寄せになった。それから、毎日、二の宮のもとへお渡りになっては、親しく面倒を見られるのであった。

黒い喪服に身を窶《やつ》している宮の様子は、常にも増していじらしいようなかわいらしさと

気品に満ちたたたずまいがいっそうまさって見える。しかもその心ざまも、たいそう大人びて、しっくりとした落ち着きがあり、重々しいところが母女御よりも今一段まさっている。そこを帝はご覧になって、〈これならば、心配するにも及ぶまい〉と、お思いになるけれど、正味のところを申すならば、その母方故左大臣家にも、宮中での後見役として帝のご期待に添うべき伯父御《おじご》など、これといってはかばかしい人も見当たらないのであった。ただ、わずかに大蔵卿《おおくらきよう》と修理大夫《すりのかみ》に任じられている縁者がいるにはいたが、それも女御とは腹違いで、さして頼りになるとも思えない。

〈世の声望が殊《こと》に重々しいわけでもなく、取り立てて高位顕官にあるというわけでもないこれらの親族を頼みの後見役として、宮中の暮らしをするとなると、さて女の身としては胸の痛むようなことが多々出来《しゆつたい》するであろうな……それはほんとうにかわいそうだ……〉などなど、帝は、この宮のことは結局わが心一つに案じ扱うべきことのように思《おぼ》し召しているのも、まことに安からぬことであった。

帝、薫を女二の宮の婿として考える

お庭前《にわさき》の菊もすっかり霜に当たって今を盛りの色を見せている時分、あたかも空の風情もしめやかに、時雨《しぐれ》までも降り添うにつけて、帝は、まずはこの二の宮のもとへお渡りになり、亡き母女御のことなどを口にされる。すると二の宮は、お返事なども、おっとりとした口調ながら、決して幼げなところはなくきちんと申し上げるのを、帝は、なんとかわいいのであろうと内心お思いになる。

〈それにつけても、こういう聡明でかわいらしい容貌《かおかたち》や人となりを、よく解ってくれるような婿が、この宮をしっかりと支えて世話してくれるというようなことに、なんの問題があろうぞ……〉とは思うものの、あの朱雀院の姫、女三の宮を、六条院の源氏に親代わりのようなつもりで世話してほしいと頼んだ折の、さまざまの評定などを、帝は今思い出される。

〈あの話が起こった当初は、『なんと、感心したことではない、さようなことはなさらずともよかろうに』などと批判めいたことを朱雀院に申し上げる向きもあったものだが……

しかし、その後は、降嫁してお産みになった源中納言《げんちゅうなごん》（薫）が、ああいう人並み優れたお人柄で、このように後見役としてなにもかも行き届いたお世話をして差し上げたればこそ、かの三の宮は、若い頃の声望も衰えず、身分柄の高貴さを保ったまま今に至っているように見える。あの後ろ見《うしみ》がなかったら、いやはや思いもかけぬようなひがひがしい事なども出来して、自然、人から軽侮されるようなことだってあったかもしれぬぞ〉などと、それからそれへ帝は思い続けられる。そうして、〈かくなる上は、なんとしても自分が皇位にある間に、この宮の婿を定めることにしたいものだ……〉と、ついにはそう思いつかれる。されば、朱雀院が源氏を三の宮の婿に定められたのだから、順序に従って、この薫中納言を二の宮の婿に、思えば、それ以上に好適の人物など、どこにもいはしないのであった。

〈あの中納言は、内親王たちの婿としてあい添わせたとしても、まず以て目障りになるようなこともあるまいが……いや、前から思いを懸けている人を持っているとしても、父とは違って、そのために二の宮にとって外聞の悪いような仕打ちを交えるというようなことは、まずいたすまい……そんな人柄のようだな。なにぶん、このまましかるべき妻を持たずにいるというわけにもいくまいこと……。されば、どこか別の家の婿になったりしてし

まわぬ先に、こちらから二の宮のことを、それとなく仄《ほの》めかしてみることにするか……〉

など、帝は、折々に思し召すのであった。

帝は、二の宮を相手によく碁など打たれる。

日が暮れるにつれて、時雨が風情豊かにざっと降り、菊の花の色も夕方わずかに残った光のなかにいっそう映えているのをご覧になり、帝は、お側《そば》のものを呼んで、

「ただ今、殿上には誰々が参っておるか」

とお尋ねになる。

「はっ、中務《なかづかさ》の親王《みこ》、上野《かむづけ》の親王、中納言 源《みなもと》の朝臣《あそん》が伺候《しこう》いたしおります」

「されば、中納言の朝臣を、こなたへ呼べ」

帝は、そう仰せ出《いだ》される。

召しに応じて、薫が参上してきた。

なるほど、このように取り分けてお召し出しになるだけのことはあって、遠くから薫ってくるそのえもいわれぬ匂《にお》いをはじめ、中納言の風采はよほど常人よりすぐれたものを持っている。

「今日の時雨は、いつもよりとりわけ穏やかだが、といって、目下喪中とあっては管弦の遊びなどするのも興ざめなことであろう。だから、たいそう退屈しているところなのだ。どうだ、なにがなし閑《ひま》なる日を送《ひ》る遊びとしては、これこそ格好のものであろうな……」

と、帝は「春を送るには唯《た》だ酒有り、日を銷《しやう》するは棊《き》に過ぎず（春の日永を過ごすには唯《ただ》酒がある、暇な日を消すには碁に過ぎたるものはない）」と詠じた古き漢詩《からうた》になぞらえて、こう仰せになり、碁盤を持ってこさせると、薫を碁敵《ごがたき》に擬《ぎ》せられる。

いつもこうして、お側近く侍《はべ》らせてなかなかお放しにならぬのが常のことになっているので、薫は、〈また、いつものお召しであろう〉と思っていると、帝は、意外なことを仰せ出される。

「ここに勝負の賭《か》け物として良いものがあるはずなのだが、それは、そうそう軽々しく渡すこともできぬものゆえ……さてな、何を賭け物にしたらよかろうかな」

など、仰せになるご様子……はて、中納言の目には、どんなふうに映ったのであろうか、なにやら神妙な顔つきで、常にも増して思慮深く控えている。

いざ、打ってみると、三番のうち二番は薫の勝ちとなり、帝は一番の負け越しとなった。

「なんと、小癪《こしやく》なことよな」

と舌打ちしながら、帝は、

「まあ、今日のところは、この花一枝《はなひとえだ》を、そなたに許そう」

とて、「聞き得たり、園《その》の中《うち》に花の艶《えん》を養《やしな》ふことを。請《こ》ふ、君一枝《きみいつし》の春を折《を》ることを許《ゆる》せ（貴公の園のうちに、艶然たる花を養っておられることを聞き及んでおります。ついては、お願いしたい……その春の盛りの一枝を私が手折ることを、どうか許されんことを）」と詠じた名高い漢《から》詩《うた》を下心にお含みあって、この藤壺の二の宮をそなたに許そうか、と仄《ほの》めかされる。薫は、ピンと来たが、それにはとかくお返事を申し上げるのでなくて、さっと立って庭に下りると、いかにも美しく咲いている菊の一枝を折って上《あが》って来る。そうして、

世のつねの垣根ににほふ花ならば
心のままに折りて見ましを

さて、もしこれがそこらの垣根に咲き匂うている花でございましたなら、
わたくしも、思いのままに手折《たお》ってみたいものでございますが……

いかになんでも、俄かに二の宮のことを仄めかされても、そうそう軽々しくは肯《うけが》いがたい。薫はこんな歌を奉《たてまつ》って返答に代えたが、その心用意の慎重さが窺《うかが》われるというものであった。帝の返歌。

霜にあへず枯れにし園の菊なれど
のこりの色はあせずもあるかな

霜に当たって堪えがたく枯れてしまった園の菊ではあるが、
あとに残された姫菊の色はなお褪《あ》せることなく咲いているではないか、どうかね

こんな歌によそえて、帝は、藤壺の女御は世を去ったが、美しい二の宮がここに残っていることを、そっと匂わされるのであった。

こんなふうに、二の宮について折々仄めかされる御意《ぎょい》を、間《あいだ》に人を介さず親しく拝承しながら、薫は、また例の、世の男たちとは格別、いささか世間離れした心癖《こころぐせ》ゆえに、そう差し迫ったこととも思わない。

〈いやいや、二の宮のことは、もとより自分から願ってのことではない。今までも、宇治の中君《なかのきみ》のことといい、左大臣（夕霧）の六の君のことといい、お断りしてはお気の毒なこ

とと思いながら、せいぜい聞き流してもう何年も過ごしてきたものを、今さら、これを受け入れるなどは、まるで聖職にあるものが還俗《げんぞく》するような気持ちがするだろうが、そんなことを思うということ自体、我ながら訳のわからぬことだな。……なにも私などに仰せにならずとも、ほかにどうしてもと思って心を尽くしている男だっていくらもあると聞くものをなあ……〉とは思いながら、〈しかし、二の宮が、あの一の宮と同じく中宮（明石中宮）腹ででもあれば、また別の話ではあるがな〉などと考えずにはいられない心中は、あまりといえば恐れ多い高望みというものであった。

夕霧、六の君の婿として匂宮を望む

こうしたことを左大臣の夕霧はちらりと耳にして、〈六の君は、なんとしてもこの中納言の君に縁付けたいものじゃ、仮に、あちらが渋々《しぶしぶ》であっても、こちらが大真面目に押して頼んでみたならば、最後には否《いな》とも言い通せぬにちがいないぞ〉と思っていたものを、〈ここへきて意外な伏兵が現われて、思ってもみなかった事態が出来しかねないのを、〈とんだことになった〉と癪に障る思いでいる。

そこで、もう一人の婿候補である匂宮だが、こちらは取り立ててご執心《しゅうしん》とも思えないけれど、それでも折々につけて、なにかと風情豊かな消息などを、六の君に贈ってくることが絶えないのであった。

そこで、〈えい、さもあらばあれ、仮にあれが通り一遍の好色心《すきごころ》からであったとしても、そこはそれ、しかるべき宿縁というものがあって、しっくりとお気に召すということが、どうしてないと言えようぞ……どこまでも睦《むつ》まじく水も漏らさぬ仲の夫を求めようとても、だからといって、そこらの凡々たる分際《ぶんざい》の男にまで格を下げるなどはまた、なんとしても体面悪く、結局は不満足な思いをすることになるであろう〉などと、夕霧は考えるようになっている。

そこで、ついには、

「とかく、世も末のこの頃は、娘など持つと心配なことばかりだ。帝までもが、内親王がたに婿をお求めになるという有様ゆえな……、ましてや、我ら臣下の家の娘が、とやかくしているうちに適齢期を過ぎてしまう……などは、どうあってもよろしくないぞ」

などと、帝を謗《そし》りまいらすようなことまで口にする。そうして、異母妹にあたる明石中宮に、真剣に匂宮を婿にと頼み入《い》ることが、度々《たびたび》であった。

これには中宮も困却して、匂宮にこう異見する。

「まことにお気の毒に、かの左大臣が、あのようになりふり構わず、あなたを六の君の婿にと思い望んで、さてもう何年になりますか……それを、なにか意地悪く逃げてばかりおいでなのも、あまりに人情に悖《もと》るしかたではありませぬか。とかく、親王《みこ》と申すものは、宮中での後ろ楯となってくれるような外戚《がいせき》のお家次第で、行く末の決まるもの。お上《かみ》も『我が治世ももういよいよ終わりが近い』と、そんなことばかり思し召しては口にもなさるように拝見いたしますのに……もう少し、しっかりしていただかぬと……。よろしゅうございますか、臣下の者でございましたら、これという北の方を持たれた後《のち》は、また他の方に心を分けるということも、なにかと差し障りがあるように見えますけれど……それと て、あの六の君の父大臣《おとど》ご自身、あのように真面目らしい顔をしながら、ご正室と、もうお一方（落葉の宮）と、双方恨み羨《うらや》むことのないように、きちんきちんと平等にお相手なすってるようではありませぬか。ましてや、あなたのお身の上となれば、かねてわたくしの願っておりますとおりのお立場（東宮）に立たれるようなことにもなれば、后《きさき》がたが何人おられても、なんの不都合がございましょう」

中宮にしては、日ごろに似合わず言葉を尽くして、親王《しんのう》たるものかくあるべしという道理を説き諭《さと》すのであったが、宮も内心には、まるで興味のない話でもなかったことゆえ、ここは強いて、さようなことは断じてあるまじきことだ、などと反対するわけもないのであった。

ただ、〈しかしな、あの万事四角四面に格式ばったような左大臣の家の婿ともなると、まるで籠《かご》の鳥みたいに不自由なことになるだろう……そうしたら、今こうして気ままに振舞い馴《な》れているものを、ずいぶんと窮屈なことになってしまうな。いや、それもいいかげん煩わしいことだ……〉と思うにつけても、宮はどんよりとした気分になるのだが、〈といって、なるほど母上さまの仰せもご尤《もっと》もなこと、あの権勢家の左大臣にあまり恨まれてもつまらぬことになる……〉などと、あれこれ考えるうちに、次第に我《が》を張る気持ちも弱ってきたらしい。さはさりながら、もともとこの宮は、移り気な性格で、かの紅梅の大納言（按察使大納言《あぜちのだいなごん》）の邸に養われている宮の御方《おんかた》（真木柱と蛍兵部卿の娘）についても、いまなお未練を持っていて、花だ紅葉《もみじ》だと言っては折々の消息を送りなどしている。

かくて宮は、左大臣家の六の君にも、この紅梅の御方にも、色めいた関心を寄せてはいるのであった。

こんな状態でありながら、結局その年も暮れた。

薫、喪の明けた女二の宮との婚儀を内諾

やがて夏が来て、女二の宮の喪も明けた。

そうなれば、帝としても、二の宮の婚儀について、もはやなんの憚《はばか》るところもなくなったというものであった。そこで、

「『もし中納言のほうからそのように申し出あらば、その時はいかようにも話を進めたいものだが』と、お上は思し召しておられるようでございますぞ」などと、薫のもとに注進してくる人々もある。

〈これでは、あまりに知らん顔というのも、偏屈なことで、お上に対して礼を失するというものだな〉と、しいて心を奮い起こして、薫のほうから、そのことをさりげなく申し上げる折々もある。

そうなれば、帝が黙って放置しておくはずもないというものであった。

「お上におかせられては、いついつのほどに二の宮さまご婚儀とお定め遊ばされましたよ

うでございます」

と人伝てにも聞き、また薫自身も、〈どうやらお上はそのようにお考えのようだ〉と、御意《ぎよい》を察しもするのであったが、それでも内心に、心ゆかぬままに亡くなってしまった、あの宇治の大君《おおいぎみ》への悲しい思慕ばかりは、忘れる期《ご》とてなきことに思われてならぬ。

〈なんてことだ……こんなにも前世からの縁《えにし》深くておいでだったあの方が、それなのに、どうしてあのように疎々《うとうと》しい関係のままで亡くなられてしまったか〉と、今さらながら割り切れない思いで、薫は追懐《ついかい》する。

〈こんなことでは、身分などはどうであっても、もしやあの大君に少しでも似ているところのある人が現われたら、きっと心惹《ひ》かれるに決まっている……唐土《もろこし》に、昔あったとやらの反魂香《はんごんこう》とかいう香を焚《た》いて……そしたら亡き人の姿が彷彿《ほうふつ》と見えるとか……そんなことであっても、なんとかしてもう一度あのお姿を拝見したいものだ〉とばかり思われて、かの高貴なる姫宮……二の宮との婚儀をいついつに、と急ぐ気持ちなどさらさらない。

六の君と匂宮の婚儀決定

一方、左大臣の夕霧方では、匂宮の気の変わらぬうちにとばかり、六の君との婚儀の支度を急がせて、八月《はづき》のころに、と宮方へ申し出た。

二条院の西の対に住む中君は、そのことを耳にして、〈ああ、やっぱり……こんなことが起こるにちがいないと思っていた。どうせ私など、宮にとっては物の数でもない身の上なのだろうから、きっと人の笑い種《ぐさ》にされるような心憂きことが起こるに決まっている……と思い思いして、今まで過ごしてきた宮との仲らいであった……〉。もとより宮という方は、移り気なご性分だと噂には聞いていたものを……はじめから頼みがいのないお方だと思いながら、でも、こうして近々《ちかぢか》と目にして過ごしている分には、とくに酷薄《こくはく》らしいところもなくて、いつもしみじみと心に沁《し》みるような深い愛情を約束してくださっていた……それが俄かにお心変わりをなさるようなことがあったら、その時は、どうして平気な気持ちでいられようぞ。そこらの臣下たちの夫婦仲のように、よその女に心を移して、それっきり仲が絶えてしまうというようなことは、やわかあるまいけれど、だにしても今後は、どんなに安心のできぬことばかり多くなることであろう……ああ、やはり私などは、こういう情ない身の上だったと見えるから、いずれ最後には、またあの山に帰って寂しく暮らすようなことになるのか……〉と思うにつけても、〈いっそ宇治に住み続けていて、そのまま音信《おんしん》が絶えたというほうがよっぽどよかった。それが、こうして一度は嬉《うれ》しそうに都に出ていって、しまいにまた出戻ってきたとあっては、山人《やまびと》たちが待ち構えていて、さぞ物笑いにすることであろう……ああ、返す返すも父宮様のご遺戒《ゆいかい》あそばされたことに背《そむ》いて、あの草深い山里を離れてしまった軽率さよ〉と、恥ずかしくもまた辛《つら》くも思い知る中君であった。

それにつけても、亡き姉君が懐かしく偲ばれてならぬ。

〈亡くなった姉上は、いつもなんとなくふわふわしていて、どこか頼りなげな様子で、ものごとを考えたり話したりなさったものだったけれど、でも、心の底には、ずっしりと思慮深いところがあって、そういうところは、ほんとうに格別のお方であった……。中納言の君は、今になっても忘れる期《ご》とてないような有様で、ずっとお嘆きになっていらっしゃるようだけれど……もし、もしも姉上が、この世においでであったとしたら、そして中納言の君と妹背《いもせ》の契《ちぎ》りを結ばれていたとしたら……きっと今の私と同じようなお悩みに苦しまれることがあったやもしれぬ。それゆえにこそ、姉上は、とても深いご思慮を以て、なんとかしてそういう目には遭わぬようにしようと、きっとお心にお決めになっていたればこそ、あれやこれや、さまざまに手を尽くしては、結婚などということから離れていようとお思いになっていたのだ。そうして、ついには尼になってしまおうとまでなさった……だから、もしいま生きておいでになっても、きっとそういうお姿になっていらっしゃったことであろう。そんなことを今にして思うと、ああ、どれほどしっかりとしたお心組みであったろうか……亡き父宮や姉上のご尊霊がたも、今のこんな私をご覧になって、どんなに救いようもない浅はかさとお思いになるであろうか……〉と、中君は、ただもう恥ずかしく悲しく思う。そうして〈今さらなんの甲斐もないのに、悲しんでいるようなそぶりを見せたとて、しょせん無意味なこと……〉と隠忍自重しつつ、こたびの六の君との婚儀のことは、いっそ聞かぬふりをして過ごしている。

中君懐妊、悪阻《つわり》に苦しむ

宮は、こんな状況ゆえ、却って常よりも心込めて、優しく親しみ深い様子で、起き臥《ふ》しにつけて愛を語らい、末々までも約束して、それもこの世のみならず、来世までもと、未来永劫《えいごう》の愛情を誓約しては、自分を頼りにしてよいということを契るのであった。

とまあ、こういう次第で、この五月《さつき》の頃から、中君の体調が不順となり、なにかと気分が悪いというようなことがある。それもひどく苦しがるなどということではないものの、普段よりもいっそう食事を摂《と》ることができなくなって、ただ横臥《おうが》してばかりいるという調子なのであった。が、宮は、まだこうした懐妊だの悪阻《つわり》だのという有様を、よくも知らぬことゆえ、ただ暑い季節だから、暑気当たりでもしてこんな不調になっているのだろう、などと単純に思っている。それでも、あまりに様子がおかしいので、さすがの宮も、これはもしや……と思い当たるところもあって、

「もしや、その……なにとぞしたのではあるまいかの。いいいや、さようの人は、そういう症状に苦しむとやら聞くが……」

と、遠回しに懐妊のことを尋ねてみたりする折もあるのだが、中君は、ただ恥ずかしいばかりで、そんなこともないような顔をして過ごしている。しかるに、このことを、わざわざ宮のお耳に入れるような差し出た真似をする女房などもいないので、宮は結局はっきりとも分からずにいるのであった。

八月《はづき》に入ると、いよいよいついつの日に婚儀挙行……などということを、中君は、よそから伝え聞く。匂宮は、別にこのことを隠し隔《へだ》てしようというつもりもないのだが、いざ口にしようとすると、どうも自身胸の痛む思いもあり、また中君が気の毒な気もして、結局はっきりと言うことができぬ。

しかし女君は、こうして自分が疎外されているような現実を、心中に深く憂えずにはいられない。

〈このことは、もとより秘密というわけでもなし、世の中の誰もが知ってることなのに、私だけは、いついつの日にという程度のことすら教えていただけない〉と、女君が恨めしく思うのは、蓋《けだ》し当然のところであった。

中君が二条院に引き移って来て以来というもの、なにか特段の行事などがある場合を除けば、宮が参内したとしても、宮中に泊まってくるということはしなかったし、あちらこちらの女の許《もと》へ通っていったまま、中君が空閨《くうけい》をかこつというようなこともなかった。されば、これで六の君との結婚ともなると、どうしたって中君のもとへは戻れない夜ができてくる。〈……もし突然にそういうことをすれば、どんなに衝撃を受けるだろうか〉

と思うと、宮は宮なりに心を痛めて、「かねてよりつらさをわれにならはさでにはかにものを思はするかな（以前から次第次第にこの辛さに私が慣れることができるようにお仕向けにもならないで、いま急にこんなふうに懊悩《おうのう》させるのですね）」という古歌を思い浮べながら、せめてはその衝撃を和らげようというつもりで、まずは少しずつ慣らしていこうという戦略を立てた。そこで、時々は宮中での宿直《とのい》に参内した折々など、あえて二条院へは戻らないで泊まってくるというようなことをするのであったが、中君にとっては、そんなことも結局、ひどい仕打ちだと感じられるばかりであったに違いない。

このことは中納言薫も、〈まことに、お気の毒なことになった〉と、思って聞いた。そして、〈もともと花のように移ろいやすいお心をお持ちの宮のことだ……いかに中君に深い思いをかけておいでであろうとも、こうして新しい姫君が目の前に現われるとあっては、どうしてもその華々しく目新しいほうへお心移りなさるのは是非もあるまい。新しい女君のご実家筋も、なにぶんとも権勢家の左大臣家なのだし……さぞ、手を尽くしてぬかりもなく宮のお世話をして、どうしたってお放しにはならないに決まっている。さて、そうなると、今までは中君が夜通し放っておかれるようなことはなかったものを、今後は、空しく宮を待って過ごす夜ばかり多くなってゆかれるのは、いやいや、まことにおかわいそうだな〉と、そこに思いが至る。

すると、薫は、はたとまた我が心に自問せざるを得ぬ。

〈なんとまあ、見当はずれなことをしたものだな……我が心よ。なんだってまた、あの中君を匂宮などに譲ってさしあげたのだ。亡き大君にすっかり心を奪われてからというもの、この濁りに染《し》みた俗世など、おしなべて思い捨てて、仏道一途《いちず》に澄み切った思いでいたはずの心が、いつしか濁り初《そ》めてしまって、ただもうあの亡き君のことばかり……ああもしようか、いやこうもしたらよいかと思いながら、それでも、肝心の大君のお許しにならないことを無理強いするのは、最初から自分の本意《ほい》に背く仕方だと、遠慮などしてなあ……ただ、自分としては、なんとかして少しでも憐れみをかけてもらえて、いくらかでも打ち解けて接してくださる様子を見たい……とまあ、そんなあてにもならぬ行く末の願いを思い続けていたばかりだが、いかんせん、あの大君は、こんな私に少しも同心してはくれないで、いつも冷淡そのものだった……けれど、あまりに冷淡に突き放すばかりではいけないとでもお思いになったのであろう、せめてもの気慰みというわけか、妹の中君は自分と一心同体なのだからとて、思ってもいなかった妹君のほうと結婚するようにお仕向けになった。そんなのは、はいそうですかとは、いくものか。むしろ、癪に障って恨めしいばかりであったから、まずはそんな手に乗ってなるものかとばかり、急いであの匂宮を手引きして、中君に引きあわせたというわけだったのだ……〉などなど、あの日、強引に立ち回って、男らしくもなく、まるで正気の沙汰《さた》とも思えぬ仕方で、宮を宇治まで案内し、術策を弄して中君に婚《めあ》わせた一部始終が彷彿《ほうふつ》と思い出される。すると、〈なんとまあ、我ながらくだらぬ了見《りょうけん》を起こしたものだな〉と、返す返すもそのことが悔やまれるのであった。

〈しかしなあ、宮も、あの時ああして私が苦心惨憺《さんたん》して斡旋《あっせん》につとめたればこそ、中君を手に入れることができたのだから、いかになんでもそこを思い出してくださるなら、私が、どのような思いで聞くか、多少は気にかけてくれぬものかな……〉と、薫は思う。けれども、またすぐに考え直して、〈いやいや、それはこっちの勝手な言い草というものだ。今や、宮はあの時のことなど、ありがたいともなんとも、これっぽっちも口にはされないようだし……やはりな、とかく移り気な性分がまさって心変わりしやすい人は、ただ女にとってばかりでなく、誰にとっても信を置くに足りぬ……そこで、かかる軽忽《きょうこつ》なことも出《しゅっ》来《たい》しがちなことと見ゆるな〉と、心中に憎らしく思うのであった。

薫という人は、自分がなにごとにも一途に傾注し拘泥《こうでい》する心の癖があるゆえに、宮のように浮気性の人は、どうにもこうにも気にくわないと感ずるのであろう。

〈思えば、あの大君に先立たれてしまってからというもの、帝から、御娘《おんむすめ》の二の宮をくださろうという御意を賜《たまわ》っても、さて嬉しくもなんともない……ただ、この中君を伴侶《はんりょ》にすればよかった、などと思う気持ちが、時の経つにつれて、いよいよ募ってゆく。いや、それもしかし、よく按じわけてみれば、ただあの大君の妹御《いもうとご》だと思うがゆえに、思い離れがたいというだけのことなのだ。姉妹といっても、あの宇治の二人姫は、とりわけ仲が良くて、どこまでもお互いのことを思いやって過ごしていた……それが、いよいよ今はの際の、最期の最期になって、『あとに残る妹をわたくしと同じように思ってくださいね』と言い遺したついでに、『中納言さまのことは、なに一つ不足に思うていることもございませぬ。さりながら、あとに残る妹をわたくしと思ってご寵愛いただきたいという願いを違《たが》えて、宮さまへの、あらぬ仲立ちをされたこと、それればかりが口惜しく、恨めしいことにて、妄執としてこの世に残ってしまいましょう』と、そんなことを言っておられたものを……今ごろは、魂となって大空を飛翔《ひしょう》していても、このようなていたらくになったについて、さぞさぞ無情な仕置きだとご覧になって恨んでおいでであろう……〉など、つくづくと懊悩《おうのう》し、こうして寂しい独り寝をするにつけても、そのことは、誰のせいでもない、我が身から出た錆《さび》なのだと思い当たる。そうして、そんな夜な夜なには、ふとした風の音にも、ハッと目を覚まして眠りを成さず、来《き》し方《かた》行く末を思うては、これから自分はどうすべきであろう、さてまた中君はどうなるのであろう、などなど、砂を噛《か》むような気分で、この世のあれこれを思い巡らしている。

ただかりそめの気慰みに情《なさけ》をかけては、側近く召し使っている女房たちのなかには、おのずからそれなりに憎からず思うような女もあるに違いないが、といって、ほんとうに深い愛情をかけるほどの人もない。そのあたり、薫は、まことにすっきりと分別している人であった。

とはいいながら……薫は、さらに思い巡らす。あの宇治の姫君たちと比べても決して遜色のない身分の人々でも、どうかすれば時世のしからしむるところ、家が衰微して心細い住まいをしていることがある。そんな人たちを探し求めては、自邸に引き取って女房などに召し使っているというようなことも、ずいぶんとたくさんあるのだが、〈いざ今は世を捨てて出家しようと思うときに、この人ばかりは……などと、取り立てて未練を残して出《しゆつ》離《り》の絆《ほだ》しになるような女だけは持たずに過ごしたいものだ、と心底《しんそこ》思っていたというに……ああ、あの宇治の姫君だけは、そうもいかなかった。まったく、なんという見苦しい妄執であったろうか。我が心ながら、ねじくれた根性だといわねばなるまい〉などと思い続けては、そのままんじりともせずに一夜を明かしてしまった。

やがて夜が明けてくる。

その朝《あした》、いちめんに霧の立ちこめた垣根の間から、秋草の花がとりどりの色も美しく見渡されるなかに、朝顔が、どこかしょんぼりとした風情で咲き混じっている。薫は、やはりその花に取り分け目のとまる心地がするのであった。「朝顔は常なき花の色なれや明くる間《ま》咲きてうつろひにけり（朝顔というものは、無常な花の色なのであろうか、夜明けのほんの一時《いっとき》だけ咲いてすぐに色あせてしまうな）」と古歌にも歌われているとおり、この花を無常の世の象徴のように言う、そのことが薫自身の今の苦悩に引き比べられて、胸の痛む思いがするものと見える。

夜来《やらい》格子戸を下ろしもやらで、ふとかりそめに横になって、そのまま朝を迎えてしまったのであってみれば、この朝顔の花の開くところなども、薫は、ただ独りそっと見ていたのであった。

それから、側仕《そばづか》えの侍者《じしゃ》を呼んで、

「これから北の院（二条院）へ参ろうと思うから、あまり目立たぬような車をこれへ引き出させてまいれ」

と命ずる。すると侍者が、こう答えた。

「宮は、昨日から内裏のほうにおいでだそうでございます。実は昨夜、供の者どもが、空《から》の御車《みくるま》を引いて帰ってまいりましたほどに……」

「さようか……それならそれでも構わぬ。あの西の対の御方（中君）が、なにやらお加減が良くない由《よし》、ひとつお見舞いを申し上げることにしよう。今日は、そのあと内裏に参らなくてはならぬ日ゆえ、さ、日の高くならぬうちに……」

薫は、こう言って、俄かに装束をととのえる。

いよいよ出かけるについて、庭に下《お》り、花々のなかに立ち交じるさまは、取り立てて風流ぶって色めいた態度をするというわけでもないのだが、どういうものか、ただ、ふっと見るだけでも、そのすっきりとした美しさは見ているほうが恥ずかしくなるほどで、そこらの色好み連中が、わざとらしく装い立てているのなどとは、とうてい同日《どうじつ》に論ずることはできぬ。薫は、その身に生まれつき具《そな》わった格別の魅力があるものと見える。

庭に下りた薫は、その朝顔の花を引き寄せた。その花に置いた朝露が、ほろほろとこぼれる。

「今朝《けさ》の間《ま》の色にやめでむ置く露の
消えぬにかかる花と見る見る

今朝の、ほんの一時《いつとき》の間だけの色ゆえに心惹《ひ》かれるのであろうか、
この花は、そこに置いた露の消えぬ間ばかりの花だと見い見いしているほどに……

ああ、儚《はかな》い……」

こんな歌を口ずさみながら、薫は、心中に儚くも世を去った宇治の大君の面影を抱《いだ》きつつ、その朝顔の花を折って手にしている。そうして、今を盛りの女郎花《おみなえし》になど、目もくれずして出ていった。

薫、二条院に赴いて中君と対面

すっかり夜が明けてゆくにつれて、いちめんに霧の立ちこめた空は一風情であった。

二条院に着くと、薫は、〈宮はご不在ゆえ、女ばかりとあっては、いまごろ定めしまだ、うかうかと朝寝していることであろうな。そういうときに、格子戸や妻戸などをうち叩《たた》いて、咳《せき》払いして驚かせるというのも、あまりに世慣れぬ仕方というもの……あーあ、『朝まだきまだき来にけり……（朝こんなにも早すぎる時分に来てしまった……）』とやらいう歌があったが……まったく、こんなとんでもない朝っぱらから、来てしまったことよ〉と思いながらも、随従の者を呼んで、中門《ちゆうもん》の開《あ》いているところから中を偵察させる。

「御格子戸《みこうしど》どもは、はや開けてございますようで……女房どもの気配もございました」

と報告が至る。

そこで、薫は、車から降りて、霧に紛れるようにして、いかにも姿美しく歩み入ってゆく。女房たちは、主人の匂宮がどこか忍んで通っていった女のところから朝帰りしてきたものかと思っていると、折しもの露にしっとりと濡《ぬ》れて一段と高く薫り立つ、あの薫独特の匂いが紛れようもなく匂ってくるのであった。

「どうしたって、びっくりするほど目立っておしまいになること……」

「でも、なんだかあまりにも真面目ぶってお澄ましをなさってるのが憎らしいわ」

などと、若い女房たちは、けしからぬことを喋々《ちようちよう》している。

それでいてしかし、特に驚き慌てる様子もなく、さわさわと品のよい衣擦《きぬず》れの音をさせながら、簀子《すのこ》に座布団を差し出しなどする物馴れた女房たちのしこなしも、さすがに見苦しからぬ。

「なるほど、この簀子のほどに控えておれ、とお許しを賜るところは、いかにも人並みに応対していただけたものと嬉しくは存じますが……さはさりながら、ここは御簾《みす》の外、こんなところに放り出しておかれるというご応対は、やはり嘆かわしいことにて、これでは、そうちょくちょくと参候《さんこう》申すこともできませぬ」

薫は、そう御簾内《みすうち》へ申し入れる。

「さてさて、さようなれば、どのようにお許らい申しましょう」

と、内の女房から返事がある。

「さよう、北面《きたおもて》の奥向きの……女房がたのお局などのございますあたりが、わたくしのような古い馴染みの者の休み所としては、もっとも相応《ふさわ》しいのではございませぬかな。まあ、しかし、それもそちらのお心次第、なにも強いてそうせよとお訴えするほどのことでもございますまい」

薫は、こんな戯《たわむ》れを言いながら、簀子から一段高くなった廂の間の下長押《しもなげし》（床《ゆか》の縁《ふち》）に

寄りかかっていると、例によって、女房たちが、

「ささ、姫さま、やはりあのあたりまでお出ましなさいまして……」

などと、中君に直接応接するように勧めている声が聞こえるのであった。

薫は、もともとの性格が、短兵急《たんぺいきゅう》で男性的というわけではなかったうえに、このごろは、ますますしんみりと落ち着いた態度でふるまっている。されば、中君にとっては、人を介さず直接に男と対話をするなどは、以前はどうあっても気恥ずかしいことであったけれど、そんな気持ちもようやく少しずつ薄らいできて、もはや馴れて平気になってしまっている。

かの、具合が悪いらしいということについても、

「いかがなされましたか」

と、薫は尋ねてみるけれど、さすがにことがことだけに、そうそうはっきりと返事をすることもできぬ。そうして、普段よりもどこか元気のない様子であるのを見るにつけても、胸が痛んで、いかにもかわいそうに思われる。そこで、妹背《いもせ》の仲というものは、どのようにあるべきかというようなことについて、あたかも兄が妹に諭すかのごとく心こまやかに、懇々とかつは教え、かつは慰めるのであった。

御簾の向こうから聞こえてくる声を聞くと、かつて大君在世の時分には、とくに似ているという感じもしなかったものが、今聞けば、不可思議なほどによく似、大君その人ではないかとまで思われて、もし女房衆などの人目を気にしなくてもいいのであったら、このまま簾《すだれ》をざっと引き上げて、差し向かいになって話したい、そうして、気分が悪くて苦しんでいるらしい顔形なども、この目でじかに見てみたいという気がしてくる。

〈もとより恋などに心動かされまいと一心に思っている私でさえこの始末だ……されば、この世の中に恋の物思いをしない人間など、あり得ないのではあるまいか〉と、そんなふうに薫には思い知られる。

「わたくしごとき、ひとかどの栄耀《えよう》生活などはできなくとも、まずは平々凡々、心中くよくよと悩んだり、嘆きつつ身を持て余すなどということもなく過ごしていける世の中だと、自分では思い込んでおりましたが……じっさいには、どうしてどうして、悩ましいことばかりです。姉君に先立たれて悲しい思いをしたこともそうだ……また、あなたを宮に譲るなどという愚かしいことをして、今こうして悔恨に苦しめられているのだってそうだ。いずれも、心の休まるときとてなく懊悩しておりますのは、まことにばからしいことと言わねばなりますまい。……世の中では、官位などというものを、一生の一大事のように思っているようで、昇進したとかしないとか、そんなことが思うに任せなかったからとて不満に思っては嘆いている人もありましょうが、わたくしの妄執の罪深さは、とうていそれどころではございますまい」

などと言いながら、手折《たお》ってきた朝顔の花を、扇の上にふと置いて見ていると、次第次第に花の色の赤みが増してゆくのも、却って色あいが面白く見えたゆえ、薫は、そっと御簾の下から差し入れた。

よそへてぞ見るべかりけるしら露の
契りかおきし朝顔の花

ああ、あなたを姉君になぞらえてお世話申すべきでした……
あの白露のように儚く消えてしまわれた姉君が、自分の代わりに妹を、と契りおいてくださったのではありませんでしたか、この朝顔の花のような君を……

薫の挙措進退《きよそしんたい》、まことにしずしずとしたもので、とくに朝顔の露を落とさぬようにと心がけたわけでもないのに、ちゃんと露が落ちずに残っている。中君は、〈露も落とさずに

お持ちくださったとは、なんて奥ゆかしいことでしょう〉と思って見ていると、露の置いたまま、花が萎《しお》れていく様子なので、

「消えぬまに枯れぬる花のはかなさに
おくるる露はなほぞまされる

露が消えぬうちに、はや枯れてしまった花のような姉君よりも、こうして頼りなく消え残っている露のようなわたくしのほうが、もっともっと儚いことでございます

いったい何を頼りにこうして消え残っているわたくしなのでしょう……」

と、こんなことを、まるで蚊の鳴くような声で、それも途切れ途切れに言い、恥ずかしげに語尾を飲み込んでしまうような風情に、〈ああ、やはりあの姉君に生き写しだな……〉と思うにつけても、薫の心には、まず悲しみばかりが満ちてくるのであった。

薫、父源氏との別れを悲しく物語る

そしてまた、薫は、ぽつりぽつりと語り始めた。

「秋の空は、また常よりも一段と物思いばかりまさることでございますね。そのぼんやりと過ごしております所在なさを紛らすよすがにもなろうかと思い、じつは、せんだって宇治のほうへ出かけてまいりました。お邸の庭も垣根も、まことに……ますます荒れ果てておりました。それを目に致しましては、ただもう……堪えがたいことばかり多くございました……。

……堪えがたい、と申せば、故六条院が亡くなられて後《のち》のこともそうでございました……あれは、亡くなられる二、三年ほど前のこと、ご出家なさって嵯峨の院に入られましたが、その嵯峨の院といい、六条院といい、ちらりとでも立ち寄ってなかを覗《のぞ》いて見る人は、みなあまりの荒れように、心中の悲しみを鎮めるすべとてもございませんでした。そこなる木の姿、草の色につけて、ただもう涙また涙のありさまで、空しく帰ってきたことでございます。……故院に側近くお仕えした人々は、身分の上下を問わず、みなそれぞれに深い悲しみに打ち拉《ひし》がれたことでございました。六条院の町々にそれぞれ集《つど》うて住んでおられた女君がたも、皆あちらこちら散り散りになって、おのおの俗世を離れたお暮らしをなさっていたようでございますが、ましてや、その下に仕えておりました女房どもなどは、いかにしても心を鎮めるすべとてなく、悲しい悲しいと分別もつかぬ心のままに、尼となって山林に隠遁《いんとん》するやら、わけもない地方官に誘《いざな》われてどこぞの田舎人になってしまうやら、気の毒な身の上に惑い落ちぶれて散っていった者が多くございました。……そんな按配《あんばい》にて、六条院もすっかり荒れまさったその果てに、忘れ草（萱草《かんぞう》）が生えたころになって、やっと悲しみも忘れたというわけでございましょう、今の左大臣（夕霧）が、六条院に移り住むようになり、明石中宮腹の宮たちも次々にお移りになって、今では、すっかり賑《にぎ》やかになりまして、まるで昔に戻ったようでございます。

されば、あれほど世に絶した悲しさと拝見いたしました六条院薨去《こうきょ》のことも、こうして年月《としつき》が経ってみますと、悲しみも次第に冷めるときがやってくるものだと、そのように愚考いたします。さてもさても、どんなに悲しい別れと申すものも、おのずから限りのあることであったなあと思うのでございます。……と、このように申し上げながら、故院との永別のことは、わたくしなどまだ幼い時分のことにて、じつはそれほど心に沁《し》みて悲しいということでもなかったのかもしれませぬこと……。が、やはり、あの姉君さまのことは、ごく近い夢のような出来事にて、こちらはなかなか冷ますことのできぬ悲しみのように存ぜられます……儚くも幽明境《ゆうめいさかい》を異《こと》にする悲しみは、いずれ同じことながら、さて、妄執の未練絶ちがたき罪深さ……ということから申しますなら、やはり姉君さまのほうがまさっておりましょうかと、そのことまでもが、悲しみにまた心憂さを添えることでございます」

薫は、こんなことを言い言い、涙にくれる。その様子は、中君の目には、いかにも心深げな人に映るのであった。

中君、父宮の命日に宇治行きを懇願

亡き大君を、それほど深くも思い偲《しの》ぶことのない人であっても、今こうして薫が悲しみに沈んでいるさまを見たなら、そぞろ憐《あわ》れを催して、平然とはしていられなくなるであろうが、ましてや、中君ともなれば、姉君の死といい、匂宮の行状といい、いずれもこれから先自分がどうなっていくのかと、心細く懊悩しているところであったから、常にもまして、亡き姉君の面影が彷彿として、ただ恋しく悲しく思い浮かべている。そのゆえに、薫の哀泣《あいきゅう》に接しては、また一段と胸にこみあげるものがあって、ろくろく口をきくこともできぬ。そうして、悲しみにたかぶった心を鎮めかねている気配を、御簾を隔てて、たがいにしみじみと心深く思い合っている。

やがて、中君が口を開いた。

「『山里はもののわびしきことこそあれ世の憂きよりは住みよかりけり（山里に隠遁していると、なにかと侘《わ》びしいことはその通りだけれど、それでも俗世間で心憂きことがさまざまあるのよりはよほど住み良かったことだ）』と、昔の人は歌いましたが、わたくしは、そんなふうに山里と俗世間とを思い比べる気持ちなども特にはなくて、父宮のお側で長い年月を過ごしてまいりました。……けれども、今となりましては、やはりなんとかしてあの懐かしい宇治の里で、静かな日々を過ごしたいと念じておりますが、そうは申しましても、なかなか思うようにはまいりますまいから、あの弁の尼が、ほんとうに羨《うらや》ましいことでございます。……この八月《はづき》の二十日過ぎ、父宮のご命日の頃は、あの山荘に近き山寺の鐘の声なども、よそながら聞きたいという思いがしきりといたしますので、宇治の里まで、秘かにお連れくださいませぬか……とお願いを申し上げようと思っておりました」

「なんと……かの山荘を荒れるにまかせておきたくないとのお気持ちかと存じますが、さてさて、そんなことがどうしてできましょう。あそこは、身軽な男の足でも、行き来のほどの険しい山道でございますから、わたくしなども、参ろう参ろうとは思いつつも、なかなか参れぬままにずいぶん月日が経ってしまいました。故八の宮の御命日は、かの山寺の阿闍梨《あじゃり》に、しかるべくご法事を営むようにしかと申し付けておきました。されば、あの山荘は、この際、やはり思い切ってお寺になさいませ。なにぶん、時々あの山荘を拝見するにつけて、ただただ悲しい想い出に心惑いの絶えぬことでございますから、それも不本意なことにて……されば、いっそよろずの罪障を滅ぼすための仏寺としたいもの……とそのように愚考いたしておりますが……また、ほかにどのようにお考えおきでございましょうや。いずれにせよ、こうせよとお決めになったことがあるのであれば、御意《ぎょい》に従いましょうと……さように存じます。ですから、どうぞありていに、こうしたいというご希望をお聞かせくださいまし。何ごとも、お心隔てなくどしどしと仰せつけくださいますことこそ、我が本望と申すものでございます」

などなど、薫はずいぶんと現実的なことをあれこれ言うのであった。この口ぶりを聞いていると、どうやら薫は、故宮の法事のかれこれを差配したばかりでなく、経巻《きょうかん》やら仏像やらをまでも寄進して、仏に供養を尽くしたいと思っているように見える。

しかるに、この法要参列に事寄せて、そっと宇治の山荘へ帰って籠《こも》ってしまおう、と中君が思うているらしい様子を見て取った薫は、

「出家ご隠遁など、断じてあるまじきことです。何ごとにつけても、もっとおっとりとのどかにお思いになるように致されよ」

と、強い口調で窘《たしな》めるのであった。

やがて日が高くなってくると、だんだん家来どもも参集してくるので、こんなところでうろうろと長居をしていては、なにかとあらぬ疑いを被るおそれもある。薫は、もう帰ろうとして、

「どこのお邸に伺いましても、このように御簾の外にずっと置かれたままなどということは身に慣れぬことでございますので、どうもなにやらしっくりいたしませぬ。……が、いずれまた、かようなおあしらいでもよしとして、こちらへお邪魔いたしましょう」

と、辞去の挨拶《あいさつ》をすると座を立った。

しかし……と薫は考えた。

〈匂宮が、なんだってまた選《よ》りにも選って自分のいないときに来たのだろうと思うに決ま

っているな、そういうご性格だからな、あの宮は……そうなると煩わしいぞ〉と思って、二条院の侍所《さぶらいどころ》の別当《べとう》（主任）の右京の大夫《かみ》を呼びつけて、

「実は、昨夜のうちに宮が内裏からお戻りになると伺って、それで参上したのだがな、どうやらまだお戻りでないらしい。まことに残念なことであったが、さてな、それでは内裏へでも参上したらお目にかかれるかな」

と尋ねてみると、

「今日はご退出あそばすはずでございますが」

と答える。

「さようか、それならば、また夕方頃にでも……」

薫は、そう言って出てゆく。

精進生活をする薫の煩悶

それからも、中君の様子や日々の暮らしぶりを耳にするたびに、薫は煩悶《はんもん》せざるを得ぬ。

〈ああ、私はなんだってまた、あの大君のお考えおきくださったことに背いて、深い考えもなくこの君を宮に渡してしまったのだろう……〉と、後悔する気持ちが募って、そのことばかりが心を領《りょう》しているのも、まことに気の晴れぬことであった。しかしまた〈どうして自分は、こうも自《みずか》ら択《えら》んで懊悩するようなことばかりする心がけなのであろう〉と、薫は自省しもする。

大君が亡くなってからというもの、薫はいまだにお精進の生活をしていて、ますます勤行一途に勤めつつ、日々を送っている。

母の女三の宮は、今になってもやはり、たいそう子どもっぽくおっとりとして、どこか頼りないお人柄であったが、それでも、こんな鬱々とした薫の様子を見れば、さすがに危なっかしく不吉なことと思って、

「もうわたくしの余生もいかほどのものでもありますまい。さればこうしてお目にかかることのできるあいだは、やはり拝見する甲斐《かい》のある立派なお姿でいてくださいませ。どうやら、世を捨てたいというお気持ちもお持ちのようですが、それについては、わたくし自身がこうして尼の姿となっております以上、ご出家を妨げ申すべき立場ではございませぬ。が、もしも……もしも、あなたが僧形にでもなってしまったら、もう生きている甲斐

もなにもない心地がして、その心の迷妄は、ご出家を妨げることよりもなお死後の罪が深いような気がいたしますよ」

と言葉を尽くして言い諭《さと》す。その様子が、いかにも恐れ多くお気の毒に見えて、薫は、よろずの物思いを押し殺しつつ、せめて母宮の前でだけは、なんの屈託もない様子を作ってみせるのであった。

匂宮、夕霧の六の君の婿となる

夕霧の左大臣は、落葉の宮とその養女分の六の君が住む、六条院の東北《うしとら》の御殿を、ぴかぴかと磨き立てて美しくしつらいを施し、なにからなにまで至らぬ隈《くま》なく用意をして、匂宮のお通いを待ち設けていた。が、八月《はづき》のその十六日《いざよい》の月がやっと昇ってくるまで、いっこうに音沙汰もないので、左大臣は〈宮としてはたいそうお気に召してのことでもないから、さて、どうなるのであろうな〉と、はらはらしながら気を揉《も》んでいた。そこで、待ち切れなくなった左大臣が、使いの者を派遣して宮の動静を探らせてみると、

「宮さまは、この夕方に、内裏よりお下がりあそばして、二条の院のほうにおいでとのこ

とでございます」

と、使いの者が言上する。

〈なんと、二条の院にか……ふん、あちらにはお気に入りの人がおいでゆえな〉と、癪に障るけれど、〈といって……今宵このまま過ぎてしまうのも、世間の物笑いになろうというもの〉と思って、子息の頭中将《とうのちゅうじょう》を使いとして宮のもとへ申し入れた。

大空の月だにやどるわが宿に

待つ宵《よひ》過ぎて見えぬ君かな

大空の月だって宿るわが家《いえ》ですのに、今日、お待ちしております宵を過ぎても、なおお見えにならぬ君でございますな

じつは、〈今日が六の君との婚礼の日だとはっきり分からぬようにしよう。なまじ、それが分かったら中君がかわいそうだ〉と思って、宮は内裏に上がって、そこから直接に六条院へ通っていくつもりだったのだが、宮中から中君のほうへ手紙を書き送ったところ、さて、どんな心打つ返事が来たのであろうか、その返事を読んでは、どうしても不憫《ふびん》に思

われて、そっと二条院のほうへ渡っていったというわけなのであった。そうして、中君のあまりにも放ってはおけないようなかわいらしい様子を見捨てて出て行く気にはなれず、かわいそうにも思って、よろずの言葉を尽くしては、来世までの契りを堅く約束して慰めたりなどしつつ、二人いっしょに月を眺めていた……ちょうどそこに、頭中将が使者としてやって来たというわけなのであった。

女君は、この頃は、とかく物思いに心屈することが多かったのだが、そんな苦悩をなんとかして顔に出すまいと我慢に我慢を重ねて、平気なふうを装っては、心を鎮めていることであったから、頭中将の訪れなども、特に気にもかけない様子を作って、おっとりと振舞っている。その姿は、たいそういじらしく痛々しい。

頭中将が迎えにきたということを聞いて、匂宮は、さすがにあちらのほうも気の毒に思えて、そのままにもできず、出向いていくことにした。

「なに、今すぐに帰って来ようぞ。留守のあいだ、独りで月など見るのではないよ。いや、私とて、心をここに置いて、ふわふわと上《うわ》の空《そら》になって行くのだから、辛いのは同じだからね」

と、女が独りで月を見るのは不吉だという言い伝えに触れながら、宮は一生懸命に言い慰めて、それでもやはり堂々と出て行くのは気が差したのであろう、目に付かぬ裏通路を抜けて、支度のために寝殿へ渡っていく。その後ろ姿を見送りながら、悔しいとか憎らしいとか思っているわけでもないのに、自然に涙がこぼれて、枕も浮くような心地がするのは、我と我が心ながら不審に思われ、〈ああ、人の心なんて、情ないものだこと〉とて、思いがけぬ嫉妬《しっと》心の発現に、中君は自己嫌悪するのであった。

中君の懊悩

〈思えば、私たち姉妹は、幼い頃から、頼りなく哀しい身の上であったけれど、こんな俗世になど、なんの執着も持たぬ様子で過ごしておられた父宮お一人を、ただお頼み申して、あんな山里にずっと過ごしてきた……あそこは、いつだってこれといってすることもない、索漠《さくばく》としたところであったけれど、でも、今のように、これほどまで心に沁みて世の中は辛いものだとも思わずに過ごしていた……、それが、父宮、姉君と、打ち続く不幸に打ち拉《ひし》がれていた頃には、こんなふうに一人取り残されたのでは、もうもう、片時も生きてはいられないと思いもしたし、恋しいこと悲しいことも、もはやこれ以上のことはあり得ないと思ったものであった。が、それなのに寿命が長くて今まで生き長らえてみれば、いつしか周囲の人々が心配してくれたほどでもなくて、こんなふうに人並みの暮らしをするようになった。この暮らしが長く続くなんて思ってもいないけれど、こうして目《ま》の当たりに過ごしている限りは、宮もそんなに悪い人ではなさそうだし、思いやりを持って接してくださるから、この頃はやっと世を辛いと思う心も薄れてきていたのに……。それなのに、このただ今の身の辛さは、さてさて、なんとも言いようがない。我慢もこれが限界という気がするほどのことであった……。もう跡形もなくこの世から消えてしまわれた父宮や姉君には、決してお目にかかることはできないけれど、たとえこんなことになろうとも、宮には時々はお目にかかれぬこともないのだから……と思っておけばよいものを……ああ、今宵、こんなふうに私を見捨てて出ていってしまわれた宮の無情さを思うと、来し方行く末とも、なにもかも思い乱れて、頼りない心細さがどうにもならぬ。もう我が心ながら、どう思いを晴らすすべもなく、ああ辛い辛い、それでもこのまま生き長らえていれば、そのうちには自然と宮が戻ってくださることもあるだろう……と希望を持って心を慰めようと思うけれど、あの「わが心慰めかねつ更級《さらしな》や姨捨《をばすて》山に照る月を見て（我が心はどうしても慰めることができぬ。更級のあの姨捨山に照る月を見ては）」の古歌ではないけれど、私の心も慰めかねるというもの……〉と思ううちに、姨捨山と同じ月が天高く昇って、皓々《こうこう》と澄んだ光を放ってくる。独りで月など見るなと宮は言ったけれど、こうして夜の更けるままに、あれやこれやと思い乱れつつ中君は過ごしている。

松風の吹き来る音も、あの宇治の荒々しい山颪《やまおろし》の音に比べてみれば、たいそう穏やかで親しみ深く感じられ、ここ二条院は、まことに居心地のよい住まいであったが、今宵ばかりはそうも思われぬ。この松風の声も、「優婆塞《うばそく》が行ふ山の椎《しひ》が本《もと》あなそばそばし床《とこ》にしあらねば（優婆塞、すなわち在俗の聖《ひじり》が修行をする山の椎の木の根元は、ああ、ごつごつして居心地が悪いぞ、平らな床ではないので）」と古歌に歌われた俗聖《ぞくひじり》の住まい、宇治山の椎の葉擦《はず》れの音には劣って聞きなされるのであった。

　山里の松の蔭にもかくばかり
　身にしむ秋の風はなかりき

　あの宇治の山里の松の木陰にも、これほど
　身に沁みて悲しく感じられる秋の風は吹かなかった

中君は、こんな歌を口ずさむ。さては、あれほど寂しく心細かった宇治山の既往《きおう》を、もう忘れてしまったのであろうか。

老いた女房たちなどが、

「さあ、姫さま、もう奥へお入りあそばしませ。女が独り月を見るのは忌むべきことと申しておりますほどに……」

「このところは、あきれるばかりに、ちょっとした御果物《おんくだもの》すらお召し上がりになりませぬゆえ、これでは、この先どうなっておしまいになることやら……」

「さてさて、とても見ておられませぬ。縁起でもないことまで、つい心に思い出されてまいりますこと……まことにどうしようもございませぬなあ」

と嘆きあっては、また、

「やれやれ、こたびのご婚儀のことじゃが……」

「さりながら、このまま疎遠におなりになる、などということは、よもやございますまいがの」

「いかにも、こちの姫君さまを先に深くご寵愛くださったことゆえ、あとからどういうお方が現われようと、最初の深いご愛情が名残もなく消えてしまうことなど、決してないはずのことぞ」

など言い合っているのも、なにもかも聞くに堪えぬ思いがして、〈今は、中納言であれ女房であれ、またそれがどのような形であれ、このことについて云々《うんぬん》してほしくない……とにもかくにも、私は、宮のなさりようを黙って見ていることにしよう〉と中君は思う。これも思えば、〈自分たちのことを、他人にとやかく口出ししてほしくない、ただ私一人で、お怨《うら》みを申したいばかり〉という心向きであったろうか。

しかし、宇治の昔をよく知っている古女房たちは、

「とにもかくにもね、中納言殿が、あれほど心を尽くして優しくしてくださったものをのう」

「それにしても、姫君さまのご宿縁の、不可思議なること……」

などなど、口々に言い合っている。

匂宮の目に映った六の君

匂宮は、内心胸を痛めながら、そのいっぽうで、その華々《はなばな》と派手な心の赴くところ、な

んとかして称賛すべき婿として待ち迎えられたいと思うゆえ、せいぜい気合いを入れて粧《めか》し込み、えもいわれぬほどたっぷりと香を焚《た》きしめて、その風采は筆舌に尽くしがたい美々《びび》しさである。

そうして、宮が通《かよ》っていった先の御殿のありさまも、それはそれは見事な佇《たたず》まいであった。

肝心の六の君だが、その体つきを見れば、小柄で繊弱《ひよわ》な風情ではなくて、ほどほどに成熟した感じが見える。〈ははあ、さてどうであろうかな、これは。どっしりとして、きついところがあるかもしれぬ。されば、性格的にも、ふわりと優しいというほうではなくて、尊大に構えているのではあるまいか。もしそうだとしたら、困ったものだが……〉などと、当初宮は思ったのだが、じっさいに逢《お》うてみれば、そんな様子でもなかったのであろうか、この君への心のかけようも、決して生半可なことではすまなくなった。

さしも秋の夜長とはいいながら、六の君との一夜はあっという間に明けてしまった。そもそもが夜更けての入来《じゅらい》だったからだろうか……いやいや、そのためばかりでもあるまい。

翌朝すぐに六の君に後朝の文を贈る

二条院へ戻ってからも、すぐに中君のいる西の対へ帰る気にもなれず、しばし寝殿で一休みの後は、起きて後朝《きぬぎぬ》の文を書いている。

「あのご様子では、あちらの姫君へも思し召し深くておいでのようね」

などと、匂宮付きの女房たちは、目引き袖引きする。

「これでは、対の御方がおいたわしいこと……」

「宮のお心がどんなに平等でいらっしゃるとても、そこはそれ、自然とあちらの御方に気《け》圧《お》されてしまうことだって、ございましょうしねえ」

など、いかに宮付きの女房たちでも、平気ではいられない。ただ、これまでは宮も中君のもとに入り浸りであったから、おのずからこの女房たちも中君に馴れ親しんでいるゆえに、宮のこの態度には、心安からずなにかと不満らしく物を言う人々もあって、総じてやはりこちらから見れば、左大臣家のやり方はみな癪の種になるものとみえた。

宮は、六の君からの返事もこの寝殿で受け取って読みたいとは思うものの、昨夜ひと夜を不安のうちに過ごしたであろう中君のことを思うと、常の外泊とは違い、どんな思いであったろうと胸の痛む思いがして、くだんの返事を待つことなく、すぐに西の対へ渡っていった。

匂宮、西の対へ戻って中君と語らう

女の閨《ねや》から戻ったままの寝乱れた姿もまたたいそうすばらしく、見るほどに心惹かれるような風情を身にまつわせたまま、宮は対のうちへ入ってくる。そうなると、横になったままというのもよろしくないと思って、中君はすこし起き上がっている。泣き明かした名残か、そのいくらか赤みがさした顔の色艶など、今朝はまた日ごろよりことに美しさがまさって見えるゆえ、宮は、女君の姿を見たとたんに一も二もなく涙ぐまれて、しばしのあいだ、じっと見つめているのであった。それも恥ずかしく思うて、うつ臥《ぶ》してしまった女君の、黒髪のさらさらとしたかかりぐあいといい、髪の生え際といい、どこから見ても世にも稀《まれ》なる美しさと見えた。

こうなると、宮もなにやらばつの悪い思いがして、愛情濃《こま》やかな言葉など、そうそうす

ぐにも出てこない、その照れ隠しでもあろうか、

「さてさて、いったいどうしていつもこう具合悪そうにばかりしているのであろう。暑い時期ゆえのご不調だとか仰せだったから、さあ、涼しくなるのはいつかいつかと待っていた、その涼しい秋になったというのに、なおもすっきりとせぬとは、なんだか見ているほうが辛くなるようだ。病魔退散のためにさまざまに祈らせていることも、どういうわけだろう、さっぱり効験《こうげん》のない感じがするぞ。さはさりながら、加持祈禱のほうは、さらにもう少し日を延べて祈らせるのがよかろうな。この際、なんとか法力《ほうりき》のたしかな僧侶を呼んできたいものだが。そうだ、あのなにがしの僧都《そうず》という人がよい、あれを夜通し寝所《しんじょ》近く侍らせて祈りに祈らせることにしよう」

などなど、風情もなにもない現実的なことばかり宮は言う。こんなことについてさえ、宮は調子のよいことを言い続けるとあって、女君はなんだか意に染まぬ思いがしたけれど、だからといって、なにも返事をしないのもいかがかと思うゆえ、

「昔も、わたくしは人とは格別に体が弱うございましたので、こうした患いをする折々はございましたが、いずれ自然とよくなりますほどに……」

と答える。これではまるで祈禱などは要らぬと言わぬばかり、宮は、

「これはまた、よくもまあそのようにはっきりと言ってのけるものだね」

と、にっこり笑ってみせる。そうして、〈この君は、まことに惹きつけられるような愛敬があるな……このかわいらしさは、肩を並べる人とてもありはすまい〉と、宮は思うものの、それでいてやはり、またあの六条院の君のところへ一刻も早く逢いに行きたいと、心焦《こころあせ》りするところも立ち添うてくるのは、これすなわち、あちらの君への愛執《あいしゅう》の心が生半可ではないものとみえた。

けれども、今こうして目《ま》の当たりに中君を見ている限りは、今までの気持ちと別段変わりもないとみえて、来世までもきっと自分を頼りにしたらいい、という旨を、さまざまに宮は誓言《せいごん》する。この宮の口から尽きせず語られる言葉を聞くにつけても、中君は、〈ほんとに、この世の命なんて短いもの……昔の人は「あり果てぬ命待つ間のほどばかり憂きことしげく思はずもがな（どうせいつまでも長らえることなどできないのが命というもの、その短い命の終わるまでのわずかの間ばかりは、せめて辛《つら》いことをあれこれ思わずにいたい）」と願ったけれど、そんなことを言っても、その短い「命待つ間」にすら、こんな酷薄《こくはく》なお心を見せられるのだから、現《うつ》し世《よ》なんて、ほんとうにあてにはならない……でも、せめてこうして重ね重ね誓ってくださる来世の契りくらいは、ご誓言に違《たが》わず果たしてくださるかもしれぬ……ついついそんなふうに思ってしまうから、こんな目にあってもなお性懲《しょうこ》りもなく、また宮を頼りにしてしまうのかしら……〉と自問自答しながら、ずいぶん堪《こら》えに堪えているようにみえたが、どうにも我慢しきれなくなったのであろうか、今日は、とうとう泣きだしてしまった。

いやじつは、このところずっとこういう思いに悩んでいたのだが、それでも、そのことを宮に悟られぬようにしようと、なにかとごまかしながら過ごしてきたのであった。が、こういちどきに何もかも物思いの種が押し寄せてくるに及んで、そうそう隠しおおせることができなくなったのであろうか、いったん涙がこぼれてしまうと、まるで堰《せき》を切ったように流れて、すぐにはおさめることができぬ。こんなありさまを宮に見られるのは、ほんとうに恥ずかしく悲観的な気持ちになって、必死に顔を背けている。

宮は、そんな女君の顔を、ぐいと自分のほうに引き向け、

「いつだって、私が申し上げることを、すなおに受け入れてくださっているものと、しみじみ嬉しく思っていたのに……これはいったい、どうしたことであろう。やはりお心の底では、私に隔てを置いておられたのであろうな。……違うかな、もしそうでないのなら、この一夜《ひとよ》のあいだに、くるりと心変わりでもなすったか」

など言いながら、自らの袖を差し出して中君の涙を拭うのであった。

すると中君は、

「この一夜のあいだに……心変わりを……そんなことを仰せになると、さあ、この一夜のあいだに、宮のお心になにがあったかと推し量られると申すもの」

と言いながら、ひんやりと微笑んだ。

「ねえ、君、それはほんとうに幼稚な物言いというものだよ。そんなことを仰せになってもね、私のほうの真実を申せば、心になんの隠し事もないのだから、まあ、気楽なものです。もしね、私があちらに心を移しなどしているとしたら、それは、どんなにくどくどと言い訳を申したところで、いずれはっきりとわかってしまうこと。まず、そのように、なにひとつ世間の道理をおわきまえのないところが……いやいや、そこがいじらしいところではございますがね……しかし、まったく困ったことと申さねばなりますまい。よろしいか、こんなことは、ご自分の身に置き換えてお考えになってごらんなさい。そもそも私は、我と我が身を、自分の心のままに動かすこともできぬ身の上です。が、いずれ、自分の思うとおりにできる時が来たら……その時は、他の誰よりもあなたを思う心のまさっていることを、ちゃーんと分かるようにして差し上げる方法が一つあるのです。いや、それは今ここで軽々《けいけい》に口にすべきことでもありませぬから、具体的にどうとは申し上げませぬが……お互い、その日が来るまで、『命あっての物種《ものだね》』と申すもの……」

宮は、これから先、自分がやがて皇位に即《つ》く日があったら、その時は中宮にでも……とそんなことを言外に匂《にお》わせる。

そうこうしているところへ、折悪しく、六条院のほうへ遣わしていた後朝《きぬぎぬ》の文の使いが、返事を持って戻ってきてしまった。どうやら、あちらの邸で褒美の酒などしこたま頂戴して、すっかり良い機嫌になり、本来はこっそり持参すべき文と憚《はばか》る心も忘れて、ずんずんとこの対の南面《みなみおもて》にやって来たのだ。

代筆の返事到来

しかもそれが、海士《あま》が潜《かず》いて刈るめずらしい玉藻(たまも)さながら、賞(め)ずべき玉裳(たまも)を肩に被《かず》いた姿で現われたのは、すなわち後朝の文の使いに対して、左大臣家からたっぷりと褒美を戴いてきたのであろうと、こなたの女房たちは睨《にら》んでいる。

〈いったいいつの間に、急いで後朝の文など、宮はお書きになったのであろう〉と、思うにつけても、女房たちの心中は安からぬものであったに違いない。

宮も、〈こうなった以上、無理に隠し立てすべきではなかろうが、といって、うちつけに女君にこんなものを見せるというのは、いかになんでもかわいそうだ〉と思う。そして、〈だいたい、こんなときの使者たる者、多少の心用意をすべきものだが、まったくしようがない〉といたたまれないような思いがしたけれど、今となってはどうにも仕方がないので、女房にその文を受け取らせる。

そうして、〈よし、もう知られてしまった以上同じことだ、どこまでも隔心のない態度でゆくことにしよう〉と、宮は思って、その文を引き開けてみると、どうやら継母《ままはは》に当たる落葉の宮の手跡のように見えたので、すこし安心して、ふっと下へ置いた。

……いかに継母の宮の代筆とはいえ、後朝の文を中君に見せるなど、まったくはらはらせずにはいられぬことだが……。

で、その文にはこう書いてあった。

「賢《さか》しらしく差し出た真似も気の引けることでございますので、ご自身でお書きになるようにお勧め申しましたけれど、たいそうお具合が悪くていらっしゃいますご様子にて、止むを得ず代筆させていただきます。

女郎花《をみなへし》しをれぞまさる朝露の
いかにおきけるなごりなるらむ

今朝は、女郎花のような女君はすっかり萎《しお》れておしまいになっておられます。
これはいったい、朝露のような宮さまがどんなふうに花の上に置(お)き、
そして起(お)きて行かれたお名残なのでございましょう」

と、こんなことが、いかにも貴《あて》やかに、流麗な筆跡で書かれてあった。

「なんと、どうも恨みがましいような歌いぶり……煩わしいことだな。私の本心を申せば、この二条の邸で、しばらくは中君《あれ》と二人、のんびりと暮らそうと思っていたのだが……とんだことになってしまった」

宮は、そんなことを言いもする。

しかしながら、そもそも妻というものは一人だけで、夫婦二人水入らずの暮らしが当たり前だと思っている並々の身分の人であったなら、今の中君のような目に遭わされたことの恨めしさなどを、周囲の人も気の毒に思ってくれるだろうけれど、考えてみれば、匂宮

のような身分の人に関しては、とてもそういう訳にはいかぬ。いずれはこういうことになるのが避けられないのであった。

　宮たちのなかでもまた、この匂宮は特別の将来が約束されていると公卿たちに思われている人ゆえ、幾人も幾人も妻たちを持つということがあっても、それはなんら難ぜられるべきことではない。されば、周囲の人々も、中君が気の毒だなどと思ってもいないことであろう。それどころか、かくも仰々しいまでのもてなしを以て、大事に大事に二条院に住まわせているばかりか、寒い風にも当てじと胸痛むばかりのご寵愛ぶりとあっては、ただもう「身に幸いの添うた御方」と人々は思うているようであった。

　いっぽう、中君自身の心の内でも、〈今まで、こうしてなにもかもほんとうに手厚くしていただいて、それが当たり前と思ってきたせいで、こんな体裁の悪いような目にあうのが、ひたすら嘆かわしく思われるのであろう。……かつて、昔物語などを見聞きするにつけても、また、他人の身の上話をいろいろと聞くにつけても、妹背の仲の軋轢《あつれき》などを、なんだって人は大ごとのように思うのだろうと、納得できかねる思いでいたけれど、いやいや、いざその身になってみれば、ほんとうにこれは大変なことであった……〉と、我が身に降りかかってきて初めて、こんなことも痛切に思い知られるのであった。

匂宮、中君に優しく接しながら、また六の君のもとへ

宮は、しかし、いつにも増していっそう優しく中君に接し、心からくつろいだ風情でゆったりとしながら、

「そうやって、いっさいなにも召し上がらぬというのが、いけませんよ」

などと言っては、わざわざ珍しい果物や菓子などを用意させ、また聞こえた名調理人を呼んで格別の品を作らせたりもして食養生を勧めるのであったが、中君は、とてもとても食べることなど以ての外のように思っている。

「なんだか見ているのも辛《つら》いようだ」

などと、宮は、やきもきして心配を口にするうちに、日が暮れてきたので、夕方ころに、身支度のため寝殿のほうへ渡っていった。

折しも秋風が涼しく吹いて、さなきだに空の趣のまさる季節……今ふうの派手好みなる気質《かたぎ》の宮は、これからまたあの新妻のもとへ行こうと思うほどに、心はうきうきしてい

る。しかし、物思いに沈みがちな中君の心のうちは、なにもかも堪えがたいことばかり多いのであった。

蜩《ひぐらし》が鳴いた。その声を聞くにつけても、かの「ひぐらしの鳴きつるなへに日は暮れぬと思ふは山の蔭にぞありける（蜩が鳴いたと同時に日が暮れてしまった……と、思ったのは、山の蔭にいたからなのであったな）」という古歌を思い出すような、遠い宇治山の蔭の故郷《ふるさと》がただ恋しくて、

おほかたに聞かましものをひぐらしの
声うらめしき秋の暮かな

ああ、あのまま宇治の山里にいたなら、この蜩の声だって、
きっとなんでもなく聞き過ごせただろうに……
今は、その声がこんなに寂しく恨めしく聞こえてくる秋の暮よ……

今宵は、まだ夜更けぬうちに、宮は六条のほうへ出かける模様である。その前駆《さきが》けの声が次第に遠ざかっていくにつれて、中君は、あたかも「恋をして音《ね》をのみ泣けば敷妙《しきたへ》の枕

の下に海士ぞ釣《つり》する（恋をして、こうして声をあげて泣いてばかりいるので、枕の下に涙の海が出来て、そこで海士が釣をするほどになってしまった）」と古歌に歌われたごとく、ただただ涙にくれている。〈こんな嫉妬心でぐしゃぐしゃになっているなんて、自分ながら見下げ果てた心根だな〉と思い思いしながら、その蜩の声を聞きつつ臥してしまった。そうして、宮が、宇治に通って来た初めのころのことを思い出してみても、そもそも最初の頃から、通いが絶えて苦しい思いばかりさせられたことなど、あれこれ思い出しては、つくづく疎ましい思いに打たれるのであった。

〈それに、こうしてお腹に子が宿って、気分が悪いことも、これから先どうなっていくのであろう……母上も姉君も、みな短命であったから、おそろしいお産などという折に、もしかしたら、私も死んでしまうことだってあるかもしれない〉と思う。〈……いや、死んだって惜しくはない命だけれど、やっぱり悲しいし、こうして身ごもったまま死ぬのは、とても罪深いことだというし〉などなど、中君は、とつおいつ思い巡らしては一睡もできぬままに、その夜を明かしてしまった。

六の君の婚儀三日夜の披露

その日は、明石中宮がご体調を崩しているということを聞いて、誰も誰もお見舞いに上がったけれど、ただの風邪であったゆえ、とくに心配するにも及ばないというので、夕霧の左大臣は、昼に宮中から退出していった。その際、薫中納言を誘って、一つ車に同乗して下がっていったのだった。

今宵は、三日夜《みかよ》の披露がある……ついては、その宴《えん》の格式について、どんなに善美を尽くそうかと夕霧は秘かに思っている様子であったが、もとより身分柄一定の限度というものがあろうというもの。さてそこで、くだんの祝宴をもっとも立派に執り行なうにはどうしたものだろう、と夕霧は案じ巡らす。……この薫君をわざわざ誘った理由は、夕霧にとって薫は以前六の君の婿に擬した人でもあり、どこかばつの悪いようなところもあったのだが、といって、親しさという点から思えば、一族のなかに他にこれにまさる人も見当たらぬことだし、かかるめでたい席に栄えばえしさを添えるという意味では、いやしくも中宮の弟ということになっているこの人は、また格別な存在であったからだと見える。

やがて、薫は、一旦自邸に戻って、装いを改めると、いつになく早々《そうそう》に六条院に参上してくる。そうして、一度は婿にと勧められていた六の君が、こうして匂宮のものになってしまったことを、別段口惜しいと思っている気配もさらになく、自分と心を合わせて、なにくれとなく世話焼きに努めているのを見ると、夕霧としては、内心ひそかに〈なんだ、いいかげん癪《しゃく》に障るやつだ〉と思わずにはいられないのであった。

宵を少し過ぎる頃に、宮は六条院へやってきて、すぐに東北《うしとら》の御殿の六の君の部屋に入った。

宴席としては、寝殿の南の廂、その東に寄ったところに、宮のための御座《おまし》が用意してあった。高坏《たかつき》を八台、その上にそれぞれ置いた銀の皿にかれこれお定まりの料理を、寸分の乱れもなくきちんと用意して配し、また小さな高坏二台には、猫脚のついた皿をあれこれ、こちらはぐっと今風に砕けた趣向に拵《こしら》えたところに、例の三日夜《みかよ》の祝餅《いわいもち》を配してある。……かかる定式《じょうしき》のようなことはくだくだしく書くのも面白からぬことゆえ、これ以上は省く。

やがて、左大臣が宴席に姿を見せて、

「もうずいぶん夜が更けた」

とて、女房を遣わして、宮のお出ましを慫慂《しょうよう》するけれど、宮は女君の御帳台《みちょうだい》の内で戯《ざ》れ言など言い交わしつつ、すぐには出てこようとしないのであった。そこで、左大臣の北の方（雲居の雁）の兄弟、左衛門《さえもん》の督《かみ》、藤宰相《とうさいしょう》などだけが、まずは席に着いて待ち受ける。しばらくあって、やっと出てきた宮の風采は、やはりたいそう素敵で、まことに見る甲斐のある婿がねぶりである。

主役《あるじ》の頭中将（夕霧の子息）が、まず盃《さかずき》を捧《ささ》げつつ料理を盛った高坏をまいらせる。宮はそれを口切りに、次々に客から献ぜられる盃を、二献《こん》、三献と口にする。

そのうち、薫中納言がしきりと酒を勧めるので、宮は、ふと苦笑いを浮かべた。おそらくそれは、いつぞや、左大臣家を指して「格式ばっていて煩わしいところ」とて、自分には相応《ふさわ》しくない邸だと思い、そんなことを口にしたこともあったのを、ふっと思い出したのであろうとみえる。

けれども薫は、宮のそんな表情の動きを見て見ぬふり、たいそう実直らしくふるまっている。そうして、すぐに東の対へ出て、宮に随従の人々をもてなすのであった。その供人《ともびと》たちのなかには、声望ある殿上人どももたいそう多かった。四位《しい》の者六人には、女装束に添えて細長《ほそなが》一領、五位の者十人には、三重襲《みえがさね》の唐衣《からぎぬ》、さらにそれぞれに添える裳《も》の腰《こし》（腰から下の後方にまとう服）のありようなども、みな位により定めがあるのであろう。また六位の者四人には、綾織《あやおり》の細長に袴などを引き出物として贈ったが、それも万事が定式《じょうしき》どおりでは面白からず思ったゆえ、それぞれの装束の色や仕立て方など、格別心を尽くして美しく用意してあった。下働きの召次《めしつぎ》やら舎人《とねり》などという者は、分不相応なまでに盛大な褒美を頂戴したことであった。

なにぶん、こうした贅沢《ぜいたく》を尽くして華やかなことなどは、いかにも見るに甲斐あることがらゆえ、物語などにも、なにはさておき書き立てるのであろう。けれども、実際には、その詳しいところまでは、とうてい一々数え挙げることもできぬ次第であったとか……。

ところが、中納言の車の前駆《さきが》けを務めたもののなかに、おそらくどこぞの物陰にでもぼんやりしておったのであろう、ご褒美に与《あずか》らなかった者があったと見える。薫の車が三条の邸に戻ってきた時に、ぶつぶつとぼやくのが聞こえた。

「うちの殿さまも、なんだとてまた面倒なことを言わずと、さっさとあの左大臣殿のお家の御婿《おんむこ》におなりにならんのじゃろうな。まったく、面白うもないお独り暮らしよな」

とまあ、中門のあたりで、こんなことを呟《つぶや》く声が、車を降りようとしていた薫の耳に届いた。それを聞いて、薫は、おかしくてしかたがない。……おおかた、自分たちは、こんなに夜も更けるまで働かされて眠い思いをしているというのに、あちらの匂宮の供人どもは、手厚く接待を受けて、今ごろは大いに酔っぱらって、良い気持ちで寝そべってでもいるだろうと、羨《うらや》ましく思ったものと見える。

薫、匂宮の婚儀についての所感

薫は、自室に入って横になると、つらつら考えた。

〈……うむ、それにしてもああいう家の婿になるなどは、どうにもきまりの悪いことだな。あんなふうに、いかにもご大層に構えた親がしゃしゃり出て、これみよがしに座っている前で……ま、いずれ近い血縁の人々には違いないが……あの君この人と、つぎつぎと出てきては、灯火を明るく掻《か》き上げなどして、煌々《こうこう》たる光に照らされながら、盃など勧められる……それを、宮は、いかにも格好良く献酬《けんしゅう》などしていたようだったが〉と、匂宮の宴席での様子を、さも婿らしい風情に適《かな》っていたものと思い出している。そしてまた〈まったく、私だってもし仮に自慢の娘を持っていたとしたら、婿として、だれよりもこの宮に通ってほしいと思うだろう。……まず、この宮を差し置いては、内裏のお上にだってよう差し上げるものではないぞ〉と、そんなことも思っているのであったが、同時に、〈公卿たちの誰も彼もが、宮に差し上げたいと念じている娘は、もし宮が叶《かな》わないなら、源中納言に差し上げたいものだと、みな口々に言い言いしているそうだから……ふふふ、我が声価も、これでなかなか捨てたものではないぞ……それにしては、こうあまりにも世間離れしていて、世の中から取り残されているような人間なのだがな、私は……〉などと、薫は、やや得意の鼻をうごめかす。

そうして、〈お上から、二の宮のことにつき御意を賜ったこと、あれについては、じっさいにお上が本気でそのように思し召しているという今、こんなふうに面倒がってばかりいるのは、さていかがなものであろう……。いや、我が身にとって光栄なことにはちがいないが、うーむ、どうしたらよかろう。……これで万一にも、くだんの二の宮があの亡き大君にたいそう似ている……などということがあったら、その時はさぞ嬉しいことであろうな……〉などと、自然に思いがそこに至るのは、つまりこの女君とのことをまったくお断りするというつもりもないのであろう。

薫、按察使と共に一夜を過ごす

いつもながら、寝覚めがちで、なすべきこととてもない夜ゆえ、その夜、薫は、按察使《あぜち》の君といって、人よりは多少お情をかけている女房の局《つぼね》に出向いていって、そのまま一夜を明かした。

いずれ、このまま明るくなるころに帰ったとしても、人が咎《とが》めだてするようなことでもなかったに、薫ははかに気にして、まだ暗いうちに急いで起きた。そのことを按察使の君は、生半可な逢瀬の後に見捨てられるような気がして、やすからず思ったと見え、こんな歌を詠じた。

うちわたし世にゆるしなき関川を
みなれそめけむ名こそをしけれ

うち渡して……おしなべて、誰一人通るを許さぬ厳重な逢坂《おうさか》の関のように、世間が許さぬ私たちの仲ですのに、その関のほとりの川を渡って水馴(みな)れるように、

見馴(みな)れ染めた仲だろうと、あたら浮き名が立ってしまうことが残念でございます

さすがに、薫もかわいそうに思って、

深からずうへは見ゆれど関川の
したのかよひは絶ゆるものかは

うわべは深くもないように見えるけれど、あの関川の底のほうに通う流れの絶えぬように、
そなたへの我が心のひそかな通いは、どうして絶えることがあるものか

と歌を返した。

……いや、しかし「思いは深いのだよ」と言ったところで、男の言葉など頼りにならぬものだのに、「うわべは深くもないように見えるけれど」などとは、女にとって、いっそう気の揉《も》める言い草にちがいない。

そこで薫は、部屋の隅の開き戸を押し開けると、

「ほんとうのことを言うとね……ほら、どうだ、この空の風情をご覧なさい。これほどの景色だのに、どうして知らん顔して夜を明かしてしまうことができようぞ。いや、別段風

流の数寄者《すきもの》を気取ってこんなことをするのではない。ただ、この秋の夜長に、ますます物思いに寝覚めがちな夜々《よよ》ばかり続く……、そういう夜半の寝覚めの物思いには、現し世のことから来世のことまで、あれこれ思いやられて、心にしみじみと感じ入ることばかり多いのだ」

など、いつの間にか按察使の君の思いなどそっちのけで、もっともらしく言い紛らしながら、局を出てゆく。

かくのごとく、薫という人は、あれこれと上手に気を引くような言葉を並べ立てたりもせぬのだが、ただ、その風姿がいかにもすっきりと美しく見えるゆえに、ついつい女心には点数が甘くなってしまうのであろうか、薄情な君だなどと女たちから思われることがない。そこで、ほんのかりそめに、お戯れで情をかけてやった程度の女が、どうしてもまたお側近くで拝見したいと、一途《いちず》に思い詰める結果なのであろうか、女三の宮は出家の身ゆえ、それほど多くの侍女《じじょ》も必要ないというに、そこを無理やりに縁故をたぐっては、われもわれもと押しかけ奉公をする女房がたくさんある。しかし結局は、おのおのの身の上に応じて、悲哀を嘗《な》めている人も多いことであろう。

匂宮、六条院に居続ける

さて、匂宮は、三日夜《みかよ》の餅も祝ったことだし、もはや公然の婿として六条院に居続ける。そこで、昼の光のなかで六の君を見るにつけて、ますます愛着が深くなっていくのであった。背格好がちょうどよいほどで、姿形はたいそう清らかに美しげで、髪の垂れよう、また頭の格好など、どこをとっても人より格別に優れていて、〈ああ、なんとまた賞嘆すべき美しさだ……〉と、宮の目には映った。しかも、その肌は艶々として血色よく、また、堂々として気品に満ちた顔の、その目もとは見ているほうが恥ずかしくなるほどに美しく聡明そうで、なにもかも具足《ぐそく》したるところは、すなわち「縹緻《きりよう》の良い人」と言うのになんの不足もないという塩梅《あんばい》である。

歳は、二十歳を一つ二つ過ぎたところであった。

されば、もう幼いという年回りでもないので、どこといって未熟で飽き足らぬ思いのするところもなく、生き生きとして、まさに今を盛りの花のように見えた。

この姫については、掌中《しようちゆう》の玉のごとく限りもなく大事に傅《かしず》き育てたものゆえ、どこといって不十分なところも見当たらぬのであってみれば、まことに父大臣《ちちおとど》が、姫の身の振り方について肝《きも》を焦がす気持ちもよく解るというものであった。

人柄がふわっと優しくて、かわいげがあって、どこかいじらしい風情があるという意味では、まずかの対に住む中君のほうを宮は想起する。しかし、左大臣の六の君のほうは、宮が話しかけたときの返答なども、恥ずかしそうにはするものの、また過度にもじもじして何を言っているのか聞き取れないなどということはなく、かれこれ総じての見どころが多くて、才気走った様子をしている。お付きの女房たちも、姿のよい若い人が三十人ばかり、女の童《めわらわ》が六人、いずれもどこといって欠点なく、装束なども、型通りの格式ばったものは、もう見馴れて面白からず宮が思うだろうからとて、ぐっと様相を変えて、どうかと思うほどに珍しい意匠を凝らしている。三条の本邸の北の方雲居の雁腹の大君《おおいぎみ》を、東宮に入内させたときよりも、今回の六の君の婚礼のほうを、格別に気を使って万事差配したというのも、畢竟《ひっきょう》、匂宮の声望のめでたさと人柄に配慮してのことであったろう。

二条院に懊悩する中君、薫と消息を交す

こういうことになった後、宮は、もはや二条院のほうへ、そうそう気安く出向くこともなりがたくなった。もとより、軽々しい身分ではないので、夜の通いが無理なら、思い立つまま昼間に出向こうかというわけにもいかぬ。ついには、そのまま六条院の東南《たつみ》の町……すなわち、かつて紫上の手許《てもと》で幼少時代を過ごした御殿に、往時さながら住みつくようになって、日が暮れると、また六の君を避けるように二条院へ渡っていくというわけにもいかず、結果的に、中君は、ただただ待ち遠しい折々ばかり多くなってゆくのは是非もなかった。

中君にとっては、いずれこんなことになるだろうとは思い設けていたけれど、いざ現実にそうなってみると、〈これほどまでに、なんの未練もなく見捨てられるものだろうか……なるほど、思慮深い人なら、物の数でもないような身の程をも弁《わきま》えず、交わったりするようなところではなかった、都の公家社会などというものは……〉と思うにつけても、亡き姉君の思慮深かった人柄も懐かしく、またあの山道を踏み分けて宇治から出京してき

た時のことなどが、まるで現《うつつ》ならぬ夢でも見ていたような気がして、かえすがえすも悔やまれ、悲しくもあり……〈ええ、もう、なんとかして、こっそりここを出て宇治に帰りたい……宮とすっかり縁を切ってというところまではいかなくても、すくなくともしばらくの間あちらにいて、この胸の苦しみを慰めたい……これで、よほど憎々しい態度でもしたら嫌《いや》なお気持ちにもなられるだろうけれど、そうじゃなくて、ただ自分の心を休めにいくだけならかまうまい〉などと、ああも思いこうも思いして、ついには自分の胸ひとつの内には収め切れなくなった。そこで、恥ずかしい気がするけれど、思い切って薫中納言に文を書き送った。

「先日仰せの御こと……父宮の法事については、たしかに阿闍梨よりしかじかの連絡がございましたので、詳しく聞かせていただいたところでございます。かかるお心配りが、もしなんの名残もなく途絶えなどしておりましたなら、亡き人々の御霊《みたま》がどれほどお気の毒であったろうかと存ぜられますにつきましても、中納言さまのご厚意には並々ならず深謝申し上げております。もしできますことなら、わたくしみずからお目にかかって、くれぐれもお礼を申し上げたく……」

文面には、そうあった。その文は、バサバサと厚手の陸奥紙《みちのくにがみ》に、とくに格好をつけるでもなく、生真面目な筆法で書いてあったが、そのことが却って、たいそう風情ありげに見えた。そうして、父宮のご命日に、薫の差配によって、然るべき法要をたいそう荘厳《そうごん》に執行《しゅぎょう》させてくれたことを中君が素直に喜んでいるありさまが、ことに大仰に書き立ててあるのでもないが、心底からそう思っているらしく読みなされる。

いつもだったら、薫のほうから差し出した手紙に対する返事すら、中君は、ひどく気恥ずかしいことのように思って、考え考え遠慮がちに書くというような調子なのに、この文に限っては「みずからお目にかかって」とまで書かれているのを見て、薫は、珍しく嬉しく思って、胸のときめく思いがしているに相違ない。

なにぶん、最近は、宮が目新しい姫君にすっかりうつつを抜かしているところで、こちらの君のことは疎《おろそ》かに扱っていることにも、ほんとうに胸の痛む思いで同情を寄せていて、ともかく中君がかわいそうでならぬ。だから、このなんの曲《きょく》もない殺風景な手紙を、下にも置かず、押し返し繰り返し眺め入っているのであった。

そして、返事には、こう書いた。

「お手紙拝承いたしました。先日、まるで修行者《しゅぎょうじゃ》めいた姿に身を窶《やつ》しつつ、そのことを一切お知らせもせずに宇治まで行ってまいりましたのは、折しもさようにするのがよかろうと愚考すべき仔細《しさい》があったからでございます。が、お手紙のうちに、『名残もなく途絶える』などと仰せになりましたのは、まるで、わたくしの志がいくらか浅くなってきたかのようにお思いなのでございましょうか。もしや、そのようにお考えなのだろうかと、恨めしく存ぜられます。委細は、お伺いしてお目文字の上にて。あなかしこ」

と、こんな文面で、これも白くごわごわした殺風景な色紙《しきし》に、まるで規矩準縄《きくじゅんじょう》なる文字を以て書き連ねてある。

その翌日、薫、二条院来訪

さて、この文をやりとりした翌日の夕方、二条院へ薫が訪ねてきた。その胸中には、ひそかに中君を思う心があるので、身だしなみへの気遣いは半端でない。すなわち、着慣らしてしんなりとした上等の下衣《したごろも》に、これでもかというほど薫香の匂いをさせ、それだけでも大げさすぎはせぬかと思われるくらいなのに、さらに、丁子油《ちょうじあぶら》で染めて黄色みを帯びた愛用の扇に移った袖の香などまで、それはもう喩《たと》えようもないほどにかぐわしい香りがしている。

女君も、あのいつぞやの夜、姉君が逃げ隠れしてしまったために、思いがけず薫と添い臥しして一夜を明かした……なのになにごともなく過ぎてしまった、なにがなんだか分からなかった夜のことなど、今になって思い出す折々が、無きにしもあらずなので、ああいう時でも実直で思い遣《や》りも濃《こま》やかであった薫の心ばえが、どんな殿方とも似ていないのを見るにつけても、〈ああ、中納言の君と一緒になっていたかったな〉などということまで思ったりもするのであろうか……。こうしてもう一人前という年格好になって、現に匂宮の酷薄な仕打ちも経験した今、かれこれ思い比べてみれば、薫がいかに優しい、そして行き届いた人柄であったかと、女君は、すっかり思い知った。そんなことがあったからだろうか、今までいつも隔てを置いて、御簾の外に薫の御座を据えるなど、冷淡なもてなしばかりしてきたことをお気の毒に思いもし、かつはまた、〈ずっとあんなおもてなしを続けたら、どんなにものの道理を弁《わきま》えない女だろうと、お思いになられるかもしれない……〉と案じもして、今日は、思い切って御簾の内に招じ入れ、薫は廂《ひさし》の間に、そして女君自身は、母屋《もや》の簾《すだれ》の内側に念のためもう一つ几帳を立てて、その奥のほうにすこし退《しりぞ》いて対面することにした。

薫は丁重に物を言い入れる。

「とくにお呼びいただいたということでもございませぬが、いつになく、お目にかからせていただけるということを承りました嬉しさに、ただちに参上いたしたくは存じましたが、昨日は宮がこちらにお渡りあそばしておいでの由を承りましたゆえ、さような折悪《あ》しきときの推参《すいさん》もいかがかと愚考つかまつりまして、今日に日延べいたしました次第でございます。さるほどに、年来お尽くし申し上げおりました、わたくしの誠意のほどが、ようやく報われた印でもございましょうか、従来のようなよそよそしい隔てのほども少し薄らぎまして、やっと御簾のうちに上げていただきました。まことに世にもまれなる光栄でございます」

こんな薫の声を聞いて、中君は、やはり気恥ずかしい思いが先に立ち、なにをどう答えたものか咄嗟《とっさ》にはなかなか思いつかぬ心地がしたが、

「いつぞやは、亡き父宮のご命日の法要につき、阿闍梨よりご報告がありました。それは、嬉しく思いながら伺ったのですが、その心のうちを申し上げることもせず、いつもの悪い癖にて、うじうじと屈託しつつ過ごしておりましたなら、お力添えを賜りました中納言さまへの感謝の気持ちの片端《かたはし》も分かっていただけぬままとなってしまいましょう、その

ことの口惜しさに……」

と、いかにもおずおずとした風情で返答するけれども、その声は、部屋の奥のほうへずっと退いたところから、かすかに途切れ途切れに聞こえてくる。さすがに薫は、もどかしく思って、

「たいそう遠くにおいでなのでございますね。今日は、真剣に申し上げもし、また承りたいとも思う、妹背の筋のお話もございますのに……」

と申し入れる。中君は、〈なるほどそうか……〉と思って、奥のほうからすこし御簾際《みすぎわ》近くまで、身じろぎながら寄ってきた。その衣擦《きぬず》れの音を薫は耳にして、はっと胸の騒ぐのを覚える。それでも、せいぜいさりげなく心を鎮めた態度を持《じ》し、宮の中君に対する愛情が存外に浅いものであったということを匂わせつつ、かつはまた宮の行状を疎ましく思うように仕向け、そうかと思うと中君を懇篤に慰めなどもし、男女《おとこおんな》いずれのことも、おっとりと静かな態度で語り聞かせている。

これに対して女君は、かの宮の酷薄な仕打ちの恨めしさなど、そうそう露骨に口に出して相談申すべきことではないから、薫の言葉にそのまま頷きはせぬ。ただ、古歌に「世やは憂き人やはつらき海士《あま》の刈る藻《も》に住む虫のわれからぞ憂き（世の中が辛いものなのか、そ

れともあの人がひどい人なのか、いや、あの海士《あま》の刈る藻《も》にすむワレカラ虫ではないけれど、我からい……この私自身の宿縁のつたなさゆえに、こんなに辛い思いをしているのだ）」と歌われているように、自分の苦悩は宮の冷淡さゆえではなく、もっぱら宿縁のつたなさを悩んでいるのだと薫に思わせるべく言葉少なに言い紛らしながら、〈ともかく、ちょっと宇治の山里へ連れていってほしい……〉と考えているような風情で、ひたすら心を込めて訴えかけるのであった。

「さて、それはいかがなものでしょうか。そのことにつきましては、わたくしの一存ではなんともして差し上げられませぬことでございます。やはり、宮に、素直に申し上げなさって、その御意にしたがって行動なさるのがよろしかろうと存じます。さもなくば、なにかちょっとした行き違いがあったときに、軽率なことを、と宮がお思いになりましょう。となれば、それはまことに具合の悪いことでございますから。……そこが問題ないとなれば、道中のご送迎なども、わたくしめが、みずからご奉仕申し上げるということに、なんの憚《はばか》りがございましょう。他の人とはことかわり、わたくしは、ごく安心な男にて、その点は、宮もよくご存じでいらっしゃいますほどに……」

薫は、せいぜい陳弁《ちんべん》に努める。こんなことを言いながら、いっこうに席を立つ気配もなく、折々に、あの宇治の山荘での思いがけない一夜のことやら、女君を匂宮に譲ってしまったことが悔やまれて、今も忘れる折とてないことやら、あの日に立ち返りたいものだという思いやら、まるで「取り返すものにもがなや世の中をありしながらのわが身と思はむ（ああこの世の中、昔を今に取り返すすべがあったらよいのに、そうしたら昔のままのわが身と思おうものを）」という古歌さながらの物思いをしている薫であった。

そんな思いをほのめかしつつ、だんだんと暗くなってゆくまで、薫は長居をしている。

中君は、それがひどく煩わしく思って、

「それではそろそろ……。どうも気分がすぐれませぬゆえ……またいずれ具合のよろしくなりましたころに、何ごとも……」

と、そっと奥へ引っ込んでしまう様子である。それが薫には残念に思われて、

「それでは、いつの頃に、山里のほうへはお出かけあそばしますおつもりで……。たいそう深く繁《しげ》っております道の草なども、その時までには、すこしは刈り払わせておきましょうほどに」

など、ご機嫌取りばかりに言いかける。中君は、しばし奥へ入《い》りかけたところでとどまると、

「今月は、もういくらも残っておりませぬ。されば、来月初めのころに、と思うておりま
す。でも、このことはくれぐれもご内密にお願いいたします。表立って許しを得て……な
ど、なんとしてそのように大仰なことを……」

と、こう言う声を聞いて、〈ああ、いかにもいじらしげな風情よな〉と、いつにも増し
て亡き大君が思い出されるほどに、なんとしても堪《こら》えられなくなり、薫は、その寄り掛か
っていた柱のもとの簾《すだれ》の下から、そっと手を延ばして、女君の袖を捉《とら》えた。

女は、〈え、なに、こんなことがあるものでしょうか……。なんて嫌らしい〉と思う。
そうして、ことここに至れば、何を言うことができるであろう、もはやなにも言わずに、
ずいと奥へ引っ込んでいく。が、薫は袖を離さず、そのまま女の跡を慕って、馴れ馴れし
くもその半身を簾の内に差し入れると、そのまま添い臥ししてしまった。

「いや、誤解なさっては困ります。いま、『ことは内密に』というようなことを仰せにな
るのを聞いて、そうか宇治へは、秘かにわたくしと行きたいとお思いになっていたのかと
思うと、嬉しくなりまして、もしや聞き違いではなかろうかと、そこをしかと承《うけたまわ》りたく
思ってお側《そば》にまいりましたまで……。それなのに、さように疎々《うとうと》しくなさるにも及びます

まいものを、なんと情ないお仕打ちではございませぬか」

薫は、こんな恨みごとを言う。中君は、もはやこれには何を答える気も失《う》せ、あまりに慮外《りよがい》な事のなりゆきに、薫を憎らしく思う気持ちが起こってくるところを、せいぜい心を鎮めて、

「なんと思いもかけぬお心がけでしょう。こんなことをなさって、女房たちがどう思うでしょうか。呆《あき》れたこと……」

と、咎めだてしながら、ほとんど泣きそうな様子をしている。まず、女がそう言うのも、たしかにもっともなところもあるゆえ、〈ちょっとかわいそうかな〉とは思いながら、薫はなおも弁駁《べんばく》を試みる。

「これしきのこと、さようにお咎めなさるべきことでありましょうか。この程度の対面など、かの宇治の山荘でのいつぞやの夜のこともお思い出しなされよ。あの時には、亡き姉君のお許しだってあったものを……。なのにかくも徹底的に毛嫌いなさるのは、却ってそちらのお心得違いと申すもの。わたくしには、色めいた嫌らしい気持ちなど、これっぽっちもないのですから、どうぞご安心なされませ」

こんなことを弁じたてる薫の態度は、いかにも落ち着き払っているのであったが、それ

でも、宮に女君を譲り申して悔しい悔しいと、何か月も思い続けていた心のうちが、だんだんと堪えがたい苦しみに変わっていったさまを、くどくどと言い続けて、なかなか勘弁してくれる気配もないのは、まことにいかんとも致し方なく、これを「ひどい」などという当たり前の言葉では、とうてい言い尽くせぬ。

それも、まったく知らぬ人に言い寄られるならまだしも、薫は中途半端に気心の知れた人ゆえ、却って恥ずかしく許しがたい思いがして、中君は泣きじゃくる。

「これは、いかなこと……そのように泣くとは……子どもじゃあるまいし」

薫は、口ではそのように叱るものの、言いようもなくいじらしげな女君が、なにやら痛ましく感じられる。とはいえ、思慮深く傍《はた》が恥ずかしくなるほどの気品ある風情があって、かつて宇治で添い臥しした時よりも、格段に成熟し立派になった……と女君を見るにつけても、〈さてもさても、自分のほうから宮に譲ってしまって、こんなふうに悶々《もんもん》と物思いをしているとは……〉と、薫は、今さらながら悔恨の念に駆られる。そして、かの「神山の身を卯《う》の花のほととぎすくやしくやしと音《ね》をのみぞ鳴く（神山、神のまします山に住む身を心憂（う）く思って、あの卯（う）の花に来鳴（な）くほととぎすは、悔し悔しと、声を上げて泣（な）くのであろう）」という古歌のほととぎすさながら、自然自然に悔し泣きの嗚咽《おえつ》がもれてくるのであった。

中君に親しく仕える女房は二人ばかりいたのだが、これが見も知らぬ男が闖入《ちんにゅう》してきたとでもいうのであれば、

「これは、なにごとでございますか」

とばかり詰め寄り咎めもしようものを、なにしろ相手は薫と知れてある。されば、もとより疎からず何ごとをも語り交わしている間柄と見えるから、こういうことになったについては、かならずや、なにか深いわけがあるのであろうと思い、側近く侍《はべ》っていては申し訳ないと気を利かせて、見て見ぬふりをしてそっと退《しりぞ》いていったのは、いやはや、お気の毒なる次第であった。

男君の心中には、あの宇治での仕置きを後悔する気持ちが我慢の限界を超えて、その煩悶を鎮めることはむずかしい様子であったが、いやいや、あの夜だって、一晩じゅう中君を抱いて臥していたのに、それ以上のことはなにもしないで通したという用心深い人柄であったものを、まして今は、ところもあろうに二条院で、しかも相手は宮の妻だと思えば、心の欲するままに、それ以上の強引な振舞いをしようとはしないのであった。

……こういう場面は、こと細かに描写するのもいかがと思われるから、これ以上はとうてい語り続けることを得ない。

ともあれ、こんなことでは来た甲斐もないというものであったが、といって、人目もうるさいことを思うほどに、薫は、ああ残念とも思い、いやまずいとも考え、ああでもないこうでもないと自問自答しながら座を立った。

薫、帰邸後の物思い

まだまだ宵の口だと思っていたに、時はあっという間に過ぎて、早くも暁近くなってしまっていた。これで夜でも明けた日には、帰るところを見咎める人もありはせぬかと煩わしい思いがするのも、畢竟《ひっきょう》それは、そんなことになったら女がかわいそうだと気を使ってのことなのであった。

〈う―む、体調がすぐれないと予《かね》て聞いていたが、いや、それもそのはずであろう。さっき、ふと腰のあたりに触れてみれば……たいそう恥ずかしそうにしていたが、あきらかにそのことのしるしがあった。それで、つい痛ましい思いがして、それ以上はなにもせなんだが、はは、また例によっての愚かしい我が心ざまよな〉と、薫は、懐妊のため腹帯を締めていた女の豊かな腰のあたりを思い出している。そしてまた〈……されど、あそこで思い遣りもない振舞いに及ぶのなどは、やはり、自分としてあるまじきことに違いない。また、仮にあそこで、刹那的《せつなてき》な悩乱《のうらん》に身を任せて、無理無体に思いを果たしたとしたら、その後《のち》気安く逢いにゆくなど到底できまいことではあるし、といって、また強引に忍んでいって逢瀬を重ねようなどというのも、気苦労ばかり多いことに違いないし、だいいち、自分ばかりでない、あの女の身になってみれば、私と宮との板挟みになって、どんなに懊悩することであろう……〉などなど、薫の理性は、必死に心惑いを鎮めようとするけれど、なかなか塞《せ》き止められるはずもなく、今の今にも恋しくてならぬのは、まことに、恋は思案の外《ほか》というものであった。かくて、またも逢い見たい、逢わずにはおかれぬという気持ちが起こって……いやはや、返す返すも思うに任せぬ恋患いであった。

そうしてあの、昔より少し痩せて、貴やかで、思わず抱きしめたくなるようなかわいらしい姿態が脳裏に彷彿として、なお離れているとも思えず、なんだかぴったりと寄り添っているような心地のうちに、薫はもはや、ほかのことはなにも考えられなくなってしまっている。

〈……どうしても宇治に行きたいと思っておられるようであったな。それなら、なんとかしてお望みどおりにお連れしなくてはな……〉などと薫は思う。が、〈……しかし、そんなことを、かの匂宮が、果たしてお許しなさるだろうか……それはむずかしかろう、……だが、宮に内緒でこっそりお連れするというわけにも、とていいくまいな。さてさて、どんなふうにして、人目にも見苦しいことなく、思いどおりにすることができようぞ〉と、まるで魂の抜けたようになって考えながら、薫は茫然《ぼうぜん》と臥している。

薫、暁時分に後朝めいた文を送る

まだ夜深い暁時分に、薫から文が届けられた。またもや、見たところはきちんとした公式の書状めかした形に包んであったが、そこにはこう書かれてあった。

「いたづらに分けつる道の露しげみ
昔おぼゆる秋の空かな

なんの甲斐もなく踏み分けて帰ってまいりました道の、その草の露の繁《しげ》さといい、袖の涙の露

けさといい、
かの過ぎし昔、宇治の山里での一夜が思い出される秋の空でございました
おとりなしのほどの情無さは、『ことわりしらぬつらさ』ばかりにて。もはや何と申し上げようもなく……」
かの「身を知れば怨みぬものをなぞもかくことわりしらぬつらさなるらむ（本来身の程をわきまえれば、怨みなどするに当たらぬものを、なぜにまたこんなにも、道理を超えた辛さをおぼえるのであろう）」という古歌の心を引き合いにしながら、ひたすら怨みわたる文であった。
中君は、困惑している。〈こんなことを言ってこられても困るけれど、といって、これでお返事を書かないというのも、女房たちが、いつになきことだと不審がるであろう〉と、ただもう苦し紛れに、返事を書いたが、そこには、
「お手紙承りました。さりながら、ただいまたいそう気分がすぐれませぬゆえ、お返事を申し上げることができませぬ」
と木で鼻を括《くく》ったようなことが書きつけてあった。

これを見て、薫は〈やや、これはいかになんでも、言葉が少な過ぎるというもの〉と、心中なにやら索漠《さくばく》たる思いに駆られ、昨夜のあの、えもいわれず魅力的であった女君の様子ばかりが、恋しく思い出される。

〈さすがに、妹背のこともお知りになったからであろうかな、昨夜は、あれほど動転《どうてん》して堪《た》えがたいと思っておられるようであったけれど、それでも、なにがなんでも嫌だというような態度でもなくて、とても聡明そうな、そしてこちらが恥ずかしくなるほどに気品などもあって……ああやって、困惑しながらも、しんみりと言い宥《なだ》めるなどしてなあ……こともなく自分をお帰しになった、あの心用意などは、さすがだ……〉と思い出すにつけても、また癪に障りもするし、悲しくも思うし、さまざまに心にかかって、なんだか悲観的な思いがしてくるのであった。そして、〈いろいろな面で、宇治で添い臥しした時に比べると、今はずいぶんご立派になられたな〉と、思い出される。〈……なんの構うものか、もしこの宮のご寵愛がすっかり離れてしまったなら、その時は、この私を後見役になさるほか手だてもあるまい。……いや、たといそうなったとしても、そうそうおおっぴらに気安く通うというわけにもいくまいがな、ただ、こっそりと忍んで逢う人としては、この御方よりも思いの勝る人などはあるまい。いわば私にとっては究極のお人ともいうべきかな〉などなど、ひたすらこの中君のことばかりを、四六時中思い続けているのは、まことにけしからぬ了見というべきであろうか。薫中納言という人は、あれほど思慮深く賢《かしこ》だてをしておられるけれど、いや男というものは、ほんに情無いものよ……亡き大君への悲しい思いは、どう言っても甲斐のないことだったから、こういうふうな煩悶をするというほどではなかった……。が、こちらの女君に対しては、ああしてこうして……などなど、よろずに思い巡らして懊悩するばかりであった。

しかし、

「今日は、宮様が二条院へお渡りなさいました」

と、家来どもが言うのを聞くと、今まであれこれと中君の後見役をするつもりになっていたような気持ちもたちまち消え、胸にぐさりときては、ただもう宮が羨《うらや》ましく思えてならぬ。

匂宮、急に思い立って中君のもとへ

宮は、二条のほうへ絶えて久しいことになってしまったのは、我と我が心ながらつれないことであったと、自責の念に駆られて、にわかに思い立ち、渡ってきたのであった。

久しぶりに宮を迎えて、中君は、思う。

〈途絶えがあったとしても、そんなこと、なんでもない……宮に隔心を抱いているような素振りは、ぜったいに見せないようにしよう。……宇治へ帰ろうと思い立ったについても、せめての頼みに思っていた中納言も、あんな疎ましい心をお持ちであったもの〉とて、もう世の中のどこにも身の置き所がない思いがして、やはりこんなにも辛いばかりの身の上だったのだと、思い当たる。その心中には、「憂きながら消えせぬものは身なりけりうらやましきは水の泡かな（どんなに辛くても、そうそう消えることもできぬのは、この身であった。それにつけても、ああしてすぐに消えてゆく水の泡が羨ましい）」という古歌になぞらえて、せめて憂きながら消えせぬ間は、もう水の泡が浮きながら消えせぬように、あるがままに身を任せて、〈よし、この上は、なんのわだかまりもなく宮をお迎えしよう〉と、覚悟を決める。そうして、たいそうけなげに振舞い、ただかわいらしい様子で応対しているので、宮は、いっそうしみじみと心に沁みて嬉しく思って、久しい夜離《よが》れの詫び言などを、限りもなく言い続ける。

中君のお腹も、今はすこしふっくらとしているところへ、あの薫に触れられて恥ずかしい思いをした腹帯を締めていることなど、宮は、ひどく心を動かされ、まだ我が子を妊《みごも》った人を間近に見たことなどなかったゆえ、いっそ新鮮な感動さえ覚えるのであった。

この日ごろは、六の君のもとに居続けたゆえ、なにぶんにも六条の左大臣邸とあっては、肩の凝る所であったから、いまこの二条の邸へ戻ってくると、万事が気楽で親しみやすい心地がして、宮は、けっして疎《おろそ》かならぬ愛の誓言《せいごん》などを、数々《かずかず》果てしもなく中君の耳に囁《ささや》き入れる。その囁きを聞くにつけて、〈ああ、男というものは、みなこんなふうに口先ばかり上手なことを言うものであろうか〉と、昨夜無理やりに押し入ってきた薫の態度なども女君の心に思い出される。そしてまた〈中納言さまは、いままでずっと優しくご立派なお心の方と思い続けてきたけれど、こと妹背の方面が絡んでくると、あんなことをなさるなんて……ほんとうにあってはならないことだった〉と女君は思う。そうなってくると、これから先の自分の身の行方を思うにつけて、さてどんなものだろう、いったい誰を頼みにしようか……やはり、これほどに行く末を頼もしく誓ってくださるのだから……と、少し宮を信用したい思いにもなるのであった。

匂宮、薫の移り香を感知して疑念を起こす

〈それにしても……、あんなふうにあきれるほど私を油断させておいて、いきなり入り込んできた中納言の君は……亡き姉君との間にはなにもないままに終わったのだ、などとお話しになって、ああこんなに実直なお心の人は、ほんとに世の中にまたとありはすまいなと、すっかり心を許してしまっていたけれど、とんでもない、そんなことはなかったものを〉と、薫に対して気を付けなければと思うにつけても、〈だから、宮さまがこんなにおいでくださらないでいると、また中納言の君がやってくるかもしれず、なんだか恐ろしい〉と女君は思う。といって、露骨に口に出して言うことはできないけれど、せめて今までよりは、もうすこし宮を引き留めようという思いで、なにかと甘えかかる。そんな中君の様子をみて、宮はどこまでも愛《かな》しく思うのであった。

……が、あの君の残り香が、深く深く染みついていて、いかんせん世の中にありふれた

香木を香炉で衣に薫《た》きしめたというようなものとは全然違って、薫の体から発せられる匂いとすぐに知れる香なのであったから、もとより宮は香道の大家とあって、この香を聞き逃《のが》しはせぬ。

「どうも変だぞ、この匂いは」

と咎めだてをし、

「これはいったい、どういうことなのだね」

などと尋ねては女君の様子を探る。

問われた中君は、まったく身に覚えの無いことでもないから、さてなんとして言い拵《こしら》えようかと思うけれど、よい思案もない。ただ、〈こまったわ……〉と苦悩するばかりであった。

〈ふん、おおかた、そんなことがあったのであろうな。あの中納言が、まったく興味も持たずにいるはずはないと、前々から思っていたのだ……〉と、宮の心が騒いだ。

いや、万一にも、かような疑いを受けぬようにと用心して、中君は、下衣《したごろも》の単衣《ひとえ》などもすっかり着替えていたのだが、どうしたことであろう、不思議なことに、いつの間にかあの薫の体の香が、女君の体に染みついていたのであった。

宮の気持ちは収まらない。

「これほどプンプンと匂うからには、さぞ、最後の最後まで許してしまったのであろうな、違うか」

など、それはもう聞きにくいことをずけずけと言い続ける。

女君は、ただもう辛くて、身の置き所がない。

宮はなおも言い募る。

「こちらは、そなたを大切に思うこと、並々ならぬものだというに、いったいどういうことですか。例の『人よりは我こそ先に忘れなめつれなきをしも何か頼まむ（あの人に忘れられるくらいなら、私のほうが先に忘れてしまいたい。あんな酷薄な人をどうして頼りになどできようか）』の歌のようなおつもりか。そんなふうにして女から先に裏切るなどということは、もっと良からぬ身分のものののすること。……そもそもね、そなたが私に心の隔てを置きたくなるほど長いこと無沙汰《ぶさた》をしたであろうか。なんとまあ、慮外なほどに情無いお心だ」

などなど、それはもうとてもここには書き尽くせぬほど、聞くもお気の毒な調子で滔々《とうとう》と難詰《なんきつ》し続ける。女君は、どうもこうも答えることができずに黙っていると、それもまた

癪に障ると見えて、

また人に馴れける袖の移り香を
わが身にしめてうらみつるかな

他の男に馴れ戯れて移ったその袖の移り香を、
ああ、わが身に染(し)みつかせては、こうして身に沁(し)みて恨んでいることよな

と、こんなひどい歌を投げつけた。

女は、宮があきれるばかりの調子で言い続けるので、返答すべき言葉もない思いであったが、それでも、まるで答えずにいるのもいかがなものかと思い直して、

みなれぬる中の衣とたのみしを
かばかりにてやかけ離れなむ

こうして逢い見馴(みな)れた仲(なか)らいの、この身(み)に慣(な)れた中(なか)の衣、
わたくしはこの妹背の仲をひたすら頼みにいたしておりましたのに、こんな香(か)ばかり……
かばかりのことで、すっかり縁が切れてしまうのでしょうか

と、せめて抗《あらが》いの歌を返して、たださめざめと泣く。その様子を見ていると、やはり宮は限りもなく心の動かされるところがあるのであった。

〈こういうことだから、あの男も同じように心動くのであろうな〉と、宮は、それもまたひどくむしゃくしゃとした思いに駆られて、自分もほろほろと涙をこぼした。こういうところは、まことに色好みらしい心ばえではなかろうか。

しかしながら、仮に、まことによろしからぬ過ちがあったとしても、だからといって、宮は、この女君をどこまでも疎み果てるような気持ちにはならぬ。この労《いたわ》らずにはいられないような、そして見るに胸の痛むような様子を見れば、恨みの心もいつしか和《なご》み、さしもひどい言葉の数々も言い果てぬうちに矛《ほこ》を収めて、一転優しい言葉で、しきりと言い宥《なだ》めなどする宮であった。

その翌日も、のんびりと朝寝などしてから、宮は起きて、手水《ちょうず》やお粥《かゆ》なども中君の居る西の対に運ばせる。

そうして、ゆっくりとあたりを見回してみると、この対のしつらいなども、相応に立派にはしてあるのだが、今は六条院の六の君のもとで、あれほど輝くばかりの、高麗《こま》・唐土《もろこし》の錦《にしき》や綾《あや》を裁ち重ねた装束や調度などを見馴れた目からしては、まるで平々凡々たる拵《こしら》えに見えてしまい、女房たちの装束なども、もう着古してよれよれしているのも混じっていたりして、いかにもひっそりと寂しげに見渡される。

中君は、なよやかな薄紫の下衣に、撫子襲《なでしこがさね》（表紅梅、裏青）の細長を重ね着て、特に畏《かしこ》まったところもなくくつろいでいる。かの六の君は、隅から隅まできちんと整って、大仰なまでに装いたてている、今を盛りの風姿であったが、いま目の当たりに見る中君と、あれこれ思い比べてみても、必ずしもこちらのほうが劣っているようにも見えぬ。むしろ、より心の惹きつけられる魅力が感じられるのも、思えば、宮の思い入れが疎《おろそ》かでないので、見劣りもせぬものと見えた。まろまろとふくよかであった中君が、いまは少し細《ほそ》やかになって、色はいやましに白くなり、全体貴《あて》やかで魅力満点である。以前、こんな妙な移り香などのなかった折にすら、どこか女君を疑う心が、宮にはないでもなかったのだ。なにしろ、この君の愛敬があって抱きしめたくなるようなかわいさなどが、どうしたって余人に甚《はなは》だまさって感じられたものゆえ、宮は、〈こんなに魅力的な女だもの、兄弟《はらから》でもない男が、馴れ馴れしく寄り来たって、あれこれ言葉など交わすうちには、なにかの拍子に、おのずからその声や気配を聞き馴れ、また見馴れなどすることがあろう。そうしたら、どうして平静な心でいられようぞ。かならず、怪しい気持ちが萌《きざ》すに決まっておろうな〉と、自分の抜かりなき色好みの心から類推して危惧せずにはいられなかった。そこで、常々気を付けて、〈もしや、はっきりそれと知れるような男の文などありはせぬか〉と、身近の厨子《ずし》や小唐櫃《こからひつ》などのようなものを、さりげなく探りなどするのであったが、むろんそんなものは見つからなかった。ただ、まるでそっけなく単純な文章の、それもまったくありふれた内容のものなどが、わざとそうしたのでもなかろうけれど、ほかの物に紛れるように置いてあったりするのを発見しては、〈……うーむ、おかしいな。いかになんでも、こんな程度のものだけってことはあるまいに……〉など、胸中に疑いが湧《わ》いたものであった。まして今日は、いっそう安閑とした気持ちではおられなくなったのも、思えば道理であった。

〈あの薫中納言の容貌風采など、ものの情をわきまえた女なら、かならずや惹きつけられるに違いない。されば、この人だって、どうしてあの男をぴしゃりと拒みとおすはずがあろう。そもそもあの二人はいかにも似合いというものだ……お互いに憎からず思い合うに決まっている〉と、宮は想像をたくましくしては、ただもうやるせなく腹立たしく、癪に障ってしかたないのであった。

こうして宮は、気掛かりでならぬゆえ、どうでも二条の邸から出ていくことができぬ。そして、六条院の君のほうへは、ただ手紙を日に二度も三度も書き参らすのであった。そんな宮の様子を見ている老女房《おいにょうぼう》どものなかには、

「やれやれ、たった一日二日のことなるに、いつの間に、あれほどしげしげと書き送るほどのお言葉が積られることであろうぞ」

など憎々しげに呟くものがある。

薫、後見役らしく中君のもとに新しい衣装を贈る

中納言薫君は、こうして宮が二条院に居続けているということを聞くにつけて、焦燥ただならぬものがある。

〈しかし、どうにもしかたがない……こんなことは、我が心の愚かしさ、また良からぬ分別というべきだな。もともと、かの御方が安心して暮らせるようにと思って、しっかり後ろ楯としてお世話するつもりであったものを……。それが、こんな懸想《けそう》じみたことを思うてよかろうものか〉と、薫は、強いて考え直してみる。そうして、〈そうは言っても、宮

が中君をお見捨てになるということは、どう見てもなさそうだな〉と、それは嬉しく思いもするのであった。

そこで思い起こしてみると、二条の邸の女房たちの様子が、すっかり衣の糊気《のりけ》が落ちて体にしっくりと馴染むほどに着古しているらしく見えたことを思い遣って、すぐに母三の宮のところへ出向いていった。

「しかるべき用意のできている衣料などございますでしょうか。ちと、入り用がございまして……」

と母宮に頼んでみる。すると、女三の宮は、

「いつもどおり、来たる九月《ながづき》の法事の布施にでもしようと思うて、白い衣などがありましょう。色を染めたものなどは、今とくに用意してもありませぬが、急いで支度させましょうぞ」

と言ってくれた。

「いやいや、そう大げさなことに用いるのでもございませぬ。今お手持ちのものを頂戴できますればよろしいので」

とて、薫は、御匣殿《みくしげどの》（衣服調製所）などに尋ねさせて、女装束を数多く調《ととの》えさせ、また

細長なども、そこにあるだけ揃えさせては、さらにまだ色を染めていない絹布《けんぷ》や綾絹《あやぎぬ》などを添えて用意する。そうして、中君自身のお召し料《りょう》としては、薫自身の着用のために用意してあった紅《くれない》染めの絹で、みごとに砧《きぬた》の擣《う》ち目の立ったものに、白い綾絹など、幾重にも重ねて贈ることにした。ただ、なにぶんとも男用に用意してあったものだから、さすがに紅の女袴一式などはもとより見当たらなかったが、どういういわれであろうか、女の裳《も》の腰が一つ紛れ込んでいたので、これを引き結んで加えると、そこに、

むすびける契りことなる下紐《したひも》を
ただひとすぢにうらみやはする

わたくしならぬお方と契りを結んでしまわれたあなたですが、こうして結びおく下紐一筋……そのようにただ一筋にあなたを恨むことなどできるはずもございませぬ。……もとよりわたくしのほうから、そのあらぬお方に、あなたを譲ったのですから

と歌を添え、大輔《たゆう》の君とて、気心の知れた年かさの女房を伝手《つて》として贈ったのであった。ついては、

「取り敢えず用意した品にて、まことに見苦しいものですが、そちらにて相応《ふさわ》しい形にう

まく調《ととの》えてからご披露ください」

など伝言を添え、なお中君用の一式は、あまり目立たぬようにではあるけれど、特別に箱に入れて、上包《うわづつみ》も立派に拵えてある。

折しも匂宮が来ているので、女君にはお目にもかけないが、前々から薫のこうした心配りについては常々目馴れていたことゆえ、ここで今さらしく突き返すなどするにもおよばぬ。そこで、大輔の君は、特にやかましいことを考えもせずに、女房たちに分け与え、貰った者たちは、さっそくに各自仕立てにとりかかる。これは、若い女房たちのなかで、女君の側近くに仕えている者などを、まずは取り立てて立派に着飾らせようという方針であるらしい。そうして、下仕《しもづか》えの女どもが、それはもうよれよれになったみすぼらしい物を着ていたところへ、今ぱりっと新しい白い袷《あわせ》などを仕立てて着せたのは、派手派手しくないところが却って似合わしく見良いのであった。

薫以外にいったい誰が、後見役として、こんな痒いところに手の届くような世話をすることができるであろうか。宮は、もちろん決して疎かならぬご寵愛ゆえ、生活万端なんとかよしなに計らうべきことを指図しはするが、いかんせんこまごまとした奥向きの事までは、とうてい気の回るはずもない。というのも、生まれつき限りもなくちやほやされて暮らしてきたご身分がら、世の中で不如意《ふにょい》に心寂しく暮らすということがいかがなものであるのか、知るよしもないのは是非もなかった。ただ風雅艶麗《えんれい》なることに、ぞくぞくと鳥肌の立つような思いで、花の露を玩《もてあそ》びなどしつつ世は過ごすものとばかり思っているのが、ああした宮のような身分の人の日常なのであろう。しかし、それにしては、寵愛する中君のためとなると、自然と、折々につけて、実生活のあれこれにまで、自らせいぜい面倒をみようとしているのは、世にも稀なる、そしてまことに奇態なることとみえた。

そこで、

「おやおや、なにもさようなことまで……」

と、刺《そし》り半分に諫《いさ》める宮付きの乳母《めのと》などもいたことであった。

中君付きの女《め》の童《わらわ》どものなかには、身なりのいかにもぱっとしない者なども、まま混じっていたことで、そんなことも女君にとってはまことに恥ずかしく、〈ああ、なまじっか、こんなご立派なお邸に置いていただくのではなかった……却って肩身の狭いこと〉と、人知れず物思いをすることがないでもない。そのうえ、この頃は、かの六の君の華々しい暮らしぶりが天下に轟《とどろ》いているのと我が身を引き比べ、かつはまた〈宮ばかりではない……

この二条院で宮にお仕えしている人たちだって、どんなふうに思い比べているだろう……きっとみすぼらしいことと思っているに違いない〉など悩みは深く、ひとえに嘆かわしい思いに駆られている。

しかし、そういう女君の苦悩についても、中納言の薫は、よくよく諒察していたので、先に書いたような、下々の者に至るまでの気配りをしたのであった。いや、もしこれが、もっと疎遠な間柄の人に対してしたとすれば、ちょっと行きすぎと思われるほど細々《こまごま》としたやりようであったけれど、薫の心の中では決して中君を軽んじていたのではなく、〈なに、構うものか。これをもっと麗々しく格式ばって調製したようなやりかたで贈ったりしたら、それこそ、却って例にもないことをと見咎める向きもあろうものを……〉と考えていたわけなのであった。

そこで、この度また、前回とは格別に、薫の身分がらに相応しく、立派な衣料などを改めて調製させて、その上、中君のためには特別に小袿《こうちき》を織らせ、また綾を織らせるための材料や工賃などを大輔の君に賜わせなどしたのであった。

むろんこの薫君だって、匂宮に勝るとも劣らぬ家の子で、頗る《すこぶ》大切に育てられ、ちやほや世話を焼かれて今日《こんにち》に至っているのであるから、その心傲《おご》りもなまなかではなかったし、世俗のことはよそに見て、その貴族的な心のありようはこの上もなかったけれど、ただ、あの亡き八の宮の宇治山荘での質素で世離《よばな》れた暮らしぶりを見知るに及んで、〈ああ、世の中で不如意に寂しく暮らす悲しさというものは、また格別のものなのだな〉と胸を痛める思いをし、そこから、世間一般の諸事情をよく省察するところとなり、また深い人情の機微を弁えるようにもなったのであった。

されば、「薫君のような公達《きんだち》には、ちとお気の毒なまでの八の宮のご感化かな」などと申す人もあったとか……。

薫の心入れに中君困惑す

こうして、恋慕の心から離れて、なんとかして中君にとっての安心な後ろ楯として過ごし通そうと、まあ理性では思うのだが、心はままならぬもの、おのずからその人が思われて胸は苦しいばかり、ついつい、思いを綴《つづ》った文を、以前よりはよほど心濃《こま》やかに、どうかするともう胸一つには収めて置けない恋の懊悩《おうのう》を字間行間ににじませつつ書き送る。

さてしかし、それを受け取ったほうの女君にしてみれば、どこまでもやるせない苦悩に取り憑《つ》かれたわが身の拙《つたな》さに、ただため息の漏れるばかりであった。

〈……これがもし、縁もゆかりもないような男がそんな文をよこしたのなら、まあ、正気とは思えないわ、と相手にもせず突き返したってなんとも思わないけれど、なんといっても……夫でも親兄弟でもないのに、昔から頼みの綱とも思い、深く親しんできた中納言さま……ここで今さらながらに仲が悪くなるなどということも、それはそれで、二人の間になにか怪しいことがあったのではないかと女房どもも不審に思うだろうし……。さて困った、こんなことをなさって私を困惑させはするけれど、でもああしてなにくれとなくお世話をくださるのは、決して浅々《あさあさ》しいお心から出たのでないことは知れてある。されば、私とてそのお気持ちが分からぬことはないし……といって、あんな横恋慕をこちらが受け入れて心を通わせあっているような応対をするというのも、いかになんでも憚られるし……ああ、どうしよう〉とて、中君の心は千々《ちぢ》に思い乱れる。

こんなふうに悩乱する心のうちを誰かに打ちあけ、相談に乗ってもほしいけれど、邸うちを見回しても、すこしは話し相手になりそうな年若の女房たちは、みな新たに召し抱えた者で気心は知れぬし、といって見馴れた者たちは、あの宇治の山荘からずっと仕えている年寄の女たちばかり……これでは心中の悩みを、心を一つにして親しく語り合う人がどこにも見当たらぬ。かくては、あの亡き姉大君のことを〈生きていてくださったらなあ〉と思い出さぬ時とてないのであった。

〈ああ、もし姉君さまがお元気でいてくださったら……この中納言の君も、まさか私などにこんな気持ちをお持ちになるなんてことはなかったに決まってる〉と、たいそう悲しく、今となっては、匂宮が冷たくなってしまったことの嘆かわしさよりも、薫の横恋慕の憂《う》れわしさのほうが、中君にはよほど苦しいことに思われた。

薫、思いの余り、また通って来る

男君のほうでも、思いに堪えかねて、また匂宮不在の静かな夕方に、強いて通って来た。が、やはり室内には入れてもらえないと見えて、そのまま簀子に座布団が差し出される。

「ただいま、たいそう気分がすぐれませぬにつき、ご挨拶は致しかねます」

というにべもない言葉が、お付きの女房を介して伝えられると、薫は、ひたすら辛くて、涙がこぼれそうになるが、それも女房どもの目を憚って、無理に紛らわしつつ、せめてこう言い入れた。

「お加減がよろしくない折は、見も知らぬ祈禱僧などもお近くへ参り寄ることでございますのに、せめて医師《くすし》などと同列のおあしらいにて、かかる簀子でなくて、御簾の内に伺候《しこう》させてはいただけぬものでしょうか。こんなところに放置されて、このように人伝てのご挨拶というのは、まことに参上した甲斐もない思いがいたします」

こんなことを言う薫の様子は、いかにも不愉快そのものという感じであったが、つい先夜には、あれほど近々《ちかぢか》としたところで過ごしたことを知っている女房たちは、

「仰せのとおり、あのようなおとりなしでは、まことに見るに堪えぬことにて……」

など諫めつつ、母屋の御簾をしっかりと下ろして、通夜の勤行の僧どもを入れるべき廂《ひさし》の間まで薫を入れる。女君は、気分は悪し、不安は募るしで、たいそう苦しい思いがしたが、女房たちがこう言うのに、そうそう露骨な拒絶をするというのも、またいかがなものであろうと憚られるので、心憂く気の進まぬことではあったけれど、少しばかり躙《にじ》り出てきて、御簾越しに自ら応対することとなった。

消え入りそうな声で、奥のほうから時々物を言う様子を聞くと、あの亡き大君の具合が

悪くなりはじめた頃の有様が薫の胸中には彷彿として、不吉でもあり悲しくもあり、目の前が真っ暗になる思いがして、すぐには言葉も出ない。せめて、気持ちの鎮まるのを待って、薫は語りかける。が、女君が、あまりにも奥のほうに引っ込んでいるのも辛く思えて、またもや御簾を引き被るように身を入れると、そこなる几帳を少し向こうへ押しやって、こないだのように狎《な》れ狎れしげに近づいていった。

女君は、たいそう胸が苦しくなり、〈また、かように道理に外れたことを……〉と思って、少将と呼んでいた女房を近く呼び寄せると、

「あの、胸が、胸が痛みます。しばらくそこを押さえていて」

と命じる声がする。これを聞いて男君は、

「胸をば……押さえたりするのは、却ってとても苦しいことでございましょうに……」

と、大きなため息をついて居ずまいを正す。その薫の胸のうちも、ぐっと恋慕の下心を押さえて、たしかに穏やかならぬものがあったであろう。

「さてさて、いったいどうしたわけで、こうも常々お具合がお悪くていらっしゃるのでしょうか。女房どもに聞いてみたところでは、こうした場合は一時《いっとき》の間は気持ちが悪いということがあるようでございますが、やがてすぐに良くなるときもあるのだと、そのように

申して教えてくれたことでございます……。それが、いつもいつもお具合が悪いというのは、あまりにも幼い甘え心のように拝見いたしますが……」

気分の悪いのを悪阻《つわり》のせいとほのめかされて、中君は恥ずかしい思いに駆られ、

「いえ、胸は、いつということもなく、折々このように痛むのでございます。亡き姉君も、おなじようなことでしたが……。いずれ、命の長からぬ人のかかる病だとか、人も言うようでございます」

と弁解する。なるほど、「憂くも世に思ふ心にかなはぬか誰《たれ》も千年《ちとせ》の松ならなくに（ほんとうに辛いことに、男と女の仲はなかなか思うようには行かない。この世の誰もが千年の松のように長生きできるわけではないのに……せめてこの短い命の内ばかりは、思いの叶うようにあって欲しいのだけれど）」と昔の人の歌にもあるとおりだと、薫は思う。命の長からぬのは、なにも中君ばかりでもあるまい、自分だって千年の松ならぬ身の同じように短い命なのだから、せめてこの思いを成就《じょうじゅ》したいものと、思うにつけても、たいそう胸の痛むばかり恋しくて、今しがた呼びつけた少将の君とやらの聞くところも憚らず……とはいえ、あまりにも聞かれて困るような露骨なことはさすがに注意深く除外して……昔からどんなに思いを懸けてきたかということなどを、女君の耳だけには聞き分けられるように配慮しつつ、それ

でいて第三者が聞いたとしても変には思われないような表現を選んで、一見穏当らしく、見苦しからぬように言いなす。少将と呼ばれた女房は、これを聞きながら、〈まことに、ここまでお心配りなさる方など、めったと世にあるものでない〉と思い思い感心しているのであった。

薫は切々と訴えかける

薫の心中には、いつ何ごとにつけても、あの亡き大君のことが尽きせず思い出されて、やがてこんなことを語り出した。

「思い出してみれば、わたくしは幼かった時分から、男だとか女だとか、そういう世俗的なことからきっぱりと思い離れて、一生独身で仏に仕えるような心がけばかりをしてまいりましたが、それでも、いやいや、そうなるべき前世からの因縁があったのでしょうか、結局本当には親しくしていただけませんでしたが、決して疎かならず姉君さまに思いを懸け初《そ》めてからというもの、ただその一念につながれて、若い頃からの出家の本懐とはずいぶん掛け違ってきてしまったのでございましょうか……。それが、ああいう悲しい結果となってからは、ここかしこの通いどころにかかずらうようなこともあり、さような女たちのありさまを見るうちには、悲しい気持ちの紛れることもありはせぬか……など、まあどうしようもないことを思ってみた折々もございましたが……それはしょせん無駄なこと、かの君への思いを離れて他の人に靡《なび》くようなことなど、どうしたってあろうはずもございませんでした。……それやこれやで、なにもかも思いに余ることばかり……。いえ、そんなふうにして色々な人に逢ってはみたものの、だれも特に心惹かれたということもないまま、ふらふらしておりましたのは、もしや色好みがましい振舞いのようにお思いなさるかもしれぬと、そこはお恥ずかしいことでございますが、しかし、わたくしのあなたへの気持ちというものは、決して好色めいたものではないのです。万一にも、そんなことがあるとしたら、それはたしかにお目にも障りましょう。けれども、わたくしの心には、そのような邪心などこれっぽっちもないのでございますから……ただ、ただね、この程度のお近くに寄せていただいて、時々わが思うところを申し上げもし、またあなたのお考えなどもお聞かせいただくなどして、心の隔てなく語り交わしたい、そういうことなのですから、それを誰がいったい咎めだていたしましょうか。世の中の男どもとはまったく違って、どなた様からも後ろ指をさされるようなことのない真面目なわたくしなのですから、どうか心安く思し召してお付き合い願いたいのです」

こんなふうに、恨んでみたり、泣いてみたりしながら、薫は一心に中君に口説きかけた。

「もとより心安からず思い申すのでございましたなら、こんなふうに側仕えの者どもが見て不審に思うような間近で、うちつけにお相手など申し上げるはずもございませぬ。中納言さまには、もう宇治の里におりました時分からずっと長い年月にわたって、あれやこれやとお親しくしていただき、かたじけないお心のほどもよくよく存じ上げておりますればこそ、格別のお方としてお頼り申し上げておりますことにて……今は、わたくしのほうから、消息など差し上げてなにかとお願いを申し上げましたような次第で……」

こう中君に言われて、薫は、はたと膝を打つ。

「はて、そちらから……さようなことがございましたかなぁ……どうもろくろく覚えがございませぬが、ともあれ、さしてもないことをずいぶんご大層に思し召して、さようなことを仰せになるのでございましょう。……さりながら、あの宇治の山里のほうへお出ましのご準備のことで、やっとわたくしをお使いくださろうというわけでございましょうか。それもこれも、なるほどわたくしの実直なる心向きをお見知りおきなればこそ、さように仰せつけくださるのであろうと、疎《おろそ》かならず嬉しく思うことでございます」

こんなふうに口には言いながら、なお心中に言い足りぬことがある様子に見える。しかし、少将の君などが側近く侍《はべ》って聞いているゆえ、それ以上は、思う通りのことをずけずけと語り続けるわけにもいかぬ。

物思いに鬱々としながら、薫は、外のほうを眺めやった。

しだいに暗くなってきた折から、虫の声ばかりは凛々《りんりん》と紛れなく聞こえてくる。庭の築山《つきやま》のほうは、鬱蒼と木々が繁って小暗《おぐら》く、もはや何の見分けもつかぬ。その景色を前にして、薫はいかにもしんみりとした様子で柱に寄りかかっているのが、御簾の内から見えて、中君は、〈なんと煩わしいことを……〉とばかり思い惑うている。

すると、「恋しさの限りだにある世なりせば年へてものは思はざらまし（もしこの恋しさというものが、限りのある世であったなら、こんなに長《なが》の年月物思いに苦しむこともありますまいに）」という古歌を、薫が低く口ずさむのが聞こえてきた。それから、また、

「思うて思うて、もうどうしたらよいか分からなくなってしまいました。この上は『音なしの里』とやらを探し求めて泣きたい気持ちがいたします……」

とて、かの「恋ひわびぬ音《ね》をだに泣かむ声立てていづれなるらむ音《をと》なしの里（もう恋しさのあまり悲観して声を上げて泣きたい思いです。どこにあるのでしょうか、どんなに声を上げて泣いても音が聞こえないという音無しの里は……）」という古歌を引き事にして、恋しさを訴える。

「……ですが、あの宇治の山里のあたりに、大掛かりな寺など建立するということでなくても、あの亡き君を思い出すよすがともなる人形《ひとがた》を作らせるか、あるいはせめて絵像《えぞう》にでも描き取って、後世《ごせ》供養のための勤行などいたしたいと、さようなことを愚考致すようになりました」

薫がそんなことを口にすると、中君は、

「しみじみと胸打つご願《がん》のほどですが、昔物語に『恋せじと御手洗《みたらし》川にせしみそぎ神はうけずもなりにけるかな（恋などすまいと、この御手洗川で禊《みそぎ》をしたけれど、神は受けてもくれぬままになったことよ）』と申してございますことにて、いま人形などと仰せになるのは、まるでその御手洗川に人形を流して祓《はら》い捨てようというお心のように聞こえます。さては、姉君のことをばもう思い捨てようというお心かと、それではあまりに姉君がかわいそうでございます。また絵像に描かせるとありましては、もしや唐土《もろこし》の帝のご用絵師どものように、黄金《こがね》の賄賂《わいろ》を求める者があるやもしれぬこと……といささか気掛かりに思えますけれど……」

とて、昔漢の元帝《げんてい》の後宮《こうきゅう》では、絵姿を以てお召しがかかったとやらで、后がたは競って絵師に賄賂を贈ったと伝える故事を下心に、中君は、薫の発案に異論を唱える。

「ああ、そのことそのこと。人形《ひとがた》を作らせるにしろ、絵像を描かせるにしろ、その匠《たくみ》も絵師も、どうしたら我が心に叶《かな》うように見事に作ってくれるものであろうと、そこが案じられる。さまで遠からぬ時分に、見事な出来栄えを賞《め》でて天から花が降ったというような匠がいたというが、そのように神変《じんぺん》不思議の名匠がどこかにおらぬものかな」

などと言い言いしながら、あれはああであった、これはこうであった、などなど亡き大君のすばらしさをどうしても忘れ難い謂《いわ》れをひたすら嘆き続ける薫の様子が、いかにも思い入れ深く見えるのもいたわしく思えて、中君は、やや近くまで躙《にじ》り出てきた。

「人形……と仰せのついでに、まことに妙なことで、こんなときに思い寄るべからざることが、ふと思い出されました」

そんなことを、女君が言う、その様子が、すこし親しみを以て感じられるのも、たいそう嬉しくて胸に迫り、

「それは、何ごとでございますか」

と言うが早いか、薫は、几帳の下から手を差し入れて女君の手を捉えた。

女君は、またこんなことをされるのが、いかにも煩わしく思えたけれど、なんとかして、こういう好き心をやめていただいて、穏便なお付き合いをしたいと思う。そこで、近侍する少将の君に気取《けど》られても不都合ゆえ、ごくさりげない様子を装って、こんなことを切り出した。

中君、思いがけぬ異母妹の存在を明かす

「じつは、今まで長い間、まさかそんな人がこの世にいるということすら知らなかったのですが、今年の夏の頃……遠い田舎から上京してきて、初めてその消息を知ることができた……と、そんな人がございます。もとより、疎遠に思うてはいけないご縁のある人なのですが、といって、そうただちに睦まじくするにも及ぶまい……と思うておりましたところが、つい最近、ここへ訪ねてまいったのでございます。対面してみますと、それが、不思議なほどに、亡き姉君のお姿お顔立ちに似通っておりましたので、なんだかしみじみと

した気持ちを持つようになったのでございました。……かねて、わたくしのことを、姉君の身代わりだなどと、そんなふうに思し召し、また仰せにもなっているようでございますが、そのようにおっしゃっていただくほどに、かえって何ごとも呆れるほど違っていて、どこも似てなどおりませぬ……と、そのように身近な者どもも申しておりましたのに、本来それほどに似ているはずもないような人が、どうしてまた、あのように姉君に瓜二つに生まれついたものでございましょう……」

あまりに意外なことを中君が語り出したので、〈これは夢の話でもしているのだろうか……〉とまで思いつつ、薫は聞いた。

「それは、しかるべき故由《ゆえよし》があればこそ、そのようにこなたを頼り申してまいられもするのでしょう。しかし、どうしてこれほどのことを、今までちらりとでもお漏らしいただけなかったのでしょうか」

薫はそんなふうに恨んでみせる。

「さて……それは、どういう故由《ゆえよし》があって、こういうことになったのかも、わたくしには分かりかねるのでございます。姉君もわたくしも、父宮亡き跡は、なんとしても心細い身の上にて、父宮もわたくしども姉妹二人が、この世に取り残されてのち、どのように落ちぶれてさすらってゆくことかと、そればかりをとても気がかりに思し召しておられたのでございましたが、それも姉君亡き跡ともなれば、わたくしただ一人の身の上の嘆きとのみ身に沁みて思いながら過ごしておりました。……それが、ここにまたもう一人、けしからぬ心配の種ともなる者が現われ、それもいずれ人の噂になりましょうほどに、父宮にとっては、ますます肝《きも》を煎《い》られるようなことばかり、まことにおいたわしいことだと思うのです」

と嘆き語る中君の様子を見るにつけて、薫は、〈ははあ、さては八の宮が、秘かに情をおかけになった人が、「偲《しの》ぶ草を摘んで」……形見の子を産みまいらせておいたのでもあろうな〉と、かの古歌「結びおきしかたみのこだになかりせば何にしのぶの草を摘ままし（あなたが編んで残してくれた筐（かたみ）の籠（こ）……形見（かたみ）の子（こ）……すらなかったとしたら、いったい何によって、忍草《しのぶぐさ》……あなたを偲ぶよすが……を摘んで入れたらいいのだろうか）」の心などをそこはかとなく思い出しながら、ひそかに察しをつけたのであった。

しかも、「似ている」と言うのだから、たしかに血縁があるに違いないと、そこに心惹かれて、

「しかし、たかがこればかりのことでは、なんとも……どうせのことに、最後までなにも

かもお話しくださいませ」

とさらに詳しく聞きたがったが、そう言われてもさすがにすべてを口にするのは具合が悪いと思って、その先の詳しいことどもまでは言い及ばない。

「もしお尋ね出《いだ》しになりたいというおつもりなら、だいたいどのあたりに、という程度のことは申し上げましょうけれど、じつはそれほど詳しくは、わたくしも存じませんのです。……それに……もしすっかり申し上げたなら、きっと興ざめな思いをなさることになろうと……」

中君は口ごもった。薫はかきくどき続ける。

「いや、『しるべする雲の舟だになかりせば世を海中《うみなか》に誰か知らまし（道案内をしてくれる雲の舟すら無かったなら、世を憂(う)みはてている私は、この茫漠《ぼうばく》たる海(うみ)の真中で、いったいどうやってあの、亡き人の魂の住む所を求め知ることができようか）』と名高き歌にもございますとおり、あの亡き姉君の魂の住む所を求めるためなら、心の限りに力を尽くしてまいりましょうもの……が、その姫のことは、なにもさように夢中になるほどのことでもございますまい。とは申しながら、姉君を喪《うしな》った悲しさは、どうにも慰めようもなく、いっそ悲しみのなかに手を拱《こまね》いているくらいなら……と、さように思うゆえに、かの人形を作らせてとまで願ったことでした。されば、人形よりもその『生き写し』の姫を、かの山里の本尊に据えて……と思うてなんの不都合がございましょう。そういう心づもりでございますれば、どうか、詳しいところをはっきりと仰せくださいますように」

薫が、こんなふうに急《せ》き込むように責め尋ねるゆえ、

「さて困りました。亡き父宮も、その姫のことはお認めになっておられなかったことですのに、それを、こんなふうにわたくしの口《くち》から漏らし申し上げるというのも、いかにも口軽《がる》なことでございますが……ただ、さきほど、そっくりの人形を作り得る『神変不思議の名匠』をお求めになるとまで仰せになられましたことのおいたわしさに、つい絆《ほだ》されてこんなことを申し上げて……」

と、中君は弁解につとめる。そしてまた、

「その人は、ずいぶんと遠い田舎に、もう長いこと生《お》い立ったのでございますが、その母と申す人は、娘の田舎育ちのことを憂《うれ》わしいことと思って、こちらの都合も考えずに、伝《つ》手《て》を以て音信《おとずれ》をよこしました……が、あまりつれない応対もできかねまして、ぐずぐずしておりますうちに、いきなり訪ねてまいったというようなわけでございます。わたくしは、よくも対面いたしておりませんが、ちらりと見ただけだからでもございましょうか、

容姿、振舞い、すべてについて、田舎育ちということから想像されるよりはずっと見苦しからず見えました。その母と申すものは、『さて、この娘をどのように縁付けたらよかろうか』と嘆いていたようでしたが、いま中納言さま仰せのとおり、『山里のご本尊』としてお据えになるのであれば、それはもっとも望ましいことでもございましょう。……けれど、とてもとても、そこまでは……さて、どんなものでしょうか」

などと言うのであった。

薫、嘆きつつ帰る

〈どうもこれは、私が思いを懸けていろいろ言ったりしたりするのを、煩わしく思って、それでさりげないふうを装いながら、なんとかして外《ほか》に注意をそらせようとか、そんなことを思っておられるのであろう……〉と、そのように観察すると、さすがに恨めしい気持ちはするけれど、しかしその姫君とやらにじわりと薫の心が動く。そしてまた、〈こんな懸想の心など、あってはならないことだと、中君は心底思っておいでなのではあろうけれど、でもそれを露骨に拒絶して恥をかかせるようなことはすまい、と配慮してくださっているのは、おそらく私のこの気持ちをちゃんと分かっていてくださるからなのであろうな〉とも思うと、薫の胸は高鳴る。とかくするうちに、夜もすっかり更けてゆくので、御簾の内の女君は、側仕えの女房たちの見る目もいかがかと、たいそう居心地の悪い思いがして、なにやかやと薫の気を逸《そ》らした隙《すき》に、なんの挨拶もせず奥のほうへ入っていってしまった。

男君は、それももっともなところだと、返す返すも己《おのれ》に言い聞かせるけれど、しかし、やはりたいそう恨めしく、また口惜しくもあるゆえ、どうにも心を鎮めるすべもない心地がした。

それでも、こんなところで涙を流すというのも体裁が悪いことだから、心は千々に乱れるけれど、といって、無闇《むやみ》と軽挙妄動《けいきよもうどう》するようなことは、相手にとってますます感心せぬこと、また、ひいてそれは自分のためにもよろしからぬことであろうと、よくよく自省して、いつにも増してため息がちに、そっと出て行った。

邸に帰ってからも、薫は、物思いに沈んでいる。

〈はてさて、こんなことばかりに思い悩んでいるのは、どうしたものであろう。これから先も、苦しい思いばかりに過ごすことになるのであろうな。このうえは、どんなふうにしたら、世の人々からいたずらに非難されない形で、それでも我が思いを遂げることができるだろうか……〉など、身をもって恋の道の修練を積んできた心構えを持たぬゆえであろうか、自分にとっても、また女君にとっても、いずれ気のもめるようなことばかり、無性に思い続けて、とうとう夜を明かしてしまう。

〈その、大君に瓜二つだと中君が言っていた人だが……ほんとうだろうか、なんとかしてその真偽を確かめたいものだが、どうしたものだろうな。出自《しゅつじ》から見れば、しょせんたいしたことのない身分の者のようだから、これから思いを懸けて言い寄るのも、別に難しいことではあるまいけれど……といって、その姫君が、いざ逢ってみたらとんだ当て外れであったなどというときは、どうも煩わしいことになる〉などという思いもあって、いまのところは、まだそちらのほうへ心を移すという気分にもならぬ。

九月下旬、薫は宇治に下って弁の尼と語る

かの宇治の山荘を久しく見ぬままに過ごしていると、ますます以て亡き姫君の存在が遠

くなってゆく心地がして、薫は、なにがなし心細い思いに駆られる。

そこで、九月《ながづき》の二十日過ぎのころに、宇治へ出かけていった。

行ってみれば、以前にも増して、烈《はげ》しい風があたりを吹き払っては、ぞっとするほど荒々しげな宇治川の水の音ばかりが、かの山荘を守っているように感じられ、人影もさらに見えぬ。

薫は、この佇《たたず》まいを目にするにつけても、まずは心中真っ暗になる思いがして、その悲しいことは限りもない。

弁の尼を呼び出してみると、障子口に、青鈍《あおにび》色の几帳を差し出して、それに隠れるようにして出てきた。

「まことに恐れ多きことながら、以前にも増して老いさらばえた恐ろしげな姿になっておりますほどに、御目《おんめ》を憚りまして、ここにてご免くださいまし」

と言い分けをしながら、まともには姿を見せぬ。

「この山里で、どんなに物思いがちな日々を送っておられるだろうかと思いやるにつけても、そなた以外には、私と心を同じくして聞いてくれる人もないような、例の昔話でも申し上げようかと思ってな、それでこうして来てみたのだ。……それにしても、うかうかしているうちにたちまち積る年月《としつき》だな」

薫は、そんなことを言いながら、涙を目に一杯浮かべている。まして涙もろい老人は、どうでも塞《せ》き止めることができぬ。

「ちょうど今ごろは、亡き姫君さまが、中君さまのことで、せずもがなのご心労に打ち拉《ひし》がれておいでの時分、あの頃も、ちょうどこんな空模様でございました。……そんなことを思い出し申しまするに、いつと限らず悲しいばかりの日々でございますが、かの古歌に『秋吹くはいかなる色の風なれば身にしむばかりあはれなるらむ（秋に吹くのは、いったいどんな色の風なのであろう。こんなに身に沁《し》みるほどしみじみと感じることよ）』とございますように、とりわけ秋の風は、身に沁みて辛く感じられます。まことに、亡き姫君さまのお嘆きあそばされていたように拝見しておりましたことが、なるほどその通りであったと思い知られる妹背の仲のあれこれも、ちらりと承っております。それにつけても、悲しいことはさまざまにて……」

弁の尼が、そんなことを述懐すると、薫は、

「あんなこと、こんなこと、時が経てば自然と良くなることもあろうものを、亡き姫君が、あまりにもやるせないことと思い詰められなさったこと、それは、やはり私の過ちで

あったような思いに責められて、今も悲しいのだ。また最近の匂宮のご婚儀などにまつわるあれこれは、なに、そんなこともこの公家社会には常のこと。……さほど心配なことだとは、私は拝見していないのだよ。ああ、こんなことをいかに言い言いしてみても、あの虚空《こくう》に煙となって昇っていってしまわれた姫君のお命……、それは誰も逃れることのできぬ定めだが、昔の人も『末の露本の雫《しづく》や世の中の後れ先立つためしなるらむ（葉末の露が先に落ち、やがてまた本の雫が滴《したた》って葉末から落ちる、そのように順序よく命を終えていくのが世の中の順逆の例《ためし》でもあろうが、先後《せんご》はあれ、いずれ儚《はかな》い露滴《つゆしずく》のようなもの、それが命なのだ）』と詠《なが》めたごとく、後れ先立つ運命というものは、なんと嘆いても甲斐のないことであったな……」

とそんなことを言って、また泣いた。

薫、山の阿闍梨を召して大君の一周忌を相談

それからまた、かの宇治の山寺の阿闍梨を召し寄せて、例によって、大君の一周忌に供養する経や仏像などの準備について薫は指示を与える。

「さて……、この山里に時々罷《まか》り越すにつけても、かの亡き君のことが、今も我が心を苦しめる。そんなことを思うたとて、なんにもなりはしないのだが……そこで、この際、この寝殿を解体して、あの山寺の傍らに堂を建てたい、とそんなふうに思っている。されば、どうせのことに、さっそく取りかかってもらいたいのだが」

と、こんなことを薫は言い出して、ついては堂を幾棟、それに渡り廊下がしかじか、さらに僧房をかく、など思うところを紙に書き出して命じなどする。

「それは、まことにご奇特なる尊きお志にて……」

阿闍梨は、仏寺建立《こんりゅう》の徳についてかれこれ説いて聞かせた。これを聞いて薫は、

「このお邸は、亡き八の宮が、風情豊かなお住まいとして地を定《さだ》めてお造りになったところ……それを、こうして解体するというのもまことに無情の振舞いのようだけれど、しかし、宮はもとより仏道帰依《きえ》のお志の高かったお方、寺を建立して功徳《くどく》を積むというようなことには至極熱心でおわしたようであったから、おそらくはこの山荘を寺としたいというお考えがあったと思うのだが、なにぶん、あとに遺される姫君がたのお身の上をご案じになって、ついにそのご沙汰《さた》もなかったものであろうかな……。そうこうするうちに、ああして空しくなられ、また大君も亡くなってのち、今では一人遺された相続人の中君も、兵

部卿の宮の北の方となられた関係で、この山荘も宮のご用邸と申してもよいことになってしまった。されば、この邸をそのまま寺になすのも、なにかと差し障りがあろう。私の一存でそのように計らうこともなりがたい。また、この邸は立地から申してもあまりに川岸に近くて、人目にもつきやすいところだ。だからこの際、寝殿を解体して山寺のほうに仏堂として移築するという方便を考えたのだ」

と存念を明かす。

「それは、宮さまの御為《おんため》にも、また姫君の御為にも、ひいてはまた中納言さまご自身の御為にも、まことに殊勝で尊いお心がけでございます。さればここに、一つの話がございます。昔、さる男が妻との死別を悲しんで、その屍《しかばね》を葬るに忍びず、すっかり枯れ朽ちた屍を袋に入れ、長年首に掛けて背負うて歩いておったと申します。これをご覧《らん》じた御仏《みほとけ》が、方便にて一人の女と現《げん》じ、その背に夫の死骸を背負うて道連れとなった……ところが、御仏がこの夫の屍を河に捨てたる刹那《せつな》、屍は二つながらたちまちに消え果てたとか。これを見て男もさすがに妹背の道の妄執を去って屍の袋を捨て、仏道に深く帰依したと申してございます。されば、この寝殿をご覧になるにつけて、中納言さまのお心はきっとお乱れになることでございましょう。そのことが一つには、妄執にて、あるまじきことでございます。また一方、御堂の建立は、後世《ごせ》安楽のためにはこよなき善根《ぜんごん》ともなるべきことでございます。されば、お指図のとおり、急ぎ承ることにいたしましょう。ついては、暦《こよみ》の博士《はかせ》の勘《かん》え申《が》します善き日《よ》を承《うけたまわ》りまして、堂舎建築の方面に明るい宮大工を二、三人拝借させていただき、委細は経典などに御仏がお示しくださっておりますとおりに、つかまつるようにいたしましょう」

阿闍梨は、そのように、薫の命《めい》を諾《うべな》った。

そこで、細かなところまで薫はかれこれ指図しおいて、その上で、所近き荘園の人どもを召し、こたびの作事《さくじ》あれこれについては、万事阿闍梨の言いつけに従って取り運ぶようにと、くれぐれも命じおく。

かくて、たちまちにその日は暮れ、そのまま夜は山荘に宿ることとなった。

この邸を見るのも、これが限りであろうという感慨のうちに、薫は立って、あちらこちらを巡り見る。本尊の御仏なども、もうすべてかの山寺に移してしまったので、今ではただ、弁の尼の使っている勤行の仏具のみが残っている。ここで、尼は、いかにも頼りない様子で住まいしているのを、〈こんなところでこの尼君は、どうやって過ごしているのであろう……〉と、薫は、胸打たれる思いで見る。

「この寝殿は、もう建て替えるべき仔細《しさい》があるのだ。だからでき上がるまでは、あちらの廊《ろう》に設けた局《つぼね》に住まれるがよいぞ。もしこの邸に残ったもののなかで、京の二条の宮の女君のところへお運びすべきものがあれば、このあたりの荘園の者を呼びつけて、しかるべく取り計らうようにご指示なされよ」

など、実務的なことを、薫は、事細かに語り合う。

他のところでは、かほどに老いさらばえたような女房など、こんな思い入れを以て相手にすることなどあり得ないが、この尼ばかりは別格で、夜も、近いところに横になって、なにかにと昔の思い出話などさせるのであった。

故権大納言《ごんだいなごん》柏木の君のありし日々のことやら、ここには、他に聞く人もない心安さに、たいそうこまかな事柄まで尼は語った。

「かの君が、もう今はの際になられました頃でございましたが、珍しくもお生まれになったあなた様が、どんなにかわいらしくておわすであろうと、なんとかして一目でも見たいとお思いになっておられるらしいご様子なども……今思い出し申し上げますと……それにつけても、このような想像だににできませせなんだ老いの果てに、かくのごとくにお姿を目の当たりに拝見いたしますこと、それもまたかの君ご生前のほどにお手近くお仕えいたしておりました甲斐《かい》が、おのずからございましたことと、嬉しくもあり、また悲しくも存じますことでございます。……もっとも、かかる辛いばかりの馬齢《ばれい》を重ねました間《あいだ》には、さまざまのことをずっと見てまいりまして、またつくづくと思い知りなどいたすこともございました。それもこれも、まことにお恥ずかしく情無いことでございます。宮さま（中君）からも、『時々は、参って目通りなどしたらよかろう、そのようにどうしているかも分からぬままに、音信《おとずれ》もなく籠《こも》ってばかりいるのは、さても私を見限っているようにみえるが……』などと仰せくださることが折々にございます。ですが、かかる不吉な尼姿でございまして、阿弥陀仏よりほかには、お姿を拝見したいというようなお方ももはやなくなってしまいました」

尼は、そんなことを述懐する。

それからまた、亡き姫、大君のことどもも、それからそれへと尽きることなく、かつての有様などを物語った。……これこれの折にはしかじかのことを仰せになりました、とやら、花につけ紅葉《もみじ》につけ、ふと口を衝《つ》いて詠み出した歌のことやら、話題にふさわしい口調にて、老人らしい震え声ではあったけれど、尼は語り続ける。

こんな老尼《ろうに》の長話を耳にしながらも、薫は、〈ああ、そうであった……かの姫君は、いかにもおっとりとして、口数は少ない方であったけれど、風雅の方面については、ひとかたならぬお心をお持ちであった……〉と、いよいよ切実な思いで聞いている。〈それに比べて、あの宮の御方……中君は、姉君に比べると今少しはっきりして派手なところのある性格ではあるが、しかし、心を許さぬ人に対しては、そっけなくぴしゃりとあしらい捨てるようなところがおありのように見える。それでも、私にはたいそう親切で情愛豊かな態度で接してくださるから、おそらくは、なんとかこのままの形で過ごしたいと思うておいでなのであろう……〉などと、薫は心中秘かに二人の姫を思い比べる。

八の宮の落し胤の姫の素性

さて、そんな長物語のついでに、ふと、あの「身代わりの姫」のことを、薫は口にした。

すると、尼は、どうやらその姫のことを知っているらしかった。

「……その御方のことですが、近ごろ在京しておりますかどうかは、よう存じませぬ。ただ、少々人伝てに聞いた……というような筋のことに過ぎませぬけれど……故八の宮さまが、まだかかる山里にご隠遁《いんとん》なさる以前のこと、故北の方さまご逝去より間もなくの時分でございましたか……中将の君と申します上臈《じょうろう》がお仕えいたしておりました。この者は、気立てなども決して悪くはない人でございましたから、宮さまが、それはそれはお忍びにて、ただかりそめばかりにお情をおかけになられましたのを、知る人もございませんでしたが……思いがけず女の子を産みましてございます。宮さまは、もしや自分の子かと、たしかにお覚えがおありのことでございましたほどに……いえ、そんなふうにお考えあそばすにも及ばぬところながら、煩わしく厭《いと》わしいことに思し召すようになられ、かの中将には、その後《のち》二度とお逢いになることはございませんでした。そうして、かかることについては、もうむしょうに懲り懲りなさったために、そのまま仏道の修行者のようになってしまいになりました。さすがに中将の君も、これには身の置き所もなくなり、もはやお仕えもならず、そのままお暇《いとま》を頂戴して、陸奥国《みちのくに》の守《かみ》の妻となってしまったものでございました。それが、先年、上京してまいりまして、くだんの姫君が平穏にご成人なさっておられる由《よし》を、かかる山里までもちらりと伝えてまいりましたのを、故宮さまがお耳になさいまして、『今後断じて、かかる知らせなど申してまいることまかりならぬ』ときつく仰せ放ちになりましたので、中将のほうも、なんの甲斐もないことと嘆いておったことでございます。それから、また夫が常陸守《ひたちのかみ》となって赴任いたしましたもので、この数年がほどは、くだんの姫君のことなど、ぱったりと音沙汰もなく過ごしておりました。しかるに、この春、再び上京してまいりまして、あの二条の宮のほうへお訪ね申し上げたということを、風の噂にちらりと聞きましてございます。……その姫君のご年齢は、はや二十歳《はたち》ばかりにはなっておられるようでございます。たいそうかわいらしくご成長遊ばしておられるのが却って哀しい、などと、以前在京しておりました時分には、母親が、手紙にまでもくどくどと書いてよこしたようでございますが……」

こんなことを、尼が物語るのを聞いて、薫は、ことの次第を詳しく知るところとなり、

〈ふむ、それならば、まことの話なのであろう……さても、その姫に逢ってみたいものだが……〉という好き心が萌《きざ》してきた。

「故姫君のありし昔のお姿に、いささかでも似通う人があるなら、見も知らぬ異朝まででも尋ね求めていきたいというほどの気持ちなのだから、故宮はお子の数にはお数えにならなかったとしても、どうやらたしかに近いお血筋《ちすじ》の人であるに違いない。いや、なにもわざわざ手を煩わせるには及ばぬけれど、もしその姫のほうから、この山里のほうへなにか

音信《おとずれ》などあったら、そのついでにでも、私がこう言っていたと、お伝えくだされよ」

薫は、さりげなく、そんなふうに頼みおく。

「いえ、その母君、中将と申します者は、故北の方の姪御《めいご》でございます。されば、わたくし自身もいささか血縁のございます間柄と申すべきものではございましたが、ちょうどその頃には、わたくしはとんだ田舎のほうにおりました関係で、くだんの姫君なども親しくおつきあい申すこともないままに過ごしました。さるほどに、先《せん》だって京のお邸の、中君さまお側仕えの大輔《たゆう》の君のもとから申してまいりましたところでは、なんでも『その姫君が、せめて父宮のお墓参りだけでもさせていただきたい』と、そのように仰せのようでございまして、だから『その心づもりで……』などと申してまいりました。が、いまのところ、まださような消息は、こちらへは取り立ててもまいっておりませぬようでございます。いずれ、なんぞ申してまいりますでしょうから、そうしましたら、そのついでにでも、仰せの趣はお伝え申しましょう」

と尼は請け合った。

夜が明けた。薫は京へ帰るというので、帰りしなに、昨夜遅れて届けてきた絹や綿などのような品々を、阿闍梨へ贈りやる。また尼にも賜《たまわ》る。その他の法師ども、また尼君の下仕えの者どもの使い扶持《ぶち》として、麻布《あさぬの》などの品々にいたるまで、持ってこさせて与える。もとより、手許《てもと》不如意なる住まいだが、薫からのこうした見舞いの品々が絶えずあったので、弁の尼は、身分の割にはいつも見苦しからず装い、落ち着いた様子で勤行に励むのであった。

折しも、木枯らしが堪えがたいばかりに寒々と吹き抜け、庭の木々の梢《こずえ》はことごとく吹き荒らされて一面の紅葉《もみじ》が地に散り敷いている。そこを「秋は来《き》ぬ紅葉は宿に降り敷きぬ道踏み分けて訪《と》ふ人はなし（秋が来た。紅葉は家の庭一面に降り敷いている。しかし、その紅葉の道を踏み分けて訪れてくれる人はいない）」という古歌さながら、誰踏み分ける跡も見えぬのを、薫は見渡して、すぐにはここを立ち出でる気にもならぬ。たいそう風情豊かな深山木《みやまぎ》に這《は》いまつわっている蔦紅葉《つたもみじ》ばかりは、まだ赤く散り残っている。

「なにもないが、せめてこれだけでも……」

と、薫は蔦の一枝を折り取らせて、中君への土産とでもいうつもりなのであろうか、供の者に持たせる。

やどりきと思ひいでずは木《こ》のもとの
旅寝《たびね》もいかにさびしからまし

この宿木（やどりき）〔蔦〕の一枝ではないが、ここに宿（やど）りきと思い出すのでなかったら、こんな木の下の旅寝は、どんなに寂しく物足りないものであったろうか

こんな歌を薫は誰に聞かせるともなく口ずさむ。それを聞いて、弁の尼も一首。

荒れ果つる朽木《くちき》のもとをやどりきと
思ひおきけるほどの悲しさ

こんなに荒れ果ててしまった朽木のような老尼の宿りに、その宿木（やどりき）ではございませぬが、かつて宿（やど）りきと覚えておいてくださいました。それにつけてもその頃は姫さまがおいでであったと思い出されて、悲しゅうございます

こんな歌は、いかにも古めかしく気が利かぬけれど、それでも昔の人との縁《ゆかり》をそこはかとなく思わせている点で、薫にとって、いくらかの慰めには感じられるのであった。

薫、蔦の枝に文をつけて二条院の中君に贈る

都へ戻り、二条院の中君にその紅葉した蔦を贈りまいらせる……と、ちょうど匂宮も居合わせた折であった。

「南の宮（三条院）より」

とて、使いの者が何心もなく持参したのを、女君は、〈まあ、またこんなことを。この結び文になにか煩わしいことが書いてあったらどうしよう〉と、困惑せずにはいられないけれど、といって俄《にわ》かに取り隠すというわけにもいかぬ。匂宮は、

「おお、けっこうな蔦紅葉《つたもみじ》だね」

と、皮肉めいた口調で言って、さっと手許に引き取って見た。枝に付けられた文には、

「この日ごろ、お加減はいかがでございましょうか。わたくしは、かの山里のほうへ罷《まか》り越しまして、たいそう峰の朝霧に道惑いなど致しました、かれこれの物語なども、いずれみずから申し上げましょう。かの山里の寝殿をば、仏堂になすべきことは、山の阿闍梨にしかと申し付けてまいりました。されば、お許しを頂戴いたしましてのちに、寝殿の移築

かたのことは、とりかかることに致します。弁の尼にも、適宜お指図を仰せ遣わしくださいますように」

などと書いてある。宮は、

「なんとまあ、差し障りなくお書きになった文だねえ。私がこちらに居るということを聞いていたのであろうな」

と当てこする。なるほど、少しは宮の仰せのとおりなのであろうか。

女君は、その文面が、なんということもない内容であったのを嬉しいと思った。それなのに、宮がわざわざかような当てこすりを言うのを、なんとしてもやるせないことに思って、ぷっと膨《ふく》れっ面をしてみせる、その様子は、どんな大罪も許してしまいそうなほど魅力的なのであった。

「それそれ、お返事をお書きなさい。なに、私は見やしませんから」

そう言って、宮はわざと背を向けている。

ここで、もじもじとはにかんだりするのもおかしなものゆえ、女君は返事を書いた。

「山里のほうへお出ましの由、まことに羨ましく存じます。あの寝殿は、仰せのとおり、さようにお計らい下さるのがよろしいことと存じておりましたが、『いかならむ巌《いはほ》の中に住まばかは世の憂きことの聞こえこざらむ（そもいったい、どれほどの岩山の中に住んだなら、世俗の嫌なことが聞こえてこないで過ごせるものでしょうか……どんなところに住んでもしょせんは憂きことから逃れられますまい）』とも古歌に歌うてございますほどに、いまさら取り立てて山奥の草庵などを探し求めて住むにも及ばぬことにて、むしろ、かの山荘をすっかり荒らしてしまわぬようにいたしますのが上策かと存じます。されば、いかようにも、しかるべくご処置くださいますならば、深く深く感謝申し上げます」

この往復の文面を見れば、〈ふむ、特に問題とすべきところはない付き合いのように見えるな〉と、宮は考えるものの、色好みの己《おのれ》の心ぐせから類推して、あの薫がなにもなしでは済ますまいと思ってしまうゆえ、とかく安からぬ気持ちになるのであろう。

匂宮と中君、秋の風情のなか合奏し、また歌を詠み交わす

枯れ枯れとした庭の植込みのなかに、薄《すすき》が、衆草《しゅうそう》に抽《ぬき》んでてぐっと手を差し出して招くのが一段の風情と見え、なかにもまだ穂に出きらぬところに露が置いて、あたかも玉を貫《つらぬ》きとめている緒《お》のごとく、それが心細げに風に靡《なび》いているところなど、なんの珍しいこと

もない景色ながら、夕風の、ことにしんみりと心に響く季節がらであった。

匂宮は、歌を口ずさむ。

穂に出でぬもの思《い》ふらししのすすき
招くたもとの露しげくして

あの薄は穂に出ぬままに物思いをしているに違いない……
そなたも、その如《ごと》く面《おもて》には出さず下心になにか懊悩すると見える……
ほら、ああして手招きしている袂《たもと》が、涙の露でしっとりと濡れているぞ……

しなやかに身にまつわった下衣《したごろも》に、直衣《のうし》ばかりを着て、指貫《さしぬき》などは穿《は》かぬくつろいだ姿で、宮は、琵琶《びわ》を弾いている。黄鐘調《おうしきじょう》の小手調べを、それでも身に沁みるような音色《ねいろ》で弾いているのを聞くと、女君も琵琶の楽《がく》についてはかねて心に覚えのあることゆえ、次第に心もほどけて、恨みがましい気持ちなどもいつしか消え、丈の低い几帳の端から、脇息《きょうそく》に寄りかかって、ちらっと顔を覗かせている、その面差しが、もっともっと見てみたいと思われるほど、いかにも可憐な感じなのであった。

「秋果つる野べのけしきもしのすすき
　ほのめく風につけてこそ知れ
　ああ、もう秋（あき）果てるこの野辺の景色も、
　あの薄の穂（ほ）をほのかに揺らしている風の様子で分かります……
　あなたさまがもうわたくしに飽（あ）き果てておられるのも、ほのめかされるご様子で分かります

『わが身ひとつの』……」

と、そこまで言って中君は涙ぐんだ。古歌に「月見れば千々に物こそかなしけれわが身ひとつの秋にはあらねど（月を見れば、心も千々に砕けるばかり悲しい思いに駆られる。なにも私一人の悲秋《ひしゅう》というわけでもないのだが）」とあるのを仄《ほの》めかしつつ、〈わたくしばかりが飽（あ）きられるわけでもないけれど、でも、やはり悲しい秋（あき）だこと〉と女君は怨《うら》みわたる。しかし、こんなことを口ずさむと、さすがに恥ずかしくなって、扇で顔を隠している……その心のありようも、宮には、〈これだから放ってはおけないな、この人を……〉と感じられるのであった。ところが、そう思うとまた、〈これほど放っておけぬ感じのす

る人だ……さてこそ、あの男もどうしたって執着せずにはいられぬことであろうな〉と、薫を疑う気持ちがただならず起こってきて、女君を恨めしくも思っている様子である。

庭の菊の花は、まだ霜にも当たらぬゆえ、ほどよく色変わりもし尽くしていない。宮邸《みやてい》のこととて、入念に手入れをさせているために、却って色の変ずるのが遅いのである。さるなかに、どういう加減であろうか、一本だけたいそう見どころのある色変わりをしている花があって、宮は、それを特に選んで折り取らせる。

そうして、朗々と漢詩《からうた》を詠吟するのであった。

「これ花の中《なか》に偏《ひとへ》に菊を愛するにはあらず
この花開《ひら》けて後《のち》更《さら》に花の無ければなり

これは、なにも花のなかでただ菊だけを愛するのではない。
この花が咲いての後には、もう他になにも花が咲かないからなのだ

なにがしの皇子《みこ》が、この菊の花を賞美した夕べのことぞ……いにしえ、そんな折には、天人が翔《かけ》り降《くだ》ってきて、琵琶の曲を伝授したとかいうのは……。なにごとも、浅はかになってしまった今の世には、さような奇瑞《きずい》はもはや現じることがないだろうから、ああ、琵

琶など弾くのも億劫《おっくう》だ」

と嘆いて、手にしていた琵琶をすっと下に置いた。中君は、残念なことだと思う。

「今の人は、心こそ浅くもありましょうけれど、昔の名人から世々《よよ》に伝えられてきた奏法は、さほど衰えたということもございませんでしょう」

とて、せっかくの機会だから、まだよくも知らない曲などを、なんとかして聴きたそうにしている。

「それならば、私一人で弾くのでは物足りないから、合奏の相手をなされよ」

匂宮は、近侍のものに命じて箏《そう》の琴《こと》を持ってこさせる。そうして、中君にこれを弾かせようとするけれど、

「その昔には、良きお手本とする人（父宮）もおわしましたが、それだってはかばかしくも弾けるようにはなりませんでしたものを……」

と恥ずかしそうにして、箏に手も触れようとしない。

「ああ、たかがこればかりのことにも、お心隔てをなさる……それが私には辛い。この頃逢いにゆくあたりの人は、まだじゅうぶんに心を許すというほどの間柄でもないが、それだって、まだ未熟な習い初めの芸事でも隠しだてなどせぬぞ。すべて女は、物腰が柔らか

で、かわいげのある心を持つことが肝心だと……それ、あの中納言だって言っているようだったけれど……。あちらの君には、こんな心隔てなどなさらぬのであろうな、なんといってもこの上なき御仲《おんなか》らいのようだから……」

宮は、真面目くさってそんな恨み言を連ねるので、中君は、小さなため息を一つついてから、少しばかり弾いてみる。すると、いささか弦《げん》が緩んでいたので、琴柱《ことじ》を盤渉調《ばんしきじょう》の位置に上げ、琵琶に合わせて、さらりと小手調べなどを弾く、その爪音《つまおと》が趣深く聞こえた。

かくて、弦楽の合奏をしながら、宮は、催馬楽『伊勢の海』を歌った。

伊勢の海の　清き渚《なぎさ》に　しほかひに
なのりそや摘《つ》まむ　貝《かひ》や拾はむや　玉や拾はむや

伊勢の海の、清い渚に、潮が満ちてくるまでに、
ほんだわらを拾おうよ、貝を拾おうよ、そして玉を拾おうよ

この気品豊かな美声に聞き惚れて、そのあたりに侍《はべ》っていた老女房どもも、物の後ろに隠れるようにして近づいてくると、ついついにこにこと満面の笑みを浮かべている。

「お心を二つに分けておいでなのは辛いけれど、まあ、これほどの君とあっては止むを得

ぬことでございましょうし、やはりこちらの御方さまは、ご好運の人と申すべきでございましょうね」

「さようですとも。これほどにすばらしい殿の御方さまとして上《うえ》つ方《かた》のお付き合いをなさるなんて、思いもかけなかったような……以前のあの山住まいのことを思えば……」

「それなのに、またあのような所へお帰りになりたいようなことを思し召して、なにかとお頼みになったりなさいますのは、ああ、ああ、ほんとうに心憂きこと」

などなど、口々に好き勝手なことを言うので、若い女房たちは、

「まあ、お静かになさいませ」

とこれを制止などする。

夕霧大臣、二条院へ匂宮を迎えに来る

こうして、それから三、四日もの間、中君に琴を教えなどしつつ、宮は二条の院に籠《こも》っていた。ついては、「物忌みにつき」という事由を申し立てて、六条院のほうへは通いもしないので、あちらのほうでは恨めしく思っている。

そこで、夕霧の大臣《おとど》は、内裏から退出してくるついでに、ふと二条の邸にやってきた。

これにはさすがに匂宮もびっくりして、

「このように仰々しくお供をお連れになって、いったい何ごとであろうぞ、俄かのお出ましは……」

と、いささか不愉快そうにし、それでもまさか会わぬわけにもいかぬゆえ、寝殿のほうへ通して、そちらで面会する。

懐かしい寝殿を見回しながら、夕霧が言う。

「格別用事もないままに、ついこちらへも来なかったが、ふと気がつけば、この院を見ぬままにずいぶん久しいことになったのも、なにやら感慨があるな」

そんなことを端緒《たんしょ》として、源氏在世時分の昔物語など少し語り交わすと、そのまま匂宮を随伴して六条院のほうへ引き上げていった。夕霧のあとから、数多い子息たちやら、その他の上達部《かんだちめ》、殿上人《てんじょうびと》などなど、すこぶるたくさんのお供が大勢ぞろぞろと引き続いて退出していったその威勢を見ては、こなた二条院の勢いなど、とてもとても肩を並ぶべくもないことを中君は自覚して、ひどく屈託し打ち萎《しお》れている。

しかし、女房たちは、そんな中君の思いをよそに夕霧一行のありさまを覗き見ては、

「まあ、ほんとうにすっきりとお美しくていらっしゃる大臣《おとど》だこと」

「そうそう、あんなにいずれ劣り勝りもなく、若盛りでおきれいそうでいらっしゃるご子息がたのなかにも、同じように素敵なお方はおいでにならぬもの」

「ほんとうに、素敵ねえ」

などと言いはやしている。また、

「でも、あのように権勢並びないご様子で、これみよがしに宮さまをお迎えにいらっしゃるなんて、なんだか憎らしい」

「これでは、こなたの御方さまだって、おちおちしてられない御仲《おんなか》らいだわ」

などと心配してため息をつく者もあるようであった。

また中君自身も、宇治の山荘に逼塞《ひっそく》していた以前からの暮らしなどを思い出すにつけても、あちらの御殿の花々とした一族には、とても対等に交際できるはずもなく、こんなふうにぱっとしない我が身のありさまが、いよいよ心細くなって、〈ああ、やはり、私は心安らかに宇治のほうへ籠っているのだけが、無難な生きかたなのかもしれない……〉と、いっそうまた感じられてくる。

そんなふうにして、可もなく不可もなく、その年は暮れた。

明けて正月末《すえ》、中君のお産切迫

正月の晦日《みそか》の時分から、中君はにわかに苦しみはじめた。宮は、いまだお産など経験をしたことがないので、はてこれはどうなるのであろうかと、おろおろ心配して、予《かね》て安産祈願の加持祈禱などをあちこちの寺々に命じて執行《しゅぎょう》させていたうえに、更にまた新しく別の寺などにも追加で祈禱を命じた。が、なかなか難産で、苦しみはひとかたでない。

そこで、母君の明石中宮のほうからも、お見舞いが遣わされる。

こうして中君が宮と結婚してから、はや三年目になろうとしているけれど、もとより宮自身のご寵愛こそ疎《おろそ》かではなかったとは申しながら、公家社会ではおしなべて、この女君を、さほど重々しい御方とも見做《みな》してはいなかった。しかし、今こうしていよいよ出産という際《きわ》になってみると、どちらの家々でも、この君の存在にはっと気づくところがあって、慌ててあちらからもこちらからも見舞いの使いがやってきたのであった。

女二の宮の裳着の準備進む

しかし、中納言の薫君は、宮の心労に負けず劣らず、さてどうなるのであろうかと案じ侘びて、ただもう胸の痛む思いのうちに不安を募らせているけれど、だといって見舞おうにも後見役としての限度がある立場なのであってみれば、さすがにそうそう自由に二条の院へ出向くわけにもいかず、ただ秘かに安産の祈禱などをさせているのであった。

一方、薫との婚儀を睨《にら》んでの女二の宮の裳着《もぎ》の儀も、もはやすぐ目前に迫ってきて、世間では取り沙汰も囂《かまびす》しく準備に明け暮れている。これについては、万事帝の御意のまま盛大に準備が進んでゆく。この際、二の宮の母女御の実家筋の後ろ見などが、なまじっか無いのが怪我の功名というもの、それがために、儀礼は却って盛大に立派になってゆくのであった。

むろん、母女御が生前に用意しておいてくれた支度もさることながら、そこへ加えて、宮中の作物所《つくもどころ》（調度調進所）や、あるいは母の実家筋に連なるかれこれの受領《ずりよう》どもなどから、あれこれ立派に奉仕上納する品々もまた、途方もない数にのぼった。

……と、こんな状況下に、まもなくその裳着の儀が終わったらすぐに、婿として二の宮方へ通い始めるようにとの御意があったゆえ、本来なら男のほうでも婿がねとして心用意をしておくべき頃合いであったにもかかわらず、なにぶん例によって例のごとくの薫の心ざまにて、その正室方のことにはいっこうに身が入《はい》らず、ただただ、中君のことばかり肝《きも》を砕いて案じわたる。

二月初めに薫、権大納言兼右大将に昇進

さて、二月《きさらぎ》の初めの頃、直《なお》し物《もの》とかいって臨時の諸官任命の儀があって、そのときに薫は中納言から権大納言に昇進し、同時に右大将を兼任することになった。左大臣の夕霧は、左大将を兼務していたのだが、この折に兼務を解かれて、時の右大将が左大将に転じた結果、空席となった右大将に薫が任じられたという次第であった。

そこで、薫の大納言は、昇進のお礼言上のために諸々方々《しよしよほうぼう》を巡歴したついでに、この二条院にも、正装に威儀をただした姿を現わした。折しも、中君の具合がひどく悪かったので、匂宮も、中君の臥せっている西の対へ来ていたところだった。

薫はすぐにそちらへ顔を出した。

〈なんだ、今は祈禱の僧侶などが来ていて取り込み中なのだが……〉と宮は驚いたが、ただちにきりりとした直衣の上に、後ろに長く裾を引いた表着《うわぎ》を着て、そこそこ正装に近く装束を改め、南面の階《きざはし》から庭に下りると、返礼のための拝をなした。御殿には正装の薫大納言、庭上《ていしょう》には准正装の匂宮、その二人の風儀《ふうぎ》は、とりどりに賛美すべき美しさであった。

「わたくしは、これからすぐに右大将新任披露の饗宴を催しますほどに、どうぞお出でくださいませ」

薫はそういって、宮を招き誘《いざな》ったが、なにぶん中君の具合が悪いことが気にかかって、宮は、行こうか行くまいかと躊躇《ためら》っているようであった。

この饗宴は、夕霧が左大臣昇進に際して六条院で催したのに倣《なら》って、同じく六条院で執り行なわれる。饗宴の相伴《しょうばん》役に招かれた親王《しんのう》がた、また上達部、いずれも大臣新任の折に催される宮中での大饗宴に劣らず、あたり騒がしきまで大勢の人が参集したのであった。

匂宮も、この饗宴に出席しはしたが、なにぶん中君のことが気にかかって落ち着かぬことゆえ、まだ宴も終わらぬうちにそそくさと帰ろうとするのを、左大臣家の六の君のほう

では、

「ほんとうに感心せぬこと、呆れるばかりだ」

と皆口々に不満を鳴らす。

……本来のご出自から申せば、中君は宮家の姫御子《みこ》ゆえ、大臣家の姫君たる六の君にひけをとるものではないはずなのだが、ただ、現今の夕霧の威勢声望の華やかさにすっかり思い傲《おご》りして、六の君方の人々がかように無遠慮な物言いをするものとみえる。

中君、難産の末男子出産

難産の末、その暁にやっと男の子が生まれた。このことを、宮も、まことに気を揉んだ甲斐があったと嬉しく思った。また薫の大将も、自分自身の昇進の喜びに加えて、かようなめでたいことが重なって、嬉しく思う。

そこで、昨夜の饗宴に宮が臨席してくれたことのお礼申しかたがた、またこのお目出度《めでた》へのお祝いを兼ねて二条院へやってきたが、お産の血の穢《けが》れを憚って着座することはせず、立ちながらお礼とお祝いとをのべた。

匂宮が、このように二条院の中君に付き添って籠っているので、誰も誰も、こなたへ参上せぬ人とてもない。

かくて、産後の養生の品や祝いの数々が贈られ、また三日《みか》の祝いは、例に従ってただ宮家の内々《うちうち》の祝い事にて、五日《いつか》の夜の祝いには、薫の大将殿から強飯《おこわ》（蒸したご飯）のおにぎり五十人前、これは下仕えの者どものための用意、また碁《ご》の賭《か》け物にするための銭しかじか、椀《わん》盛りの飯にそこばくの副食を添えた来客用の食事などは、まず人並みに用意し、さらに、お産を済ませた女君の養生食として衝重《ついがさね》（台付の折敷《おしき》）に三十ほど、生まれた稚児のための衣、これは五枚一重《ひとかさね》にして五重《いつがさね》、また産着のかずかずなど、薫としては決して大仰でないようにと思って、内輪内輪にと心がけたつもりであったけれど、それも、仔細に見てみると、特に目新しい趣向など凝らしたところも見えた。

また匂宮の御前《おまえ》にも、若木の沈香《じんこう》で作った折敷、それに高坏《たかつき》などに盛って、粉熟《ふずく》と呼ぶ五穀《ごこく》五色《ごしき》の菓子を供《きょう》してある。女房たちの前には、衝重はもちろんのこと、檜《ひのき》の曲物《まげもの》の箱に御馳走を入れたものを三十箱ほど、さまざまに工夫を凝らした食べ物が並んでいる。さりながら、見たところは普通らしく作って、とくに人目に立つ大げさな仕立てにはせぬように、薫が特に気を使ったところなのだ。

七日の夜には、明石中宮からの出産祝いの席とあって、中宮大夫《ちゅうぐうだいぶ》以下、殿上人、上達部等、参集した人がすこぶる多かった。このことを内裏の帝もお聞きになり、

「宮が初めて人の親になったと聞くからには、どうして何もせずにおられようか」

と仰せ言があって、お祝いに若宮のお守りの佩刀《はいとう》をお贈りになった。

九日も、こんどは左大臣家から、祝いの饗宴を奉仕したことであった。左大臣家では、二条の御方のことはかねて面白からず思っていたところではあったが、まさか何《なに》の祝いもせずにいては、婿の匂宮がなんと思うかと慮《おもんぱか》って、夕霧の子息の君達《きんだち》などがお祝いにやってくる。

かにかくに、なにからなにまで案じ煩うべきことなどまったくないような、めでたいことばかりであった。そこで、中君自身も、ここ何か月かというもの、物思いに沈みがちで、体調もすぐれず、ついつい心細い思いに駆られていたものが、今や、このように晴れがましく、ぱっと華やかなことどもが立ち続くので、すこしは心も慰められたことであろうか。

薫の右大将は、〈こうして今、宮の子どもまで生まれて、あの君も、すっかり母親らしくなったように見えるからには、自分のほうのあしらいなどは、ますます疎遠になってゆ

くのであろうし、また、宮のご寵愛も、決して色褪《あ》せてゆくなんてことはなかろうな……〉と思うのは、口惜しい限りだけれど、しかし、冷静になって、〈……もともとは自分が心がけて、この君を匂宮に縁付けたのだし、自分はその親代わりの後見役に甘んずるつもりでいたのだからな……〉と思ってみれば、たいそう嬉しくもある。

二月二十日過ぎ、女二の宮裳着、その翌日に薫、婿となる

かくてその二月《きさらぎ》の二十日過ぎのころに、今は藤壺に住む女二の宮の御裳着《おんもぎ》の儀が挙行され、いよいよその翌日に、薫の大将が婿として参ったのだった。その夜のことは、内々《うちうち》の儀として取り運ばれる。

そもそも、二の宮の御裳着については、帝のお心入れを以て、天《あめ》が下《した》を揺るがすような儼乎《げんこ》たる盛儀《せいぎ》として挙行されたところであったのに、いざ結婚となったら、親王でも皇族でもないただの臣下の男が婿となったとあっては、やはりどこか飽き足らず胸痛むような感じがある。それゆえ、公達のなかには、

「いかに父帝が、そのようにご聴許《ちょうきょ》あそばされたとしても、なにも、御裳着の済んだばか

りの今、こんなに急いで御婿取《おんむこと》りをなさることもあるまいに」

と、誹《そし》りがましい思いを口にする向きもあったけれど、いやいや、今上陛下は、いったん思い立たれたことは、さっさと実行されるご気性ゆえ、いずれせねばならぬことならば、いっそこれまでに前例のないほど立派に盛大に事を運びたいと、そのように予《かね》てからお考えになっていたことのように思われる。

そもそも、臣下の身でありながら、帝の婿殿となった人の例は、昔も今も珍しくはないのだが、それでも、このようにご在位中の、時盛んなる帝が、まるで臣下のごとくに婿取りを急がせるというような実例は、やはり少ないのではあるまいか。

左大臣夕霧も、

「まことに世にも稀なるばかり帝のお覚えめでたき大将よな。それも前世からの因縁がすばらしいのであろう。かの六条院の、亡き父君（光源氏）とて、朱雀院が晩年におなりあそばして、今を限りにと世をお捨てになった際《きわ》になって、やっとあの薫大将の母三の宮をお迎え入れなさったのだったぞ。……まして、この私などは、誰からも許されぬもの……そなたを拾ったようなことでな」

と、そんなことを述懐するのを、聞いている落葉の宮は、それはそのとおりだと思いながら、しかし恥ずかしい思いに心屈《こころくっ》して、にわかに返事もできないでいる。

さて、新婚三日目の夜は、亡き母女御の異腹《ことはら》の兄弟に当たる大蔵卿以下、二の宮がなにかと心丈夫なようにと側仕えを命じられた人々や、家内事務の家来どもに勅命を下して、表立ってのことではないけれど、薫の車の前駆けの者どもや、随身《ずいじん》、車の護衛官、そして舎人《とねり》にまで、かたじけなくも禄を下賜《かし》された。まずしかし、このあたりのことは、公《おおやけ》ごとではなく、ごく内輪のご配慮のようであった。

女二の宮を三条の自邸に移そうと薫は計画

これより以後、薫は忍び忍びに二の宮のもとへ通って来る。その心のうちには、今なお忘れることのできぬ、亡き宇治の大君の面影ばかりが彷彿として、昼は里の邸三条の宮に臥したり起きたり、ただぼんやりと物思いに耽って暮らしている。また暮れての後は、まったく気も進まぬけれど、しかたなく二の宮のいる宮中へ参上するのであった。しかし、さようなことは、まるで身に付かぬことのように感じて、ただもう憂鬱で苦しいばかりなので、〈もうこんなことなら、なんとかして二の宮に、人目も多く窮屈な宮中からお下がりいただこう〉と心に思い定めた。

母君三の宮は、二の宮が三条の院へお下がりになるということを、たいそう嬉しいことに思っていた。それゆえ、自分の住む寝殿を宮にお譲りして対のほうへ移ってもいい、とまで言うのであったが、さすがに薫は、

「いえ、それはあまりにもかたじけのうございましょう……」

と言って、母宮の御座所《おましどころ》を寝殿の西面《にしおもて》とし、自分は二の宮とともに東面《ひがしおもて》のほうを頂戴しようと図る。そこで、母宮の御念誦堂《ごねんずどう》のある西側に、堂へと続く廊《ろう》を新設させる。これは母宮が西面に移った時に、念誦堂へ通う便宜を思ってのことであるらしくみえる。東の対その他の建物も、一度は火事で焼けたが、その後再建を果たし、荘厳で新しくて、まことに理想的な出来ばえであったところへ、更に更に磨き立てて、至らぬ隈無《くまな》くしつらいを施させる。

こうした薫の心遣いを、内裏のお上も耳にされて、〈婚儀成って間もないというに、そうそう気安く、あちらの邸にお移りになるのは、さていかがなものであろう〉と、お気遣いになる。さては、帝も人の親にて、例の「人の親の心は闇にあらねども子を思ふ道にま

どひぬるかな」という名高い古歌さながら、子を思う故の心の闇は普通の人と変わりはしないのであった。

そこで、母三の宮のもとへ、勅使が遣わされて、その帝じきじきのお手紙にも、ただただこの二の宮のことをよろしく頼むと懇篤に仰せおかれてある。そもそもが、故朱雀院が、皇女《みこ》たちのなかで、取り分けてこの入道三の宮のことを、くれぐれも頼むと帝に仰せ置かれたので、今はこうして尼になっているけれど、そのお覚えは衰えるところもなく、すべては昔のまま手厚いお世話にあずかっている。そうして、尼宮が帝にお願いなさることなどは、かならずお聞き届けになるなど、帝のお心寄せのほどは並々ならぬものがあった。

かくて、帝といい女三の宮といい、尊い方々からそれぞれに、この上もなく大切にされて二の宮を北の方に迎えるのは、まことに晴れがましいことであったが、さていったいどういうことであろうか、肝心の薫の心のうちには、そのことが別段嬉しいとも思えず、それどころか、ともすればぼんやりと物思いに沈みがちに過ごしながら、宇治の寺の造立《ぞうりゅう》をひたすらに急がせるのであった。

匂宮の若君の五十日《いか》の祝いと薫の訪問

そのいっぽうで薫は、匂宮の若君の五十日《いか》の祝いの日を指折り数えて待ちながら、その時に若君の口に含ませる餅の用意にあれこれ気配りをし、果物を盛る籠や、食物を盛る檜の曲物の箱などに至るまで、隈無《くまな》く自分の目で調べては、そこらの平凡な祝い方にはすまいと思ってせいぜい心を配る。また沈香《じんこう》、紫檀《したん》、銀《しろがね》、黄金《こがね》などの細工物に関しては、それぞれの道に秀でた名匠を、たいそうたくさん召し寄せて奉仕させる。されば、匠《たくみ》たちは、我こそは劣らじとばかり、おのおの各種の趣向を発明工夫するようであった。

そうして、薫自身も、いつものように匂宮の不在を見澄まして、中君のところへやってきた。大納言に昇進したことではあり、帝の婿になったことでもあるので、そう思って見るせいであろうか、今までよりもすこし重々しい感じがして、高貴の人らしい貫禄さえついたな、と女の目には見える。

〈されば、いかになんでも今はもう、あの煩わしいまでの懸想がかったお振舞いなどは影を潜《ひそ》めたことであろう……〉と中君は思って、心安く薫と対面する。

しかし、いざ応接してみると、以前とさして変わりもない様子で、まず涙ぐみつつ、薫は、

「いっこうに意に染まぬ縁組などは、もとより不本意きわまることであったと思い至り、この世のままならぬことには心も千々に乱れ、苦悩は募るばかりです……」

と、そんなことを臆面もなく訴える。これには中君も呆れて、

「これはまた、呆れるばかりの仰せごとを……。万一にも、さようなことをどなたかが、ちらりとでも漏れ聞くようなことがございましたら……」

など、さらりと窘《たしな》める。

〈でも、誰が見てもあんなに素晴らしいご縁組と見えるのに、それにも思い慰むことなく、亡き姉君を忘れ難くお思いになるらしいご執心の深さといったら……〉と、しみじみ薫の心中を推察するにつけ、また、姉君に対する薫の愛情がどれほど深甚《しんじん》なものであったかが思い知られる。するとまた、〈ああ、姉君が生きておいでになったらなあ……〉と、返す返すも口惜しく思い出されるのであったが、しかしまた、〈もし姉君が生きて大納言さまの妻になっていたとしたら、……結局は、自分と同じように後から来た高貴の正妻に

押しのけられるような辛い目にあっていたことになる。姉君とはそれでおあいこ、恨みっこなしに、二人とも拙《つたな》い身の運命《さだめ》を恨みながら過ごしていたことでしょうね。しょせん、自分たちのように物の数でもない境遇に生まれついたのでは、歴々のお家柄の方々のように晴れがましいことなど、あるはずもないもの……〉と思い当たる。すると、〈ああ、姉君が、最後までどうしても大納言の君に身を許さぬままでいようと思っていらした、あのお心がけは、やはりとてもお考え深いことであった……〉と、今さらながら思い出される。

薫が、若君をぜひ見たいと切望するにつけて、〈それは……恥ずかしいけれど、でも今さら心隔てがましい顔もするには及ばぬこと、あの道に外れた懸想沙汰で恨みごとを言われるのはどうしようもないけれど、それ以外のところでは、なんとかしてこの君のご厚意に背くようなことはないようにしなくては……〉と、中君は思って、そのことに自身でかれこれ答えることはせずに、ただ若君を乳母に抱かせて、薫の前に差し出した。

匂宮と中君のお子ゆえ、いまさら言うまでもないことながら、かわいくないなどということはあるはずもない。なにやら不吉な感じがするくらいに、色白く、かわいらしく、元気におしゃべりをして、にっこり笑ったりする顔を見ると、いっそ我が子として見たいものだと、薫は羨ましく思う。

……さるほどに、中君への恋慕といい、若君への思いといい、また二の宮との絆といい、かねて世を捨てたいなどと薫は思っていたけれど、今ではよほど出離《しゅつり》しがたいという思いに傾いているのではなかろうか。

しかしながら、〈ああ、空しくなってしまったあの方が、世間並みに自分と結ばれて、それでこんなかわいい子どもの一人でも現世《げんせ》に留めておいてくださったらなあ……〉とそんなことが薫の心に思われる。そうして、近ごろ晴れがましい婚儀を挙げた二の宮のお腹に、早く子どもを授からぬだろうか、などとは思いも付かぬのは、なんとしても、手の施しようのない薫の心ぐせというものであった。

……いやいや、こんなふうに女々《めめ》しく心のひねくれた人のように描写するというのは、薫のためにお気の毒というべきであろう。さように心劣りして欠点だらけの人を、帝が取り分け目をおかけになって、どうでも近縁の者として親しく処遇されるわけもないはずであった。したがって、かような色めいたことでなくて、まともな政治向きの方面などについての薫の心のありようなどは、もっとしっかりとしたものであったろうと推量してしかるべきところに違いない。

とはいえ、じっさい、若君のこのように幼い姿を見せてくれた中君の好意が、薫には身に沁みて嬉しかったので、常よりは四方山《よもやま》の物語など、心濃《こま》やかに語らっているうちに、日が暮れてしまった。が、二の宮が待っていることを思うと、そうそう安易にここで夜遅くまで油を売っているわけにもいかないので、なんとしても離れがたく別れがたい思いに悶々としては、ため息を吐《つ》き吐き、薫は出てゆく。

「ああ、素敵な、あの方のお匂いねえ……。これじゃ、ほら『折りつれば袖こそ匂へ梅の花ありとやここに鶯の鳴く（香り高い梅の枝を手折ったので、わが袖もさぞかぐわしく匂うのであろう。それでここに梅の花があると思って、鶯が近々と鳴くわ）』とかいう歌みたいに、鶯だって尋ね寄って来そうな感じがするわぁ……」

など、さも迷惑そうに言って可笑《おか》しがる若い女房もある。

二の宮の移転に先立ち、藤の花の宴

これで夏になると、宮中から見て三条の宮の方角が塞《ふさ》がってしまうという陰陽師《おんみようじ》の占《うら》にまかせて、四月《うづき》の初め頃、立夏《りつか》前の節分《せつぶん》とやらいう日がまだ来ないうちに、ともかく二の宮を三条の宮に移してしまうことになった。その移転《わたまし》を明日に控えた日、二の宮の住む藤壺に、帝が渡御《とぎよ》なって、藤の花の宴《えん》を催させなさった。

南の廂の御簾を巻き上げて、玉座を据えてある。これは、帝の主催される公式の遊宴であって、藤壺の主《あるじ》たる二の宮が帝をお招きして開いた宴というわけではない。

上達部、殿上人への饗応などは、宮中の内蔵寮《くらづかさ》が調《ととの》えて奉仕するのであった。左大臣夕霧、亡き柏木の弟按察使大納言《あぜちのだいなごん》、また髭黒の大臣《おとど》の嫡男藤中納言《とうちゆうなごん》、同じく三男左兵衛《さひようえ》の督《かみ》、そして、親王《しんのう》がたには、三の宮の匂宮、四《し》の宮の常陸宮《ひたちのみや》など、そうそうたる賓客が招かれて陪席する。

南の庭の藤の花のもとに、殿上人たちの座は設けてある。また後涼殿《こうろうでん》の東に、楽所《がくそ》の楽《がく》人《にん》たちを召し据えて、折しも暮れてゆく時分に、双調《そうじよう》の調べを吹き立て、殿上の遊楽《ゆうがく》に対しては、女二の宮のかたから、弦楽器かれこれ、そして横笛などを差し出すと、これを夕霧大臣《だいじん》をはじめとする人々が取り次いで、手に手に帝の御前《おまえ》にこれを捧呈《ほうてい》するのであった。また、故六条院（源氏）が自ら書いて女三の宮に贈った琴《きん》の琴《こと》の楽譜二巻、これを五葉《ごよう》の松の枝に付けた形で、夕霧大臣が取り次いで、帝のご覧に入れる。以下、次々に、箏《そう》の琴《こと》、琵琶、和琴《わごん》などは、すべて朱雀院御遺愛のそれを女三の宮に贈られたものであった。

横笛は、かの亡き柏木遺愛の名笛《めいてき》であるが、没後落葉の宮の母御息所から夕霧が貰い受けたのであった。が、その夕霧の夢に柏木の亡霊が現われて、それは違う人に与えるべきものだと告げ、そのことを夕霧が源氏に告白した、ということがあった。故源氏は、もちろんこの笛は、柏木の遺児に違いない薫が伝領《でんりょう》すべきものだと悟って、以来夕霧からこれを預かり、やがて柏木の遺志に従って薫に託したのであろう。そして薫が吹いたその音を聞こし召して、これこそは無双の音色《ねいろ》の名笛だと、帝のご称賛に与《あずか》ったことがあるのだが、今宵のこの善美を尽くした遊宴の機会を措《お》いて、またいったいいつの晴れの舞台に公《おおやけ》に披露する機会があろうかと、そう思って薫が取り出してきたものとみえる。

かくて、夕霧の左大臣には和琴、匂宮には琵琶、などそれぞれ得意の楽器を賜って、これを演奏せしめられた。

さるなかに右大将薫の横笛は……今日という今日こそは、この名笛を以て、絶世無二の音色《ねいろ》の、その限りを尽くして寥亮《りようりよう》と吹き立てたのであった。

殿上人たちのなかでも、唱歌《しようが》とて楽の譜を口で歌うことを得手《えて》とするものは、特にこの場に召し出して歌わせるなど、興に興を添えて、ただおもしろく楽に打ち興じる。

やがて、女二の宮のかたから、粉熟《ふずく》（五穀五色の甘い蒸し菓子）が供せられる。沈香《じんこう》で作った折敷《おしき》を四つ、紫檀《したん》の高坏《たかつき》、その下に敷く藤色の濃淡まだら染めの織物には藤の折枝《おりえだ》が刺繍されている。銀《しろがね》に光る器物《うつわもの》に、瑠璃《るり》の盃、酒を入れた瓶子《へいじ》は紺《こん》瑠璃のそれであった。

左兵衛の督が、帝への給仕のお役をつかまつる。

かくて、帝よりお盃を頂戴するについて、夕霧大臣は、自分ばかりが重ね重ね賜るのも不都合だと思うのだが、といって今宵列席の親王がたのなかにはまた、これを譲るべき相応の方も見当たらないので、薫の右大将に譲ることにした。薫はひとまず遠慮して辞退を申したけれど、そうそう固辞しては帝のご機嫌もいかがかと思われるので、意を決してお盃を拝戴《はいたい》しつつ、作法に従って、

「おーし」

と答礼の声を上げる。その声の使い方や挙措《きよそ》までも、例に則《のつと》っての公式儀礼に過ぎないのではあるが、なぜか余人に抽《ぬき》んでて堂々と見えるのは、今日は帝の御婿と思って見る思いいいなしのせいでもあろうか。

やがて、帝より頂戴した盃から、別の土器《かわらけ》に酒を移して飲み干すと、そのまま御前の階《きざはし》から庭に下りて報謝の舞踏をするありさまも、薫の所作《しよさ》は何から何まで礼に適《かな》って、天下無双の見事さであった。

薫よりも遥かに上席の親王たちや大臣などが、帝から盃を賜るのだけでもまことに結構なことであるのに、これはまして単なる臣下としてでなく、婿君として帝から格別の思し召しを賜ってのことゆえ、そのお覚えのめでたさといったら、並大抵のことではなく、まことに世にも稀なほどであったが、とはいえ、しょせん分限《ぶんげん》というものがあるゆえ、いざもとの座に戻るとなれば、はるか末座のほうへ帰って着座せねばならないのは、なにやら気の毒に見えた。

按察使の大納言は、これを見て、〈本来なら、この私こそ、こういう晴れ晴れしい目を見ることを願っていたのに、なんと小癪なことよ〉と思っている。……と申す謂《いわ》れは、こういうことであった。じつはこの大納言、その昔女二の宮の母君に懸想をしていたのだが、生憎《あいにく》と入内してしまったのだった。しかし、その後《ご》も、なお思い切ることができぬままに、思いの丈をあれこれと訴え続けていたのだが、その揚げ句に、母君が駄目なら姫君の二の宮を頂戴したいという思いが湧いてきて、自分が姫君の後《うし》ろ見《み》役になりたいようなことも漏らしなどしていた。けれども、これは上聞に達するにも及ばず、沙汰止みとなってしまったので、はなはだ面白からず思っていたというわけであった。そこで、

「あの大将の人品から申せば、それはたしかに前世から格別の因縁をもって生まれてきたのであろう。しかし、なぜにあのように、時の帝が、大騒ぎをして婿として特別扱いまでする必要があろう。さようなことは、絶えて前例もあるまい。……かように、宮中の奥の奥、お上がお住まいの御殿に近いあたりにまで入り込んで、たかが臣下の分際でのうのうとして……果ては、かような遊宴やら何やら、もてはやすにもほどがあろうに」

など、いたく誹《そし》りがましいことをぶつぶつと言っていたが、それでも、この藤壺の遊宴はどうしても見てみたいという思いやみがたく、口を拭《ぬぐ》って参列したはよいけれど、この一部始終を目の当たりにして、ただただ心の中で立腹していたのであった。

やがて暗くなると、紙燭《しそく》を灯し、皆々挙《こぞ》って歌どもを奉る。その詠進《えいしん》する歌を綴《つづ》った懐紙《かいし》を、庭に立てた文台《ぶんだい》のところへ歩み寄って置くときの様子は、だれもみなしたり顔であったけれど、……これらの歌については、まず例によって例のごとくの、訳の分からぬ古くさい歌ばかりであったろうと思いやられたゆえ、その歌どものすべてを強いて尋ねて書き留めようとも思わなかった。さるなかに、上等の部類に属する歌として、まず上席の人々の歌いぶりも、さしたることはないようであったが、ほんのお印ばかり、一つ二つほど当日この宴に列した人に尋ねて教えてもらった次第である。

まず、この歌は、薫の大将が、庭に下りたって帝の冠の挿頭《かざし》にされる藤の一枝《ひとえだ》を折って捧呈したときの歌とのこと。

すべらぎのかざしに折《を》ると藤の花
およばぬえだに袖かけてけり

天皇陛下の挿頭《かざし》にとて、折る藤の花は、身の丈よりも高く手の及ばぬ枝にまで、袖をかけましてございます……高嶺《たかね》の花の女宮の婿になしていただきましたのうのうとしてこういうことを詠むというのが面憎《つらにく》いというもの。
帝の御製。

よろづ世をかけてにほはむ花なれば
今日《けふ》をもあかぬ色とこそみれ

これから未来永劫《えいごう》、万世に亙《わた》って美しく咲き匂う花なのだから、今日とても見飽かぬ色と、そのように見ましたぞ……そなたの未来も同じことにて

次に夕霧左大臣の歌と見えるものは、

君がため折れるかざしは紫の
雲におとらぬ花のけしきか

わが君のためにと、折りました挿頭《かざし》の藤は、紫にたなびく瑞雲《ずいうん》の色にも劣らぬ、見事な花の色香でございますね

それから、

世の常の色とも見えず雲居《くもゐ》まで
たちのぼりける藤波の花

そこにありふれた色とも見えませぬな、なんと宮中の畏《かしこ》きあたりまで、
立ち昇《のぼ》ってきた藤の、波のような花でございますれば

と、この皮肉のような歌いぶりは、これぞ、かの腹を立てている大納言の詠歌であったろうと見える。しかし、一部分聞き間違えなどもあるかもしれぬ……。ともあれ、かように、これといって趣深いところもない歌ばかりであったものらしく見えた。

夜の更けゆくままに、管弦の御遊《おおんあそ》びはますます面白い。

薫の大将は、催馬楽の『安名尊《あなたふと》』を歌っている、その声の限りなくすばらしかったこと……。按察使の大納言も、昔は優れた歌い手であったその声の名残が、未だ消えずに残っているので、今もなお朗々たる声で、薫の歌に声を合わせて歌いなどする。

夕霧の左大臣の七郎君は、まだ殿上童《てんじようわらわ》の姿で笙《しよう》の笛を吹く。それはたいそうかわいらしかったので、御褒美に帝から御衣《おんぞ》を下賜《かし》される。そのお礼に、左大臣は庭に下り立って拝

謝の舞踏を奉る。

かくて夜もすがらの遊宴も過ぎて、暁近い時分になって、帝は還御《かんぎょ》あそばされた。このたびの禄《ろく》どもは、上達部ならびに親王《みこ》たちへは、帝より親しく下賜《かし》あり、殿上人ならびに楽所《がくそ》の人々には、女二の宮のもとよりそれぞれの位階身分に応じて賜った。

翌日、女二の宮いよいよ三条の宮に移る

この遊宴の翌日の夜、薫は女二の宮を宮中から退《しりぞ》かせて三条の宮に移し渡したのであった。その時の儀礼のきらきらしさはまた、格別のものであった。

まずお上《かみ》にお仕えしている女房たちは、一人残らず宮を送って三条の宮までお供にまかり出た。四方に庇《ひさし》が付き色々の糸で飾った車、これに宮が乗り、以下、庇の無い紫の糸で飾った車が三両、檳榔樹《びんろうじゅ》の糸毛《いとげ》で飾った黄金《こがね》の飾り付きの車が六両、飾りの無いただの檳《びん》榔毛《ろうげ》の車が二十両、網代《あじろ》の車が二両、それぞれに童《わらわ》ならびに下仕《しもづか》えの者どもが八人ずつお供に付き、さらに、三条の宮のほうからお出迎えに参った車どもには、簾《すだれ》の下から女装束の袖口などを押し出《いだ》した佇まいを見せて、これは三条の宮の女房たちを乗せて来たのであ

った。

それから、お見送りに随行した上達部や殿上人、また特に選ばれてお供した六位の官人に至るまで、限りなく清爽《せいそう》な美しさに装束を調えさせてあった。

かくして、自邸に迎え取っての後、心打ち解けて二の宮に接してみると、いや実際には充分に魅力を具《そな》えた人であった。そっと小柄で、貴《あて》やかで、またしっとりと優しい物腰で、どこといって欠点のようなものは見当たらない。これには薫も、〈ははあ、これほどの姫宮とご縁を結んだとは、私の前世からの宿縁もあながち拙《つたな》いことはないぞ〉と心傲《こころおご》りを催しなどするのであったが、といって、亡くなった宇治の大君のことはいっかな忘れることなどできもせず、今もなお紛れる時とてなく、ただただ恋しい思いばかりが心を苦しめる。〈ああ、もはやこの世では心を慰めるすべもあるまい……かくなる上は、この身を捨てて成仏を果たし、このなんとしても納得できぬ苦しい恋路の一切を、いかなる因縁の結果であったのかを究明して、はっきりと諦《あきら》めをつけることにしよう〉と思い思い、薫は、寺の造立《ぞうりゅう》にばかり一意専心するのであった。

四月下旬、薫、宇治にて故八の宮の落し胤の姫を垣間見る

四月《うづき》中旬の賀茂の祭など、なにかと騒がしい時節をやり過ごして後、その二十日過ぎの時分に、薫は、また宇治の山里へ出かけていった。そして、阿闍梨の山寺の境内に造らせている御堂を見て、これから先になすべき工事などについてあれこれ指図をし、それから、例の「荒れ果つる朽木《くちき》のもと」と詠んだ弁の尼の許《もと》を素通りするというのも気の毒に思って、山荘のほうへ立ちよってみる。

すると、そこに女用の、さまで大仰ではない拵えの車が一台、荒々しい東男《あずまおのこ》どもが腰になにやら胡籙《やなぐい》のようなものを負《お》うて数多く随行し、さらに下人《げにん》どもも大勢引き連れて、これならどんな道中も不安心《ふあんしん》なことはなかろうと思えるような様子で、宇治橋を今渡ってくる旅の一行が見えた。

薫は、〈なんだあれは、ずいぶんと田舎びた連中だが……〉と見遣《や》りながら、まずは山荘に入っていった。そうこうするうち、前駆けの者どもなどが、まだ門外で立ち騒いでいる間に、くだんの女車も確かにこの山荘を目がけて来ているのだということが、はっきり

してきた。そうなると放ってはおけぬ。薫の護衛に当たる随身どもが、がやがやと騒ぎ立てるのを制して、薫は、

「そのほうたちは、何者か」

と誰何《すいか》させてみる。

すると、ひどく訛《なま》っただみ声で、こう答えた。

「これは常陸《ひたち》の前司殿《ぜんじどの》（前常陸介《さきのひたちのすけ》）の姫君が、初瀬《はつせ》の御寺《みてら》へご参詣《さんけい》あってお帰りになるところじゃ。往路にもこの山荘に中宿りなさったものでござる」

〈なんと、常陸の前司の……おお、そうそうそれなら、あの弁の尼がいつぞや申しておった人に違いない〉と薫は思い当たる。

さてはよいところへ来合わせたとばかり、薫は、すぐに随行の者どもを物陰に隠すと、

「ただちに御車《みくるま》を引き入れよ。この邸には、ただ今もう一人の客人が宿っておいでだが、北面《きたおもて》のほうの内輪のお人ゆえ、大事ないほどに」

と家来を遣わして言いやる。

薫のお供の人たちも、皆狩衣《かりぎぬ》を着《ちゃく》した旅の装いで、特にものものしいような姿ではなか

ったのだが、それでも並々の人の一行ではないという気配が、はっきりと分かったのであろうか、常陸の姫君のほうでは、いささか煩わしいことに思って、万一にも粗相《そそう》があっては大変とばかり、馬どもを遠くへ牽《ひ》き退けなどしつつ、畏《かしこ》まって控えている。

それから、車を邸内に牽き入れ、門から続く廊の西端、すなわち寝殿南面の東端あたりに車を寄せさせる。

旧邸を山寺に移築した後に新たに造られたこの寝殿は、まだ建築途上で調度などは調《ととの》っておらず、簾《すだれ》なども掛かってないので内部が外から丸見えなのであった。そこで、格子戸を四方いずこも下ろし籠《こ》めて中が見えないようにしてある。その格子戸を隔てた内側、南面の廂の間《ま》の、東から柱二本分くらいのところに有り合わせの襖障子《ふすましょうじ》を立てて目隠しにしてある。ところが、その襖障子には穴が開いているので、薫はここぞとばかり、その穴から向こうを覗いてみる。垣間見《かいまみ》をするのに、衣擦《きぬず》れの音で気取《けど》られてはいけないと用心して、薫は、わざわざ重ね着ている下着を脱いで、ただ直衣《のうし》と指貫《さしぬき》だけの姿になって、立ち覗いている。

さて、どんな姫君かと固唾《かたず》を呑んで見ていると、これがなかなか車から降りて来ない。それで、弁の尼君に使いをやって来意を告げている模様だが、どうやら、

「これはまた、いかにも高貴なご身分らしいお方がご逗留《とうりゅう》のようですが、どなた様でございましょうか」

など尋ねているらしい。が、薫もさるもの、もとよりかの姫君の車と聞くやいなや、

「よいか、その人には、ここに私が来ていることは、ゆめゆめ仰せあるなよ」

と、まずは弁の尼に口止めさせておいたゆえ、皆々さように心得て誰とは言わぬ。

「そんなことはまず措《お》いて、早くお降りあそばしませ。たしかにお客人はご逗留でございますけれど、反対側のほうにおいでですから差し障りもなきことにて……」

と、こなたの女房がそう言って外の一行を促しているのが聞こえる。

なお凝視していると、次にまず、その車に同乗していたと見える若い女房が先に降り立ち、車の簾《すだれ》を掻《か》き上げる様子である。随行している男どもはばかに田舎びているけれど、この若女房はこうした邸でのしこなしに慣れているらしく、なかなか見苦しからぬ。

それからまた、次にやや年配の女房がもう一人降りてきて、車内の姫君に向かって、

「お早く」

と促すと、その姫君らしい声で、

「なんだかわからないけれど、どうも露《あら》わに見られているような気がして……」

と言うのが聞こえる。その声は、ちらりと聞こえた程度だが、いかにも貴《あて》やかに聞こえる。すると、くだんの年かさの女房、

「またさようなことを仰せになって、……こちらのお邸は、先日立ち寄った時も、こうして格子戸をすっかり下ろし籠めてございました。されば、このお邸のどこが露わなことがございましょう」

と窘《たしな》める。その様子は、どうやらあまり緊張感もないようだ。

やっと、姫君が姿を現わした。

いかにも慎ましやかな様子で降りてきたのを見れば、まず頭の形や体全体いずれもほっそりとして気品に溢《あふ》れているところなど、薫の心中にはかの大君が彷彿と思い出されていることであったろう。顔は、扇でつっと隠しているのでまったく見えない……が、見えぬゆえに気にかかってならぬ。薫は胸をどきどきさせながら、なおも覗き見る。

車は高く、降り立つ簀子は一段低くなっているところを、先に降りた二人の女房どもは易々《やすやす》と降りてきたものだが、姫君は、この段差に行きなずんで、ずいぶんと長い時間かかって降り、そのまま膝行《しっこう》して廂の間へ入る。

その装束を観察すると、まず濃き紅《くれない》の袿《うちき》に、撫子襲《なでしこがさね》(表紅梅、裏青)であろうかと見え

る細長、若苗色《わかなえいろ》（いくらか濃いめの萌葱色《もえぎ》）の小袿《こうちき》を着ている。襖障子の向こうには、四尺《ししゃく》丈《たけ》の屛風《びょうぶ》が立ててあるのだが、覗き穴は、その屛風の丈よりも上にあるので、何から何まで残るところなく見える。

姫君は、どうやらこちらのほうが気にかかると見えて、むこう向きになって物に凭《よ》り臥していた。

「今日は姫君さま、ずいぶん苦しそうにしておいででしたね」

「あの泉川《いずみがわ》の渡し舟なども、ほんとうに今日は流れが早くて恐ろしゅうございました」

「ええ、こないだ二月《きさらぎ》の時には、水が少なかったので、よろしゅうございましたけれどねえ」

「でもね、この程度の旅歩きは、あの東路《あずまじ》のことを思えば、なんの、いずこにても恐ろしいなどということはございますまい」

など、女房が二人して、旅の苦しさなどいっこうに応《こた》えていない様子でおしゃべりをしている。しかし、その女主人は、こそとも言わずひれ臥している……と、その腕枕《うでまくら》をしている腕《かいな》が袖から出ているのが見える。まろまろとした宍付《ししつ》きが女らしい魅力を湛《たた》えていて、とても「常陸殿」などと呼んでよいような姫とは見えぬ……じつに高貴なものだ。

……などなど、薫は、とうとう腰が痛くなるまで立ちすくんで覗いていたが、うっかり動いて気取《けど》られては大変なので、なおもじっと動かずに見ていると、若いほうの女房がまた、

「おやまあ、よい匂いが……。うっとりするようなお香の香りがしますね。あの尼君がお焚《た》きになっておられるのかしら」

と、薫の匂いに気づいた。すると年かさのほうが、

「まことに、おお、おお、すばらしい薫物《たきもの》の香よ。やはり都のお人は、とてもとても雅《みや》びやかで華やかなものよ。うちの北の方さまは調香《ちょうこう》に秀でておられましたゆえ、殿さまは、我が家の香こそは天下一じゃと、いたくご自慢でございましたが、北の方さまも、いかんせん東《あずま》の国では、これほど香ばしい薫香の香りは、よう調合されませなんだな。しかるに、この尼君は、住まいこそこのように逼塞《ひっそく》しておいでじゃが、装束も非の打ち所なく、尼君ゆえしょせんは鈍色《にびいろ》やら青鈍やらのお色ながら、いずれもまことにぱりっとしたものじゃ」

などと弁の尼を誉《ほ》めちぎっている。

ちょうどそこへ、向こうの簀子のほうから、尼君の召し使う女《め》の童《わらわ》がやってきて、

「姫君にお湯など差し上げてくださいませ」

などと言いながら、折敷《おしき》に載せたものを次々と差し入れる。そのなかから、果物などを手許に取りなどしつつ、

「あのもし、姫さま。いかがでございますか、これを……」

などと言って起こすけれど、姫君は起きない。しかたなく、女房二人は、栗などのようなものであろうか、なにやらしきりにぽろぽろと音を立てて食べている。

このように女衆がはしたなく物を食うところなど、薫はいまだかつて見たことも聞いたこともないので、なにやら見るに見かねる思いがして、一歩身を退《しりぞ》いた。が、そのような珍しい光景を、また見たくなって、障子のもとへ立ち寄り立ち寄りしては、覗き見る。

薫ともなれば、これより遥かに上流の身分の人々を……つまり明石中宮の御殿をはじめとして、ここかしこに、顔形の美しい人やら、心ばえの上品な人やら、数を尽くして飽き飽きするほど見てきたけれど、よほど一廉《ひとかど》ある人でもなければ目も心も留《と》まらず、そんなことが行き過ぎて、生真面目すぎると人に揶揄《やゆ》されるくらいの心のほどであったのに、今はこうして、たかが受領ふぜいの姫ゆえ、どことい って優れて見えるというわけでもない女なのに、なぜか、この場を立ち去りがたく、なんとかして覗いていたいと思うというの

も、じつに不可思議千万な心であった。

さて、弁の尼は、北廂の薫の御座《おまし》のほうへも常陸殿姫君到着の由などを知らせて来たが、お供の人々が、

「わが君は、ご気分がすぐれぬとかで、今ほどは、しばらくご休息でいらっしゃいます」

と（まさか垣間見に出かけているとも言えぬゆえ）気を利かせて、そう言いやったので、尼は、〈右大将さまは、この姫君を見てみたいというようなことを仰せであったから……さては、この機会になにかお話しでもしようとお思いになって、それで……日暮れを待って仮眠などしておられるのやもしれぬな〉と独り合点し、まさかここにこうして覗き見をしているなどとはつゆ知らぬ。

じつは、例の近在の荘園預かりの者どもが持参した、曲物の器やら何やらに、かれこれの食べ物が入っていたので、それを弁の尼のほうにもおすそ分けしたのであった。さらにまた、尼は常陸の一行のお供連中にも食べさせてやろうと、あれこれ差配したあとで、しっかりと化粧などしてから、姫君の御座《おまし》のほうへ顔を出した。

かの年かさのほうの女房が褒めていた装束は、なるほどいかにもさらりと整っていて、

顔だちも、今なおどこか一風情あってこざっぱりとしている。

「昨日ご到着になるかとお待ち申し上げておりましたに、どうしてまた、今日の、それもかように日が高くなってから……」

尼はそう言っているようである。すると、年かさの女房が答える。

「どういうわけでございましょうか、姫さまが、とてもお辛そうになさっておいでで したので、昨日は無理せずに、かの泉川のあたりにて一泊いたしまして、今朝も、ともかく姫さまのご気分がお直りになるまで、気長に待っておりましたもので……」

と、こんなやりとりをして姫君を起こすと、こんどは身を起こした。

すると尼君が来ていたので、恥ずかしがって顔を背けている……と、それはこちらから見れば横顔がよくよく見えるのであった。

まことにたいそう趣のある目許《めもと》のあたり、髪の生え際の感じなど、ああ、なんとまた亡き大君に瓜二つ……もっとも薫は大君の顔をさまでつらつらと観察したわけでもなかったけれど、それでも今目《ま》の当たりにこの姫君の顔を見れば、まるで大君その人がここにいる、というような感じに思い出されて、例のごとく薫の目から涙が落ちた。しかもまた、尼君に答えてなにやら言う声や口調などは、中君にもよく似ているように聞こえる。

〈おお、なんという胸に沁みるようなお人であろう。これほどにそっくりな人を、今まで尋ね知ろうともせずに、よくもよくも平気で過ごしてきたものだ。いや、もしもっと下《しも》ざまな身分の血縁者に過ぎなかったとしても、まずこれほどそっくりな人を見出《みい》だし得たなら、それはもうとても疎《おろそ》かには思わぬだろうという気がするが、……ましてこれは、父八の宮は認めておられなかったにもせよ、たしかに故宮の御子に違いないのだからな……〉

と薫は、たしかにそう思って見るほどに、どこまでも身に沁みて嬉しく思うのであった。

〈ああ、かくなる上は、今すぐにでも側に寄っていって、「あなたはこの世に今も生きておいでになったものを……」と言って、この切ない気持ちを自ら慰めてみたい。思えば唐土《もろこし》の帝は、楊貴妃《ようきひ》の魂を蓬莱《ほうらい》の島までも仙術使いに尋ねさせて、結果的に形見の釵《かんざし》一つばかりを持ち帰ってきたのをご覧になったとやら、『長恨歌《ちょうごんか》』に詠《うた》ってあったが、さような釵一つでは、唐土の帝もさぞおぼつかない思いをされたことであろうに……。しかし、こちらのほうは違う。別人は別人だが、ここまで瓜二つなら、まるで恋しい人が蘇《よみがえ》ってきたようだから、それなりに悲しみを慰めてくれるところがありそうに思われる。それほどそっくりではないか〉と感じられるのは、おそらくこの姫との間に前世からのしかるべき契《ちぎ》りがあったのであろうか。

尼君は、なお少し物語などして、早めに引き上げていった。……おそらくは、女房たちも気づいて話していた、あの独特の芳香から、薫がこのすぐ近くで覗いているらしいと心得て、そこはそれ尼も気を利かせて、それ以上の立ち入った話まではせずに、さっさと引き上げたのであったろう。

薫、垣間見より戻って弁の尼を呼び寄せる

かくてだんだんと日が暮れてゆく。

薫は、その場からそっと離脱し、脱いでいた下着をまた重ね着てから、常々呼び出す障子口のところに尼君を呼び寄せて、一行のありさまなどを尋ねた。

「今日は、折しも、喜ばしいことに、かの君とここで巡り合うところとなった。で、どうだったな、先《せん》だってそなたに頼んでおいた事については……」

「あのように仰せ言がございました後《のち》は、しかるべき機会が、もしございましたなら、と待ちつけておりましたが、そのうち去年《こぞ》は果てて、この二月《きさらぎ》、そう二月でございましたな、初瀬のお寺参りのついでに、こなたへ中宿りなさって、わたくしも対面いたしまし

た。かの母君にも、右大将さまのご意向をば、そこはかとなくお伝え申しましたところ、なにやら身の置き所もないような、かたじけないお身代わりでございます、と、そんなふうに申しておりましたが、ちょうどその二月の頃は、大将さまも、なにかと御多忙で、ゆっくりする暇《いとま》もおありでないように承っておりましたほどに、折節《おりふし》不都合なることであろうと、ご遠慮申し上げまして、しかじかのとおり常陸の姫さまご来駕《らいが》ともお知らせ申し上げませんでした。しかるに、またこの四月《うづき》にも、初瀬にお参りの由で、今日お帰りと拝見いたします。その行き帰りの中宿りの折には、こうして睦《むつ》まじくお泊まりくださいますのも、ただただ、亡き八の宮さまのお名残をお尋ね申し上げるということのようでございます。さりながら、かの母君は、なにやら障りがおありの由にて、この度は、姫君お一人でご参詣のようでございますゆえ、さては、姫君に対して打ち付けに、右大将さまがただいまここにご逗留のことをお話しするのもいかがかと存じまして……」

尼君は、そのように弁解につとめた。薫は気負い立つ。

「いや、あの田舎びた東人《あずまびと》どもに、私のこの窶《やつ》した姿での忍び歩きのことを知られるのも困ると思って、供人どもにも口止めをしておいたのだが、どんなものであろう、隠すほどに露《あら》わるとやら、下衆《げす》の者どもはもとより口さがないものゆえ、そう隠しおおせるものでもあるまい。……さてそこで、どうしたものであろうな……。聞けば母君はご同行がないとやら、姫君お一人でおわすのなら、それはかえって心安いと申すもの。されば、『前世からの因縁がかように深かりしゆえに、こうして偶然にここに来合わせたものでございましょう……』と、さように姫君に伝えてくださるように」

こんなことを言うので、尼君は、

「なんとまあ、あまりに卒爾《そつじ》なる仰せ、……いつの間に、さようなご宿縁を結ばれたのやら」

とにっこりして、

「では、さようにお伝え申しましょう」

と、奥へ入ってゆく。その時、

貌鳥《かほどり》の声も聞きしにかよふやと
しげみをわけて今日ぞ尋ぬる

あの顔鳥のように顔の美しい人に似た、かの姫君の、顔ばかりか声もかつて聞いた恋しい人の声に似通うであろうかと、

深い茂みを踏み分けて、今日という今日、ここへ尋ねてまいりました

薫は、こんな歌を、さりげなく口ずさむ風情で詠じたが、弁の尼は、そのまま奥へ入っていって、しかじかと姫君に語ったのであった。

東屋
あずまや

薫二十六歳の八月から九月

常陸介の娘に、薫は心ひかれる

筑波《つくば》山端山《やまはやま》繁山《しげやま》繁けれど思ひ入るにはさはらざりけり

……常陸《ひたち》の国の、あの筑波山には、麓の山々にも木々は繁りに繁っているけれど、なに、いったん思い込んで通っていくほどの気持ちがあれば、なんの障りにもなりはせぬ、と歌った名高い歌があるように、どんな障碍《しょうがい》を踏み越えてでも、かの常陸介《ひたちのすけ》の娘御に逢《お》うてみたいと薫は思う……思うけれども、いかんせん、かの介の娘ともなれば、しょせんは端山……麓の山程度の身分なれば、そんなところへ繁る草木を無理に踏み分けてでも思いを懸けようというのは、いかになんでも人聞きよろしからず、軽率の誹《そし》りは免《まぬか》れぬところ、見るに見かねる行ないと見られるようなことであるから、そこを薫はよく考え慮《おもんぱか》って、当面のところは、文《ふみ》の一つも通わせずにいる。

ただ、弁の尼からは、かの姫の母北の方に、薫君がかくかくしかじかと仰せであったということを仄《ほの》めかす文などを、たびたび送ってよこしたが、北の方は、〈なんの、さようなことを仰せあっても、いずれ真剣なお気持ちで娘にお心を留《と》めてくださるのではあるまいもの……〉と思う。さりながら、〈かの宇治の姫君の血縁に連なる者として、どんな遠《おん》国《ごく》なりとも探し求めたいとまで思し召して、お尋ねになり、娘のことをお知りになった由、それはまことに興味をそそられる……〉と、ただそう思うにつけても、くだんの薫君の権大納言兼右大将という身分がら、しかも今上陛下の二の宮の婿にも当たるということを思い合わせてみれば、〈ああ、わが姫が、かような下《しも》ざまの家の娘分でなくて、しかるべき歴々のお家の子であったなら……〉などと、心は千々に思い乱れるのであった。

常陸介の一族

常陸介（といっても、常陸守《かみ》は親王が任ぜられる名誉職ゆえ、実質的には、この介が常陸守なのであった）の子どもとしては、亡くなった先妻の子たちなど、たくさんあって、また、この北の方の腹にも、姫君と呼び名を付けて傅《ふ》育《いく》している娘もあれば、まだほかにも幼き子など、次々に五、六人も儲《もう》けていた。

されば、父常陸介は、この数多い実子たちに対してとりどりに世話を焼きつつ、ただこの八の宮の遺児の姫だけは、血の繋《つな》がらぬ子として分け隔てをする心がある。そのことを、母北の方は、ほんとうにひどい人だと恨んで、〈かくなる上は、なんとかして、ほかの娘たちよりもぐっとすぐれた婿がねを得て、面目《めんもく》を施すような身の上にさせてやりたいものだ〉と思っては、せいぜい姫君の世話焼きに明け暮れている。

それにしても、もしこの姫の容貌《すがたかたち》が十人並みで、ほかの娘たちといっしょくたにしても大事ない程度であったなら、なに、こんなに苦しいほどに心を持て余すこともなく、みな等し並みに世の人々に思わせておいてもよかったのだが、幸か不幸か、この姫ひとりばかりは、他の子たちとは天地雲泥の違いで、心に沁《し》みるばかり、もったいないほどの美しさに成長したとあって、こんな冴《さ》えない家の娘にしておくのはいかにも惜しまれて胸が痛むというほどに思っているのであった。

しかるに、この常陸介の家には、娘がたくさんいると聞き付けて、そこらの公達めいた男たちのなかにも、恋文などよこす者がずいぶん数多《あまた》あった。そこで、先妻腹の娘二、三人は、皆しかるべき男に縁付けて、もう一人前の暮らしをさせている。

となると、母君としては、今いよいよ自分の姫君に、なんとかしてよい婿がねを取ってみたいものだと、明け暮れにとくと見守っては、撫《な》でるように世話をすること限りもなかった。

左近の少将、八の宮の姫に求婚

この常陸介という男も、もともとの出自《しゅつじ》から申せば、決して賤しい家柄の出ではないのであった。上達部と呼ばれるような、いわば三位《さんみ》以上の家筋の子で、一族の者たちも、そうそう下賤の部類ではない。しかも、家産はたいそうなものだというわけで、たかが受領《ずりょう》ながら、それなりに気位高く、家のうちもきらびやかにしつらいして、なにやらこざっぱりとした風儀《ふうぎ》に住みなしているのだが、かかる数寄《すき》を凝らした暮らしぶりの割には、どういうものか、粗野で田舎くさい心がけの抜けない男なのであった。

若い頃から、陸奥《みちのく》とやら常陸とやら、いずれ東《あずま》のほうの、辺陬《へんすう》の境《さかい》にうずもれて長《なが》の年《とし》月《つき》を送ってきたせいか、言葉なども、そうとうな訛りかたで、いっこうに何を言っているとも聞き取りがたく、ちょっとしたことを言うのでも、はやいくらか訛りがちになる。そして、高家《こうけ》の公卿や権門《けんもん》の人々を、まるで恐ろしく面倒なものだと合点しては、気後《きおく》れして恐れおののき、それでいてまた、なにごとにつけてもまったく抜け目のない心も持っている。

琴《こと》やら笛やらという風雅の方面はさっぱり縁遠く、しかしながら、弓矢となると、これはたいそう立派に引いてみせるのであった。

かかる可もなし不可もなしというような凡俗の家柄であったにもかかわらず、そんなことをものともせず、ただ財力のただならぬ勢いに目がくらんで、この家には、見目《みめ》良く若い女房どもが集まり仕え、装束といい、身だしなみといい、えもいわれぬばかり立派に調えては、上手くもない歌合わせに遊んだり、また、物語をしたり、庚申《かのえさる》の夜には、「庚申《こうしん》待ち」とて、皆々徹夜して物語や歌に打ち興じつつ夜明けを待つなど、いささか度を過ごして見苦しいほど、風雅遊興の方面に熱を上げては、すっかりその気になっている。それゆえ、かねて娘達に懸想してきている公達《きんだち》は、

「なかなか才覚ある娘たちであろうがな」

「いや、かくては姿かたちなども並々ではあるまい」

などと、てんでんに実際以上に噂し合って、各自恋に心を砕いている。

さるなかに、左近の少将といって、年のころなら二十二、三ばかりの若者は、思慮分別のほどもなかなか落ち着きがあって、しかも才学に優れているということは世人《よひと》も認める

ところであったが、あまりきらきらしく華やかにもできかねる暮らし向きだったのであろうか、通っている女のところなども、今ではすっかり絶えてしまっている……とまあ、そういう男が、それはもうしげしげとこの姫に求愛してきているのであった。

この母君は、こういうことを言い寄ってくる多くの男たちのなかで、〈この少将の君は、人柄もどこといって難がなさそうだし、考え方もしっかりしていて世間の情宜《じょうぎ》にも通じていそうなのに、見ればいかにも上品そうな……さればこれ以上のご大層なご身分の殿方などは、どうしたってこんな受領ふぜいの姫に、なんだかんだというても言い寄っては来《こ》まいもの……〉と思って、この左近の少将の文を姫君に取り次いで、しかるべき折々には、心惹かれるような文面の返事などを書かせたりしている。いずれも、姫君の気持ちなどは脇において、ただこの母君の心一つにあれこれ思い設けているのである。

〈夫が、どんなにあの姫を疎《おろそ》かに思いあしらおうとも、私だけは、この命に代えても姫のために力を尽くそうぞ……もし姫の容貌《すがたかたち》があれほど美しいということを見知ったなら、誰だって夢中になるはず、もしそうなってくれたら、たとえ夫があんなに冷淡な扱いをしたって、そんなことはなんでもない。あの姫を疎略に思う男などは、よもやあろうはずもないものを……〉と、こう思い立って、八月《はづき》の頃にと、その婚儀の日取りまで独り決めに約束してしまって、もろもろの調度道具を調《ととの》えなどする。ついては、ほんのかりそめの遊び道具などを誂《あつら》えるにしても、そこらの平凡な仕立てでなくて、特別に立派な意匠を凝らし、蒔絵《まきえ》や螺鈿細工《らでんざいく》のいかにも細《こま》やかな、出来栄えの引き立って見えるものを、この姫にと、別に分けて隠しておき、大したこともない道具ばかりを、

「これなど、まことに良うございましょう」

などと言って夫に見せると、常陸介はものの良否などろくに分からぬ人ゆえ、結果的に凡庸な出来の道具類を、人が嫁入り道具と言うようなものは、なんでもかんでも、めったやたらと並べ立てて、それが部屋中を埋《うず》め尽くし、肝心の娘たちは、道具のはざまにまぎれて目だけをさし出しているというようなていたらく、また、琴《こと》や琵琶の師匠なども、宮中の女楽《じよがく》を司《つかさど》る内教坊《ないきようぼう》のあたりから、わざわざ招聘《しようへい》して習わせる。そうして、娘が、ほんの一曲でも弾けるようになろうものなら、介はもう大喜びで、師匠を立っては礼《らい》し座っては拝むというたいへんな大騒ぎ、褒美の品を与えること、師匠が埋もれてしまうかというほどの大げさな持《も》て囃《はや》しかたであった。

かくて、軽快に弾むような奏楽曲などを教えて、師匠と、いかにも風情豊かな夕暮れな

どに合奏して遊楽する時ともなれば、介は感涙を隠そうともせず、無風流《ぶふうりゅう》の野暮天《やぼてん》ながら、あほらしいまでに誉《ほ》めそやし喜ぶのであった。

田舎者の夫の、こういうあられもないありさまをば、母君はさすがにいくらか風流韻事《ふうりゅういんじ》の方面にも心得あることとて、〈なんとまあ、ひどく見苦しいこと〉と思うゆえ、一緒になって褒めも喜びもせぬのを見て、介は、

「俺の娘を、品《しな》低くみておわすのじゃな」

と、常に恨んでいるのであった。

少将、姫君が常陸介の血筋でないことを知る

こうして、くだんの少将は、約定《やくじょう》の日限《にちげん》を待ち切れなくなって、

「どうせ同じことなら、早く……」

と責め立てるので、さすがの母君も、〈……と申して、なにもかも我が胸先《むなさき》三寸の考えばかりに、こう思い急ぐのも、いかにも気が引けるし、少将の君の本心はどんなものかもにわかに測りがたいし〉と思って、最初からこの縁談を取り次いできた男がやって来たと

きに、近く呼び寄せて、こう相談をもちかけた。

「とかく、あれこれと気を兼ねて暮らしていることのみ多いのですが、もう幾月もの間、少将の君より、あれほどにおっしゃっていただいて、久しいことになり……さても、かの君は、もとより並々のご身分の方ではございませぬし、あんなにおっしゃっていただくのは、まことにもったいなく心苦しいことに存じまして、このほど、ご求婚をお受けすることに決心いたしましたのですが……。ただ、あの姫は……父親などがおりませぬ人でいらっしゃいますので、この婚儀につきましては、ただこのわたくしの心一つにやきもきとしておりますような次第にて……。さては、はたから見て、いかにも見苦しく不行き届きな事の進めかたとご覧いただくようなこともあるやに……予《かね》てより気に病んでおります。当家には、若い娘どももおおぜいございますけれど、実の父親が思いを懸けてくれております娘どもは、なにもわたくしがやきもきせずとも、おのずから良縁にもありつきましょうと存じますゆえ、ついそれには心も懸けず、ただこのわたくしの連れ子の姫のことばかりを、案じ煩《わずら》っております。なにぶん、命など儚《はかな》いばかりの無常の世の中を見るにつけても、もうもう、この姫の行く末が心配で心配で……。さるところ、かの少将の君は、世間の情宜などもよくお分かりのお心ざまのお方と聞き、……こんな身の上の姫でございますれば、なにもかも気の引けるご縁談ですのに、そんなこともつい忘れてしまいそうになって、わたくしの一存でお話をすすめてまいりましたが……もしや、かの君がこの現実をお知りになって、思いの外に、疎《うと》んじられるお気持ちなど、ひょっとしてお持ちになったりでもしたら、姫は、人の笑いぐさにもなってしまいますほどに、それは悲しいことにて……」

と、こう打ちあけたので、この仲立ちの人が、少将に面会して、

「かくかくしかじかのことにて……」

と伝えたところ、少将の態度が急に険悪になった。

「なんだと、始めから、かの姫が常陸介の実の娘ではないということなど、ただの一言も聞かなんだぞ。父親が誰であろうと同じことながら、いざ婿にということになったら、父も無い人のところへ通うなど、世間の人聞きも劣りざまになるような心地がする。されば、さようなところへ婿として出入りするのは、あまり感心したことではないぞ。おぬし、よくも事実を確かめずに、いいかげんな縁談を取り次いできたものよな」

と言い譏《そし》る。これには仲立ちの男も弱り果てて、

「いやいや、それがしも詳しいことは存じませせなんだゆえ……。女どもの知り合いを伝手《つて》

として、仰せ言を伝達いたしましたばかりのこと、かの家に数多い娘御たちのなかで、かの姫はとりわけて大切にされていると、さようにのみ聞いておりましたゆえ、さてこそ常陸介の娘に相違ないものと独り合点しておりましたような次第で……。まさか、胤違《たねちが》いの子をお持ちかどうか、などとは問い糾《ただ》しもせなんだことでございます。なにしろ、容貌《すがたかたち》ばかりか、心のほどもたいそう優れていると、そういって母上がかわいがりなすって、なんとかして面目を施すような高いご身分の婿を得んものと、ひたすら下へも置かず世話を焼いて育てておると、さように噂に聞いておりましたので……それに、少将さまとて、『なんとかして、あの常陸介の姫君のあたりへ縁を取り持ってくれる人がないものか』と仰せでございましたゆえ、わたくしは、ちょうどよい伝手を存じておりますが……とお取り計らい申したばかりのことにて……断じて断じて、ふわふわといいかげんな話を取り次いだ罪など、あろうはずもないことでございます」

と弁解に努める。この男は、もともと怒りっぽいうえに、べらべらと口数の多い人間で、こういうことを便々《べんべん》と言い連ねるので、少将は、ますます不愉快になり、品《しな》も位《くらい》もあらばこそという下世話なる態度で、言い返した。

「この俺ともあろうものが、たかがあのような受領ふぜいの邸に行き通うなどということは、そもそも人も許さぬことではあるがな、ただ、こんなことも当節はありがちなことにて、まあ、さまで咎められることもあるまいと思ったまでだ。思うに、婿として通うならば、さぞ大事にして、なにかと後ろ楯になってくれるだろうから、そのことで下《しも》ざまの者と縁組をしたという後ろめたさをごまかしている……というような連中もあるやに見えるな。……仮にその連れ子の姫を、あの家のなかでは介の実子と同じように思っているとしてもだ、なに、世間の見るところは芳しかるまいぞ。『あれはたかが受領ふぜいに媚び諂《へつら》って出入りしているらしい』などと言いそやすであろう。そうして、源少納言《げんしようなごん》やら、讃岐《さぬきの》守《かみ》やらの、介の実子の姫の婿となって、でかい面《つら》をして堂々と出入りしている連中と混じって、この俺は、父の介にもさっぱり認められないようなていたらくで、婿交《まじ》わりをするなどというのは、なんとまあ惨めなものであろうがな」

この仲人をした男は、お追従者《ついしようもの》で、なおかつ感心しないところのある人柄であったから、この縁談が御破算になるのを、どちらの家についても、たいへんに残念なことに思い、

「しからば、その常陸介の実の娘のほうを、とご所望でございますなら、かの母君と介の

間に生まれました妹君などは、いかがでしょうかな。まだ少し若すぎるやもしれませぬが、さようにお伝え申しましょうほどに……。例の連れ子の姫に続く二番目の姫君をですな、あの介は『姫君、姫君』などと呼びましてね、たいそうかわいがっているという噂でございますからな」

と仲人口をきく。すると少将は、

「さてな、それはどうであろう。はじめからあのように言い寄っていたのを差し置いて、こんどは別の姫にと言葉をかけるなんてのは、それこそよろしからぬぞ。しかしな、正直に我が本心を言うなら、あの常陸介という御仁は、人柄もなかなか重々しくて、老練なところのある人ゆえ、やはり我が後見人としたい思いもある。そんなところを見込んで、かかる縁組を思いついたというわけなのだ。別段顔かたちのすぐれた女を得たいなどという存念《ぞんねん》もさらさらない。また、気品が高くて雅びやかな女を願うならば、そんなのは落ちぶれた公家の姫君あたりで、たやすく得られるさ。しかしな、家運拙《つたな》く手前諸事不如意《ふにょい》で、しかも風雅の道などを好む人間の成れの果てはな、どうしたってそうそうこざっぱりとした暮らしも成らず、世間からはとても人並みに思ってもらえぬ。そんなのを目にするにつけても、多少人の誹《そし》りを受けようともな、日々の暮らしに困らぬように安穏に世を過ごしたい、とそんなふうに願うわけなのだ。そこで、かの常陸介に、俺がこう言っていたと、よく相談してみてのうえで、それでもあちらのほうで、受け入れようという気配があるならば、何を躊躇《ちゅうちょ》することがあろう。あらためてさように取り計らうがよい」

と、ありていに本心を打ちあけた。

実はこの仲人の男は、その妹が、くだんの北の方の連れ子の姫君に近侍《きんじ》して、邸の西の対に勤めていた。その縁を頼って、少将からの懸想の文などの仲立ちなどもし始めたのであったが、とはいえ、主人の介にはしかと見知られているというわけでもない人物なのであった。にもかかわらず、この男は、図々しくもずかずかと主人の許《もと》へ推参《すいさん》しつつ、

「ひとつ、お取り計らい申さねばならぬことがござるによって」

と、取り次ぎの者を以《もつ》て申し入れる。

すると主人が、

「なんじゃ、この邸に時々出入りしているとは聞いているが、未だここもとへ呼び出したこともない者が、何ごとを言いに来たのであろうかな」

と、どことなく語気も荒げな様子で言う。すかさず、仲人の男は、

「されば、左近の少将殿のご伝言を持って参りましたもので」

と、また取り次ぎの者にいわせたので、すぐに目通りが叶った。

いざ会ってみると主人の介は苦虫を嚙《か》みつぶしたような顔つきをして睨《にら》んでいるので、さすがの男も、話を切り出しにくそうにもじもじしつつ、それでも近くへ躙《にじ》り寄ると、

「じつは、ここ何か月かの間、少将殿より、こなたの北の方さまに、消息を差し上げなどいたしておりましたが、近ごろそのご承引《しょういん》を得て、この八月《はづき》のうちにしかるべく……とお約束を申し上げなさったことがござります。されば、佳《よ》き日を勘案のうえ、早急に婚儀を……と、こうお思いになっていたのでございますが、ところが、ある人が申しましたことに、『その姫は、たしかに北の方のお腹《はら》のご出生には間違いなきところながら、常陸介殿の娘御ではない。しかも受領の家の姫に、然るべき御家の若君がたが婿として通われるとなると、さて公卿社会での評判はいかがなものであろう。おそらくは、財産などを目当てに媚び諂《へつら》っていると、まあ、そんなふうに言われるかもしれぬ。とはいえ、そうした若君たちに対しては、女の親どもが、家中の主君のごとくに思うて大事に大事にされ、まるで手に捧《ささ》げ持った珠《たま》のごとくに、それはもう下へも置かずに世話を焼かれる……とまあそんなことを目当てに、さようの婿入り志願などなさる人々もおいでのようではあるけれど、

そううまくはまいらぬはず、こなたのご縁組に関していえば、それはあまりに虫のいい願いというもの、肝心の常陸介どのは、かかる婿殿をそう易々とは受け入れなさるまいから、結句、実子の姫君がたの婿殿たちに比べていささか低い扱いを以て通うことを余儀なくされるにちがいない。それはいかにも感心せぬことではないか……』など申しまして、口を極めて誹《そし》り申す人が、それも一人や二人ではございませぬ由、そのことを、今となりましては少将殿もずいぶんと考えあぐねておいでで……。『もともと、こなたの殿のことは、ご威勢もきらきらしく、これより後ろ楯としてお頼みするに充分なるご声望の殿と見込んで、しかくお手紙など差し上げるようになったという次第にて、その時は、まさかご実子ならぬ姫がおいでになろうとは知る由もなく……。このために、かような掛け違いが出来《しゅったい》いたしましたが、ここはご破算に願いまして、当初の願いどおりに、ほかにご実子の幼い姫君などもたくさんおいでと伺いますゆえ、そちらのほうを、ひとつ改めてお許しいただけましたら、まことに嬉しく、ついては、そなた、よくよく殿のお心向きを伺ってまいれ』とまあ、少将殿はさように仰せつけでございまして……」

と、こんなことを言上した。

「なんと、さようなご消息を頂戴していたというようなことは、いっこうに詳しく承ってもおらぬぞ。まことに、あの姫については、ほかの実子の娘どもと等し並みに思い申して世話すべき人ではあるのだが、なにぶん出来の悪い子どもらが、たくさんござってな。かかるぱっとしない分際なりに、それぞれ身の固めかたなどあれこれ愚考し、また持て扱いなどしておるうちに、母なる者が、かの姫一人を赤の他人だと思うて分け隔てしている……などとひねくれた心根で恨みごとを言うことがござってな、それ以来というものは、ああもこうもわしに口を差し挟ませぬ……という人じゃほどにな、あれは。……ま、ちらりとな、少将殿から、さように仰せくださっていることがあるという事実だけは聞いていたものの、それが、まさかそれがしを頼りに思うてくださっての御意などとは存じませなんだ。それはそれとして、たいそう嬉しく存ぜられる御事《おんこと》でございますがな。……目の中に入れても、とまで思う女の子は、……さよう、たくさんおります娘どものなかにも、これをば我が命に替えても、と思うておるのが一人ございます。それについては、ぜひ婿になりたいと仰せくださる人々もありますが、今どきの公達の御心《みこころ》のほどは、さっぱり頼りにもならぬと評判でございますほどに、中途半端にことを運んでは、娘が胸の痛むような目を見やせぬかと、そこが憚られますゆえ、いまだこの君にと定めることもできずにおります。その娘のことは、なんとして将来の不安のないようにしかるべき婿取りをしてやることができようか……と、明け暮れに愛《かな》しく思うておりますほどに、かの少将殿におかれましては、御父君《おんちちぎみ》の故大将殿にも、それがしは若い時分から足下《そつか》にお仕えしてまいりました。すなわち、大将家の家来として若君の少将殿をずっと拝見しておりましたが、たいそう秀抜《しゅうばつ》なるお人柄にて、やがてはわが主君としてお仕えしたいものだと、心の底からお慕い申しておりましたが、陸奥《みちのく》、常陸《ひたち》など、遥かな鄙辺《ひなべ》にばかり、長らく過ごしておりました年月《としつき》のあいだに、なにやらお目通りなど願うこともすっかり気後れを感じるほどになり、結局参上することもないままになってしまいました。……が、その君が、そこまでご厚意をくださいましたものを、……仰せのとおりに我が娘を差し上げますのは、かえすがえすも、たやすいことでございますが、……と申して、ここへ来てそのように話を進めなどいたしますと、あの姫の母なるものが、きっと今までの少将殿のお気持ちを妨げて、それがしがごり押しに自分の娘を縁付けた、などとまあ、きっと邪推がな致しましょうほどに、それを思いますと、やはり憚りがございますなあ」

介は、もうすっかり仲人の男を信用して、心濃《こころこま》やかに本心を打ちあけるのであった。

男は、〈しめしめ、どうやらその気らしいぞ〉と嬉しく思う。

「いやいや、さように何やかやと気を回されるにも及びますまい。少将殿のお気持ちは、ほかならぬあなたさまただお一人の……お許しを戴けることだけを願っておいでで、『仮にそのご実子の姫が、まだ幼くて結婚には年が足らぬほどでおわそうとも、真実正真《しんじつしょうしん》の実子としてお大切にお思いおきなさっておられる御方を頂戴してこそ、本心の願いが叶うというもの……。されば、この期《ご》に及んで、もはやさようにこそこそとご主人に内緒のふるまいなどをすべきではなかろうな……』とまあ、少将どのは、さように仰せでございました。あの君はまことに、お人柄も高貴にて、世の声望も心憎いばかりでいらっしゃるお方でございますなあ。しかもあのようにお若い公達であるにもかかわらず、色好みして上品ぶった様子もなさらず、世間のありさまにもよく通じておいででございます。しかもご所領の荘園などもたいそう多くございます。今のところ、さしあたってのご収入はたいしたことがないようでございますが、いずれ高貴なお家にお生まれになった方なりのご立派な風格がおありで、そのありようは、おそらくそこらの者が「限りなき財産」などと申すような程度よりも、はるかにまさっておいでです。しかも来年は四位《しい》に昇格されることでありましょう。そうして、こんどの司召《つかさめし》に蔵人《くろうど》の頭《とう》に任ぜられることは疑いなく、それも、帝の御口《おんくち》ずから仰せごとをなさったものでございますぞ。なんでも『なにもかも充足して、万事に見苦しからぬそのほうが、今に定まる妻を持たぬのはいかぬ。早くしかるべき人を選んで、後ろ楯になってくれる人をもうけよ。上達部には、この私が位にある間に、今日でも明日でも望みに任せて昇進させてつかわそうぞ』と、さように仰せ下された由でございます。かくては何ごとも、この少将の君というお方、帝にも親しくご用を承ってお仕えしているように拝見しますな。そしてそのお心のほども、まことに秀逸にて、軽率でなくしっかりとしたお考えをお持ちのように拝見します。されば、せっかくのご立派な婿殿でございますれば、かくかくの次第とお聞きになった以上は、すぐにもご決心なさるのこそ、良いご思案でございましょう。少将の殿には、あちこちの家々で、われもわれもと婿にお迎えしようと躍起になっておられる様子ですから、こちらで渋々の様子が見えましたなら、きっとほかのお家に通おうかとお心を変えておしまいになりましょう。かれこれ、ともかくもご当家の御為《おんため》を思って申し上げるような次第でございます」

などなど、便々《べんべん》と長広舌《ちょうこうぜつ》を振るって、いかにもよさげに仲人口をきき続けると、もともとが呆れるばかりに田舎びた介であるから、嬉しがってにこにこしながら聞いていた。

常陸介、ついに少将の申し入れを承諾

「いやさ、今さしあたってのご財力などが心もとない、なんぞということは、仰せあるなよ。それがしの命がございますあいだは、手どころか頭の上にだって捧げ持つ心がけでお仕えいたしましょうぞ。されば、なんのなんの、心もとないとか、不満足だとか、そんなことをお思いになる必要なんぞ、まるでございませぬ。たとい、それがしの定命《じょうみょう》が尽きて、途中でお仕えすることが出来なくなったといたしましても、残りの宝物《ほうもつ》、また所領の荘園あれこれ、いずれも遺産相続に悶着《もんちゃく》などが起こらぬように、しっかりと手当てもしておきましょうほどにな。子どもはたくさんございますが、この娘ばかりは、生まれた時から格別に目を懸けてかわいがってきた者でございます。ただただ、この娘に真心を以て思し召しくだされ、また大切にお扱いくださいますならば、……さよう、仮に大臣の位を手に入れようと思し召して、その願いを叶えるために、世に二つとなき珍宝を使い尽くしてでも運動したいとあれば、お役に立つべき宝物で我が家に無いものはございますまい。今日《こんにち》ただ今の帝が、そのようにお恵みの御心《みこころ》を以て仰せおき下さっているとあらば、経済的

な後見役は、このそれがしが、しかと引き受けましょうほどに、何も御心配なことはござりますまいぞ。かようなことは、かの少将殿の御為《おんため》にも、またそれがしが娘の為にも、いやぁ幸いとすべきこと……かどうか、そこはよくも分かりませぬがな」

介は、得意の鼻をうごめかして、こんなことを言う。これを聞いて仲人の男は、すっかり嬉しくなって、西の対の姫君に仕えている妹にも、こういう仕儀になったことは知らせもせず、また母北の方のところにも寄りつかずに、ただ常陸介の言ったことを、まことにまことに結構至極だと思って、さっそく少将の君に報告したのであった。

少将は、〈なんと、いささか田舎くさいぞ〉とは思って聞いたけれど、そう持ち上げられて悪い気はしないから、にやりにやりとして聞いていた。ただ、これから大臣になろうだの、それについては官位を買うために莫大《ばくだい》な財物を用立てようだの、それはいかになんでもびっくり仰天なることだと、耳に留《と》まったのであった。

「それで、あの北の方には、こういうことになったと、話したのか。もともとこの話は、かの北の方が、格別の執心を以て思い立ったのだからな、そこをこんなふうに掛け違えては、いかにも道に外れてひねくれたことのように、世間には取り沙汰する人もあろう。さて、そこをどうしたものかな」

と、少将は、なお逡巡《しゅんじゅん》している。

「なんのご心配に及びましょうぞ、あの北の方とて、介との間の姫君をば、たいそう大切なものにおもって、かわいがり世話をしているのですから。ただ、先夫との間の姫は、お子達のなかの惣領娘で、もういい歳なもので、このまま縁付かなかったらかわいそうだと思って、それでそちらのほうへ持っていくように申されたというわけなので……」

仲人は、そのように言う。

〈なんだ、調子の良いやつだ。ここ幾月もの間、くだんの姉姫のほうは『この上なく、それはもう世間一般のありさまとは格別なほどに、大事に傅育《ふいく》している』とかなんとか申しておったくせに、こう唐突にまるで違うことを言うとは、いったいどういうことであろう〉と、少将は思うけれど、やはり、〈まあ、ひとまずは母君にもひどい男だと思われ、また、人には多少譏《そし》られることがあろうとも、この先長く、経済的に不安もなく暮らすということをこそ優先して考えなくてはな……〉と思い直すや、これがまたひどく目端《めはし》がきいて抜かりもない君にて、いったん心に決めたからには、善は急げだとばかり、北の方と約束してあった日を変更することすらせずに、その日の暮れがたに妹娘のところへ通い始めることにした。

いっぽう、北の方のほうは、人知れず準備を急いで、女房たちの装束も然るべく調《ととの》えさせ、部屋の調度などもいかにも由緒ありげに趣深くこしらえる。また姫君も、髪を洗わせ、身だしなみをきちんとさせて、その姿を見ると、少将程度の分際の男に妻合《めあ》わせるというのも、なにやら惜しい、もったいないと思われた。

〈ああ、これで、父宮に認知されて、その庇護《ひご》下に生長したのであったなら、その後、宮は亡くなられてしまったけれど、……あの薫の大将殿が望んでくださったとやら……それは恐れ多いことながら、どうして思い切って大将殿にと決心せぬことがあろう。……されど、自分だけはひそかにそんなふうに思い上がっていても、世間の人たちは、しょせん常陸介の子だとて、いっしょくたに見ているし、また実際のところを尋ね知っている人であっても、なまなかに知っているだけに、しょせん父宮には認知されなかった姫だと、却って下《しも》ざまに思うに違いないと思うと、それも悲しい〉など、ぐずぐずと思い続けている。

〈かくてはしかたがない。このまま娘盛りを過ぎてしまうなどということも不都合なことだ。されば、家格低からず、また大きな難点もない人が、こうまで懇《ねんご》ろにおっしゃってくださるようではあるし……〉など、母君の胸先《むなさき》三寸ばかりで、姫を少将に縁付けてしまおうと決心したというのも、例の仲人が、介も少将も言いくるめた弁舌をふるって言葉巧みに提灯《ちょうちん》を持ったのを、まして世間知らずの女とあっては、易々と言いくるめられたのでもあろうか。

その結婚の当日も、明日明後日《あすあさって》に迫ったと思うと、母君は、そわそわして心急《こころせ》かれる。西の対の姫君のほうでも、皆々のんびりとしてもいられず、ただもう忙《せわ》しなく動き回って、母君がちょうど母屋《もや》に来ているところへ、介が外から入ってきて、かの仲人口の一部始終をたらたらたらと言い続ける。その揚げ句、こんなことを言った。

「俺を分け隔てして遠ざけておいて、吾子《あこ》に思いを懸けてくれた婿がねを横取りしようとなさったのは、なんと厚かましい、また至らぬ心がけであろう。こんなことでは、そのご立派なる御娘《おんむすめ》をば、妻に取り立ててくださろうという男君など、よもあるまい。その婿君の少将殿は、賤《いや》しき分際の見栄えもせぬそれがしの娘を、苟《いや》しくも、お尋ねになってお望みくださるようだ。そなたは、まんまと図り企てたけれど、事実を知ってからは、まったく興味がないと仰せになり、他家の娘へお心を移されぬものでもなかったから、そんなくらいなら、俺のところへと思ってな、少将のご所望に任せて、というので、俺の娘へのご求婚を許し申したところだ」

なにやらわけのわからぬほど、単刀直入に、人の思うところなど知らん顔の人にて、介は、言いたい放題に言い散らしてのけた。

北の方は、もう呆れてものも言えず、しばし思い沈むうちに、ただ情ない思いばかりが溢れては、涙も流れ落ちぬばかりに懊悩し続けて、そっとその場を立ち去った。

失意の母君と乳母、こもごも嘆きあう

母君が西の対の姫君の部屋に渡ってきて、見れば、娘はまことに健気《けなげ》にかわいらしい様子で座っているので、〈……いや、今はこんな仕儀《しぎ》になったとしても、魅力的なことは、決して誰にも劣りはせぬものを〉と思っては自らを慰める。

そこで乳母《めのと》と二人、泣きみ語りみする。

「それにしても、つくづくがっかりさせられるものは、人の心であったな。私自身は、父親が誰であろうと、みな分け隔てもなく世話をしようと思っていますが、ただ、この姫の婿がねと思うべき人のためには、命と引き換えにしてもいいというくらいに思っていた。それなのに、この姫が実は父親のいない子だと知ったら、とたんに侮って、まだ幼くてと

ても一人前とは言えないような妹のほうへ、姉を飛び越えて、こんな縁談を持っていくとは、そんなことがあっていいものだろうか。これほど辛くて嫌なこと……まさかこんな身近なところで、見たくも聞きたくもないと、思うておりましたが……夫の介がこんなことでいかにも面目の立ったような気になって、すっかり舞い上がって承諾してしまったらしいから、まずそれはどっちもどっち、似た者どうしの馬が合ってのことと思いますほどに、私はもう、かようなことには一切口を挟《さしはさ》まぬことにしようと思うのじゃ。ああ、もうこんな家にいるのはうんざり、どこか他のところにしばらくの間でも身を隠していたいくらい……」

こんなことを、母君は泣きながら訴える。

乳母も、はらわたの煮えくり返るような心地がして、〈おのれ、よくもよくも、わが姫君をこんなふうに馬鹿にしてくれたものよ〉と思うゆえ、

「なんのなんの、これももしや姫君さまの幸いなるご運のゆえに、かように掛け違ったことやもしれませぬぞ。あんな取り柄もないようなお心がけでいらっしゃる少将の君ですもの、これほどにお美しくていらっしゃる姫君を、あたらお見知りにもならぬまま……。ですからね、わが君のようなすばらしい姫さまは、あんなくだらない男ではなくて、心のほ

どもお優しく、物事の道理もよくご存じの、立派な殿方にこそお引き合わせしたいものでございますもの。かの薫の大将殿の、お姿やお顔など、ちらりと拝見したことがございますが、それはそれは、もう見るほどに命が延びようかというほどの心地がすることでございましたよ。その薫君が、真心込めてお世話をくださろうと仰せだとか。それこそ、前世からのご宿縁と申すものでございましょうから、そのご幸運に任せて、そちらのほうへお思い定めなさいましな」

と、こんなことを言う。しかし母君は、

「なんとまあ、恐ろしいことを……。人の噂に聞けば、もう何年もの間、いいかげんな身分の人とは縁を結ばぬとやら仰せになって、左の大殿《おおいどの》（夕霧）、按察使の大納言、式部卿の宮など、いずれもかの大将殿を婿殿にと、それはそれはご熱心に御意を仄めかされたけれど、どれも聞いて聞かぬふり、……それで結局は、帝がかわいがっておられた二の宮を手にいれなすった……そんな君ですもの、どれほど高貴な姫君だったらまじめに世話しようとお思いになることか。まず、この姫のことなどは、あちらの母君三の宮などの側仕えにでも召し使って、それで時々お情でもかけてやろうか、くらいのことを思っておられる程度でしょう。それはそれで、たしかに結構な宮仕えではありますけれど、かりそめの夜《よ》伽《とぎ》程度のあしらいでは、こちらはもうもう、ひどく胸の痛むことですよ。宇治の中君のことだって、あれほど幸運な人だと世の中では持て囃していたけれど、結局あんなことで辛い思いばかりしておられるじゃありませんか。そんな現実を見れば、なんとしてもなんとしても、二股をかけるような心なく、妻一人をしっかりと守って暮らす男に限りますよ、そういう男こそが、結局妹背《いもせ》の仲も見苦しからず、行く末頼もしいことに決まっています。そんなことは、私自身の経験に照らしてもはっきりと分かりますよ。故八の宮のお人柄は、たいそう愛情が深くていらして、とてもご立派で、風雅の道にも通じていらっしゃいましたけれどね、私のことなどは、人数《ひとかず》のなかにも入れてくださらなかったのですから、それはもう、どんなに辛い悲しい思いをしたことか……。それに比べれば、いまの夫は、もとよりなんの取り柄もないし、人情などもさっぱり分からぬし、見てくれだって、あのとおり不体裁《ぶていさい》な人だけれど、ただ一途《いちず》に私を大切にして、二股をかけるような心はまったくないところを見れば、妻としてはなんの心配もなく、もう長い年月《としつき》を一緒に過ごして来たものですよ。なにかの折のはからいようが、あのようにぶっきらぼうで不用意なところは、そりゃ嫌な感じだけれど、心から嘆かわしく恨めしいこともなく、互いに言いたいことは言い合って、やはり得心できないことは明らかにしあってきた。これで、上達部とか親王《しんのう》とかいうような高貴の身分のお方の、雅びやかで、こちらの気が臆《おく》するほどのお側に暮らしていたとしても、こちらがつまらぬ身分では、なんの甲斐もありますまい。なにごとも、我が身次第なのだなあと思うと、万事悲しいばかりに、この姫のことが案じられる。ああ、なにとぞして、姫が物笑いにならぬように、良い殿方に婚《めあわ》せてやりたいものじゃが……」

などなど、二人は語り合った。

常陸介は娘の結婚準備に独り奔走す

常陸介は、夢中で準備に奔走して、

「女房なども、こなたのほうに見目《みめ》良き者がたくさんいるそうだから、この当座しばらくの間、ちょっとこちらへ貸しておくれ。みれば、その帳台《ちょうだい》なども新しく仕立てられたように見えるし、ともかく事は急を要するという次第だから、わざわざこちらの対からあちらへ持ち運んだりして、あれこれ模様替えをするなんてことは、やめておこう」

と、こんなことを言う。そうして実際に西の対へ足を運んでは、立ったり座ったり、みずから先立ちになって、なにやかや仰山《ぎようさん》な調度を飾り立てる。

せっかく母君が、体裁よくすっきりとした趣味を以て、あのあたりこのあたり念を入れてしつらえておいた部屋であったものを、介が、屏風だのなんだのと、いっぱし分かったような顔をして運び込んで、ごてごてと立て回したうえに、厨子やら、二階棚やら、妙ちくりんな具合に置き加え、〈よし、これでよし〉とばかり支度に励んでいる。北の方は、〈なんとまあ見苦しいことを……〉とは思ったけれど、もうこの件には一切口出しはしないと言ってしまったので、呆れながら、ただ見聞きしているばかり。

そして八の宮の姫君は、北面《きたおもて》に控えている。

介は、

「ああ、これであいつの心根はよくよく分かった。いかに父親が違うと言ったって、自分が産んだ子どもらには相違あるまいに、いかになんでも、ここまで我が姫に知らん顔をすることはなかろうと思っていたがな。ま、よい、世間には母無し子というものだってないものでもなし」

と、こんな嫌みを言いながら、愛惜《あいせき》する娘を、乳母と二人して、昼から撫《な》でるようにして装い立ててみると、さすがに見目《みめ》が悪いということもなかった。

その娘は、十五、六歳のほどで、たいそうちんまりと小柄ながら、ふっくりと豊かな体つきをして、髪は、いかにもかわいらしげに小袿《こうちき》の裾あたりまで伸び、その毛先のあたりはふさふさとしている。

介は、こんなふうに装い立てた娘を、〈おお、縹緻《きりよう》が良いのう〉と思って、なおも撫でては繕い立てる。

「しかしなあ、なんでまた、あの奥方があちらの姫のお相手として思い構えていた婿殿を、好きこのんでこちらに、などとも思うけれどな、しかし、あの少将の君という人は、逃すには惜しい、まことに秀逸なお人柄の君ゆえな、世の中では、我も我もと、婿に所望する親どもが多いと聞いているほどに……よその家の婿に取られても口惜しいからな」

と、例の仲人口にすっかり騙《だま》されて、こんなことを言うというのも、まことに愚かしいことである。

婿君も、このところの介の準備の有様などを耳にしては、それほどまでに豪華盛大に準備してくれているのなら、なにも差し障りはあるまいと思って、当初北の方と約束していた、その夜に予定通りやってきた。

母北の方、憤慨して中君に文を書いて訴える

母君は、姫付きの乳母とともに、これには呆れ返ってしまって、いくらなんでもこんなところへのこのこやってくる少将の心がけはまともではないと思うゆえ、そんな男に、おめおめとここで応対するのも気にくわぬこと、思いあぐねて、匂宮の北の方（中君）のもとへ手紙を書き送る。

「特に大切な用事もございませんのに、このようなお手紙を差し上げましては、あまりに馴れ馴れしく失礼なことかと恐縮に存じますゆえ、かねて思うところを申し上げることもいたしかねて御無沙汰ばかりいたしております。さて、このほど、わたくしの娘の身に慎《つつし》まなくてはならぬことがございまして、しばらく方違《かたたが》えをさせたいと存じておりますが、御方さまのもとに、できるだけ人目にたたず隠れていることのできるお部屋などございましたら、まことにまことに嬉しく存じます。もとより数ならぬ身のわたくしには、みずからの力だけではなかなかこの娘をかくまいきれず、ただただ不憫《ふびん》で心を痛めることのみ多くございます世のさだめにて、まずはお縋《すが》り申し上げる方として、なにとぞ……」

と、泣き泣き書いた手紙が中君のもとへ届けられる。これを中君は、胸に応《こた》える思いで読んだが、〈……といって、亡き父宮が、とうとうお認めにならぬままであった姫を、わたくし一人が生き残って、仲良く語り合うなどということも、本来慎まねばならぬこと……とは申せ、このまま見苦しい状態で世に落ちぶれてゆくのを、知らん顔で聞き過ごすというのも、それはそれで胸が痛むし、その果てには、なんの幸せなこともないままに、わたくしも、その妹の姫も、散り散りになって彷徨《さまよ》うようなことになるのも、亡き父宮の御為《おんため》には、まことに不面目なことであろうし……〉と、思い煩《わずら》うのであった。

母君は、中君付きの女房大輔《たゆう》の君と予て旧知の間柄であったから、念のため、この大輔のほうへも、娘の行く末について心を痛めているらしいことを言い送った。大輔は、これを聞いて、

「かようなことを申してまいりましたのは、よほどなにかの事情がございますのでしょう。さればあまり冷淡につれないお返事など、どうぞなさいませぬように。こうした劣り腹の者が、ご姉妹がたのなかに混じっておられるなど、世の中にありがちのことでございますよ」

など諫めつつ、

「さようでございましたら、あの西廂《にしびさし》のほうに、お匿《かくま》いする所を作りましょう。まことにむさくるしげではございましょうけれど、それでもなんとかお過ごしになられるようでしたら、ほんのしばらくのあいだならば……」

と中君を説得して、そのように返事を遣わした。

これを聞いて、母君は、たいそう嬉しいと思い、人目に立たぬように、こっそりと出かけてゆく。姫君も、異腹《ことはら》の姉に当たる中君とは、予て姉妹として親しくさせてほしいと思っていたところであったから、こたびこんな事件が出来したのを、却って嬉しく思うのであった。

じっさい、常陸介は、少将を婿殿としてもてなすについて、なんとしてすばらしい仕方で致そうかと思いはするものの、なにしろ、その華々しいもてなしかたのイロハもしらぬ無粋者ゆえ、ただざらざらと目の粗い東国の絹布をぐるぐるっと押し丸めて、少将の供人どもに、禄としてぽいっと投げ与える始末であった。また褒美の食い物なども、ただたくさん出せばいいくらいに心得て、そこら足の踏み場もないほどにどっさりと運び出して、やんやの騒ぎを繰り広げる。下衆《げす》の者どもなどは、そんなことをたいそう恐縮すべきお情くらいに思っていると、少将も、期待どおりの歓待ぶりだと思って、〈はっは、我ながら賢明なる縁組に取りついたものよ〉と喜んでいる。

北の方は、姫の異父妹とはいっても、やはり自分の娘の結婚には違いないのだし、それを見捨てて外出し、知らぬ顔をしているというのも、なにやらひねくれているようでみっともないし、とひたすら我慢を重ねて、ただ夫の介のしたいようにさせて、傍観していたのだった。すると介は、婿殿の接待のための仮座敷を西の対に、また少将の供人どもの控え所をどこそこに、とそれはもう大層な大騒ぎ。いかに広い邸だとはいえ、東の対のほうには、先妻腹《せんさいばら》の娘婿《むすめむこ》の源少納言が住んでいるし、ほかに男の子などもたくさんいて、ひどく手狭になっている。母君は、わが姫の住む西の対に、そんなふうに少将の接待所など造って、そこに住みつかれた日には、自分の大切な姫を廊《ろう》などというような片隅めいたところに住まわせなくてはならなくなる……それはもう、いかになんでも不満だし、気の毒な気がするし……などなどあれこれ思い巡らしているうちに、ふと〈そうだ、二条の匂宮邸の北の方のところに頼んでみよう〉と思いついたというわけだったのだ。

姫君、母君に伴なわれて二条の院へ

そう思いついた理由の一つには、この姫の身近に、後ろ楯として姫を盛り立ててくれる人がないのを見侮《みあなど》って、夫がこんなひどい扱いをするのだろうという思いがある。それゆえ、故宮からはどうしても娘として認知してもらえなかったけれど、そこを押して、異母姉妹という縁を頼りに二条院へ推参させたのである。

こうして、姫君は、乳母、若い女房二、三人を供として、二条院の西の対の西廂の、北に寄った人目の少ないところに設けた局《つぼね》に入った。

中君は、母君とはずっと縁遠く過ごしてきたけれど、もとより縁薄く思うべくもない人であったので、母君がその御前《おまえ》に参るときには、中君もとくに恥じて御簾などを隔てたりもせず、直接に対面する。そうやって中君の様子を見るにつけても、まことに非の打ち所もなく、物腰もことに気高く、生まれて間もない若君をあやしている姿など、母君には羨ましく感じられて胸が一杯になる。

〈私だって、あの八の宮さまの亡き北の方と、あながち血縁のない者でもないのだし、ただ、女房としてお仕えしていたばっかりに、宮からは人並みの女として見ていただけなかった……それで、こんなに口惜しいことになって、公家衆からは馬鹿にされているのだ〉と思うにつけても、こんなふうに無理押しにやって来て、お親しくさせていただいている……などという現実も、いかにも面白からぬ思いがする。

もとより、この邸には、物忌みという触れ込みで来ているので、邸内の人々は、誰もこなたへはやって来ぬ。

二、三日ばかり、そうやって母君も姫の局に泊まっている。以前にも一度、この邸へ中君を訪ねてきたことがあったが、その時とはことかわり、こたびは、のんびりとした心で、この邸うちのありさまを見る。

折から匂宮がやって来たのを垣間見

折しも、匂宮がこちらの対へ渡ってきた。

母君は、宮のお姿を見たいと思って、物のはざまから垣間見すると、それはもうまことに汚れなき美形で、あたかも桜の枝を折ったような美しさであった。母君にとっては、頼もしくも思い、また時には恨めしいこともあるけれど、それでもその心には背くまいと思っている夫の常陸介よりも、容姿風采といい、人品骨柄といい、はるかに立派に見える五位や四位の家司《けいし》どもが、宮の御前に跪《ひざまず》いて侍《じ》し、「このことはかくかく」「あのことはしかじか」などと、各方面の事務的報告などを言上している。

また、若々しい五位の者どもともなると、母君は顔も知らない人が多かった。さるなかに、我が継子《ままこ》、すなわち常陸介の先妻の息子で式部の丞《ぞう》にして蔵人にも任じられているのが、内裏からのお使いとしてやって来ているのが見えた。すると、この息子は、宮のお側近くには寄ることもできず、ずっと下がったところに控えている。かにかくにこの上ない宮の御威勢を目の当たりにして、〈ああ、この君は、いったいどれほどすばらしいお方であろうか。これほどご立派な方のご内室になっておられる中君のご果報のめでたいこと。よそにいて漠然と思っている限りは、どんなにすばらしい方々じゃと申して、妻に辛い目をみせるようなお仕打ちをなさるのなら、ご縁組もなんだか気の進まないこと……などと想像していたが、そんなのは、ほんとに呆れた考え方であった。このご様子、お姿形を見れば、もう織女《おりひめ》みたいに一年に一度の逢瀬だって、こんなふうにお通いくださるなら、とてもすばらしいことであった……〉と、母君が思っていると、宮は、若君を抱いてかわいがっている。

女君は、丈の低い几帳を隔てて控えていたが、そんな邪魔な隔てなど、宮は押しやって、直接に言葉を交わしている、その二人の様子は、たいそう清雅な美しさで、いかにも似合いの夫婦と見える。

故八の宮の、あの寂しい宇治の暮らしぶりを思い比べると、同じ宮様とは申しながら、まことに天地雲泥の違いがあるものだなあ、と母君は感慨に打たれる。

やがて宮は帳台のなかに入ってしまったので、若君は、若い女房やら乳母やらが、お相手をしてあやすことになった。折しも、宮のご機嫌伺いに公卿たちが数多参候《あまたさんこう》してくるけれど、宮は、気分がすぐれぬと言って、そのまま帳台から出ることなく、とうとうその日一日は籠り暮らした。

そこで、食膳なども、こちらの寝所《しんじょ》のほうへ参らせる。

そんな振舞いのなにもかもが気品に満ちて、格別すばらしく見えるので、母君は、〈ああ、私のところなどは、自分ではたいそう結構な暮らしぶりだと見もし、その気でいもするけれど、やはり凡々たる身分の暮らしなどは、ほんとうに品高き方々のなさることにくらべたら、もうがっかりするようなありさまだ……〉と確信を得た思いがする。〈されば、私の生んだ娘だって、同じく宮様の血筋なのだから、ほんとうならこういう宮様などのお側に参らせても、ちっともおかしいことはないはず。たかが受領ふぜいでありながら、たまさか富貴なるを頼みにして、あの父親などが『后《きさき》にでもしてやろうぞ』などと、鼻をうごめかしている娘たち……いかに同じく私が腹を痛めて生んだ子たちとはいいながら、宮の御子《みこ》の姫とはまるで比べ物にもならぬ。そのことを思うにつけても、これから後《のち》は、少将だのなんだのという有象無象《うぞうむぞう》など相手にせず、もっと高いところに志を持っていなくてはならぬのであったな……〉などなど、夜もすがら、こうしたいああしたいと、心中に思いは巡り続けるのであった。

翌朝、少将、匂宮の御前に参る

翌朝、宮は、寝過ごしてすっかり日が高くなったころに帳台から起き出してきた。

「后の宮《きさいのみや》（明石中宮）が、またご体調がお悪いらしいので、お見舞いに参らねば」

と言って、参内《さんだい》のための身ごしらえなどしている。くつろいだ姿とは違って、正装ともなったらどんなにすばらしいだろうと思って、母君はまた宮の姿を覗き見る。すると、端然と身だしなみを整えた姿は、これまた似る者とてもなく、気品高く、それでいてどこか親しみ深いところもあり、清爽な美しさであった。その姿で、若君を手放すことができぬまま、あやしてやっている……。炊いたご飯やら、蒸したご飯やら、朝食をしたためてのち、宮は、この西の対から直接に出かけていく。

今朝になってからこなたへ参候してきて、お供の詰所《つめしょ》のほうで休んでいた廷臣《ていしん》どもが、今しもこの西の対へ参って、伝達事項など言上しているなかに、それなりに小奇麗な出で立ちをして、しかし、なんということもない殺風景な顔つきをした男が、直衣《のうし》を着て、太刀《たち》を佩《は》いて控えているのが見えた。この宮の御前にあっては、まるでぱっとしたところもない、その男を指して、女房どもはしきりと囁《ささや》き交わす。

「あれよ、あれがこんど常陸介の婿殿になった少将ね。はじめはこちらの姫さまの婿にと定まったものを、介の実の娘を得て大切にされたい、とか言ってさ」

「そうそう、破談にして、まだまるでひょろひょろの女の子を貰ったそうよ」

「あらいやだ、こちらの姫さまのほうでは、そんなことは誰も口にもしないから、知らないわ」

「だから、あっちの少将の君のほうの人から、いろいろ聞く伝手《つて》があるのよ」

こんなやりとりを、物陰から母君が聞いているとも知らず、女房どもが言い交わしているのを聞くにつけても、母君は胸を衝《つ》かれ、たかが少将ごときを、体裁の悪からぬ婿だと思っていた己《おのれ》の心の至らなさも口惜しく、〈まったく、あんなのはなんの取り柄もないような男だったのに〉と思って、今では、件《くだん》の少将をずんと安っぽい男と思うようになってしまった。

若君が、這《は》い出てきて、御簾の下から外を覗いているのを、宮はふと見つけて、すぐ立ち戻り、近くに寄ってきた。

「おお、おお、もし中宮様のお加減がよいように見えたら、すぐに帰ってくるぞ。でもな、まだお悪いようだったら、今宵《こよい》は宿直《とのい》になるからな。今は、たった一晩逢わずにいるだけだって、もう気にかかってたまらぬ」

そんなことを言って、若君を慰めあやしてから、やっと出て行く。その出立《でた》ち姿の美しさは、かえすがえすも、見るとも見るとも、見飽きるということがない。匂い立つばかりの美しさにて、このまま出ていってしまう名残惜しさ、なんだか大切なものがなくなってしまったような物足りなさを母君は感じて、ただ茫然とするばかりであった。

母君、中君の御前にて匂宮を褒めちぎる

あまりに感心したもので、母君は、中君の御前《おまえ》に出てきて、口を極めて宮を褒め称《たた》える。これを聞いて、中君は、〈まあ、なんて田舎びた……〉と思って、ふふっと笑った。

「お母上さまの亡くなられた時分には、姫君がたはまだまだ頑是《がんぜ》無くお小さくていらっしゃいましたから、これから先どうおなりあそばすことかと、お世話をするわたくしどもも、またお父上八の宮さまも、ずいぶん思い嘆きましてね、……でも、それも前世からの定めが並々ならぬものでおわしたればこそ、宇治のような、あんな山深いところのなかにあっても、こうして立派にご成長あそばしたのでございましょう。口惜しいことに、故大君さまのお隠れになってしまわれたこと、それだけは、なんとしても心満たされぬ思いでございますけれど」

など、母君は嗚咽《おえつ》を漏らしながら述懐する。

これには、中君もよよと貰い泣きして、

「こうして生きていると、妹背《いもせ》の仲の行き違いなどを恨めしく心細く思う折々もあり、でも、またこうやって長らえていると、かわいい若宮を授かったりして、少しでも心を慰めることのできる折もある。その昔、ひとえに頼りに思い申していた母上、そして父上にも先立たれたことは、でも、それは無常の世には避けられぬことと、却ってそんなふうに思いなされて、とりわけ母上は、わたくしが生まれて間もなく亡くなったので、そのお姿も拝見したことがなく、知らぬままに育ちましたから、まずまずそれは我慢もできたけれど、あの姉上さまの御ことは、いつまで経っても尽きることなく悲しいばかり……。右大将の薫君が、官位がどんなに昇進されようと、二の宮さまとのご縁を得ようと、なにも心が動かぬと愁《うった》えられたのも、畢竟《ひっきょう》、故姉君への思いが浅からざりしゆえと、そのお心のほどを見るにつけても、先立たれてしまったことが口惜しくてなりません」

中君は、こんなことを言った。すると、母君が、

「右大将殿は、あれほど……それはもう世の中に前例のないほどに、帝が婿君として大切に思し召しておられると聞きますゆえ、まずよほど傲《おご》り高ぶったお心ざまでおられるのでございましょうとも……。もし大君さまがご存命でございましたなら、二の宮さまご降嫁の一件は、そのことに妨げられて、あのようにはお運びにもなられなかったのではござい

ますまいか」

とこんなことを言う。中君は、

「さあ、それはどうであろう。結果的には、姉も妹も同じようなものと、物笑いの種になって辛い思いをしなくてはならなかったであろうし、そんなのは、却って実現しないほうがよかったというものではないかしら。大将殿が、こうしていつまでも姉君を思いつづけてくださるのは、しょせん、ああいう悲しい別れをして、最後まで思いを遂げられなかったればこそなのであろう……と思うけれど、あのお方は、さてどうしてなのか知らないけれど、ほんとに不思議なほど昔のことを忘れることなく、それで、宇治の邸をお寺に寄進されたりして、故父宮の後世《ごせ》のことまでも、さまざま思いやり深くお世話をしてくださっているようだし……」

など、なんの屈託もなく語る。しかし、

「ですから……あの亡くなられた姫君のお身代わりとして、探し出して逢いたい、などと、わたくしの娘ごとき、物の数にも入らぬような者について、あの弁の尼君に、仰せになったのでございます。とは申せ、さてこそ良縁をなどと、その気になって思い寄り申すようなことではございませぬけれど、例の『紫のひともとゆゑに』というようなことでもございましょうかと、まことに恐れ多い申し条《じょう》ながら、ああ、ありがたいなあと心に沁《し》みるようなお心の深さでございます」

など、母君は「紫の一本《ひともと》ゆゑに武蔵野の草はみながらあはれとぞ見る（あの美しい紫草が一本あるがゆえに、殺風景な武蔵野の草が、みな趣豊かに眺められることです）」という名高い古歌の心になぞらえて、娘が、かの紫草《ゆかりのくさ》のように美しかった故姫君にゆかりある血筋のゆえに、薫が思いを寄せるのであろうと推《お》し量《はか》り語る、そのついでに、その姫の身の行くえについて案じ煩《わずら》っていることを、泣く泣く訴える。

母君、娘の破談について中君に訴える

すでに、ここの女房たちが、あの少将のことをあれこれあげつらっていたことを、母君は耳にしていた。ああやって女房たちだって、破談の一件について委細はともかく概ねのところはもう知っていると思うゆえ、少将がこちらを思い侮って、いったん決まった縁談を直前に破却《はきやく》したことなどを、母君はそれとなく中君に訴える。

「いえ、わたくしの命がございます限りは、どういたしまして、あの娘を日々の心遣《こころや》りと

しても過ごせましょうけれど……。ただ、わたくしに万一のことがございましたら、その後《のち》一人遺された娘は、思いもかけないような情無い身の上に零落《れいらく》して、どこぞへ彷徨《さすら》ってゆくようなことにもなりかねませぬ。そんなことになったら、ほんに悲しゅうございますゆえ、いっそ尼になして、深い山のなかに籠らせて、ただ後世《ごせ》を願いながら、結婚だのなんだのという俗世のことどもはみな思いを絶って暮らすようにさせようか……などということまで、いろいろ考えあぐねた末に、ふと思いついたりもするのでございます」

中君は、これを聞いて、

「なるほど、それはそれは、ほんとうに聞くだに胸の痛む有様のようね。でも、なにもそこまで思い詰めずとも……。とかく人に侮られる、おっしゃるようなことは、だれも父を亡くしたりした人にはありがちなこと。山住み、などと言われるが、いざその身になれば、なかなか堪《た》えられるものでもありませんよ。わたくしどもなどは、父宮がいやおうなくそのように考えてお決めになっておかれた身の上であったけれど、それだって、こんなふうに思いもかけなかった暮らしをして生き長らえているのだから……ましてや、尼になど、決してあるまじきことですよ。あのように若く美しい身空《みそら》で、墨染めの衣《ころも》に身を窶《やつ》しなさるなど、あまりにお気の毒なことゆえ……」

などと、ずいぶん老成したようなことを言う。母君は、中君にこう言ってもらえたのが、嬉しいと思うのであった。

この母君は、もういい歳であったが、なお雅びたところが消え残って、汚げなところもない風采をしている。……しかし、ちと太り過ぎてしまったところばかりは、まったく常陸殿《ひたちどの》(常陸介奥方)、という風情に見えること……。

「わが姫は、故八の宮が冷酷にもお見放しになったために、まったく人並みには扱ってもらえず、とかく世の男にも侮られなさるのだと拝見いたしますが、でも今、こうして中君さまにお願いを申し上げ、お目通りを賜りますにつけて、ああ、昔の辛い日々のことも心慰められる思いがいたします」

など、それからそれへと、受領の妻に身をなして諸国を彷徨《さまよ》った身の上話などをして、

「塩釜《しほがま》の前に浮きたる浮島《うきしま》の浮きて思ひのある世なりけり(あの陸奥《みちのく》の塩釜の前に浮いている浮島のごとく、なにかとふわふわ浮いて物思いばかりある世の中であったよな)」と歌《うと》うた古歌さながら、田舎わたらいの辛かった往時をあれやこれやと語り続けた。

「『世の中は昔よりやは憂《う》かりけむわが身一つのためになれるか(世の中というものは、昔からこんなふうに辛いものだったのだろうか。それとも、わが身一つのためばかりにこんなに辛いもの

になったのだろうか)』と、そんな気持ちも、語り合い慰め合うような、気の利いた人もいないあの常陸の筑波山あたりの暮らしの有様も、こうして洗いざらい申し上げて、すっかり胸の晴れる思いがいたします。されば、いつもいつも、こうしてお側に伺候させていただきたく存ずるようになりましてございますが、とは申せ、あちらの邸では、ほかの出来の良くない豚児《とんじ》らが、今ごろはどんなに大騒ぎをして……わたくしをさがし求めておりましょう。それもやはり心落ち着かず存ぜられますことでございます。こんな受領の妻ふぜいに身を窶《やつ》しますのは、口惜しいことでございましたと、今つくづくわが身に思い知られますほどに、この娘につきましては、ただもうお任せ申し上げまして、わたくしなどは口を挟まぬことにいたしましょう」

など、母君は哀訴《あいそ》する。これを見て中君は、〈なるほど、この者の言うような見苦しい身の上にならぬよう、りっぱな男といっしょになってほしいもの……〉と、くだんの姫君を、そっと見やるのであった。

姫は、姿かたちも人柄も、とても憎くは思えぬほどいじらしくかわいげがある。いくらか恥ずかしげにしはしても、そう大げさなことはなく、良きほどにおっとりとして、しかし、一廉《ひとかど》の才気《さいき》はあるらしく見える。近く仕えている女房の目にも露《あら》わにならぬように、上手に物陰に身を隠している。物の言いざまにしても、あの亡き大君の様子に、それはもう不思議なくらい生き写しに思われて、〈ああ、姉君の身代わりをお求めの薫君に、ぜひお見せしたいものだが……〉と、はたと思い出した、その折も折、

「右大将さまが、いらっしゃいました」

と薫の入来《じゅらい》を女房が伝達する。すわ、とばかり、皆々几帳を立て調《ととの》えて、中君が露わにならぬようにいつもながらの心遣いをする。

この邸にとってはまったくの部外者にすぎぬ母君は、薫の入来と聞いて興味津々、

「ではさて、ひとつ拝見いたしましょう、いつぞやほんのちらりと拝見したことのある姫の乳母などが、たいそうご立派なお方だとお噂申しておりましたようですが、あの宮のすばらしさにはとうてい肩を並べることなどございますまいに」

と言うと、中君の御前に伺候している女房どもが、

「さあ、それはいかがでしょう」

「そんなに単純には甲乙などつけがたきことにて……」

など喋々《ちょうちょう》している。母君も負けてはいない。

「さても、どこまですばらしい人であったら、宮を凌駕《りょうが》しまいらせることができましょうぞ」

など言い返しているうちに、「今や、右大将さまが車からお降りになったようだ」という声が聞こえてくる。すると、あたり騒がしいまでに前駆《さきが》けの者の叫ぶ声が聞こえてきたが、大将自身の姿は、なかなか見えてこない。皆々待ちに待っているところに、悠然として歩み入ってきた様子を見れば、なるほど、ああすばらしい、素敵、とかいうように目立つわけではないのだけれど、身に具《そな》わった自然な美しさ、その上品さ、その汚れない風姿といったら、それはもう……。

されば、うかうかこの身を見られては大変、と気が臆して、つい額髪《ひたいがみ》のあたりをせっせと引き繕《つくろ》ったりしてしまって、もうもうこちらが恥ずかしくなるほど嗜《たしな》み深い態度振舞い、まさに際限もなく立派な姿を大将の君はしている。

ちょうど内裏から直接にこちらへやって来たのであろう、前駆けの者どもの気配もずいぶん多いようであった。

やがて薫が、中君にこんなことを言う。

「昨夜、后《きさい》の宮（明石の中宮）のお加減が悪いとのことで、お見舞いに参内いたしましたところ、中宮の御子《みこ》の宮たちはどなたもお側にお控えになっておられませんでしたので、お労《いたわ》しいことと存じ、匂宮のお身代わりとしてお側仕えいたしておりました。さすれば、今朝も、宮ははなはだご怠慢《たいまん》にて、遅く参内なさいましたのを、わたくしは、まことにあるまじきことながら、こなたさまが……お引き止めにでもなったためかなど、ご推量申しておりましたが……」

ずいぶんと際どい戯《ざ》れ口であった。が、中君は、

「それはまた、まことに疎《おろそ》かならず、重々《じゆうじゆう》思いやり深きお心遣いのほどにて……」

と澄ましてやり過ごす。

どうやら、薫は、宮が内裏に泊まったのを見届けて、なにやらただならぬ思いを抱いてやってきたもののようであった。

中君、薫に「身代わり」の姫のことを仄めかす

薫は、いつものように、なにかにの物語を、親しみ深い様子で語りかける。このところ、昇進やら、結婚やら、さまざまの事があって、その都度ただただ亡き姫君のことが忘

れ難く、もうこの俗世のなにもかもに倦《う》んじ果てる思いが募ってきたということを、あからさまな言い方ではなくて、ちらりとかすめ愁《うった》える。

〈でも……〉と中君は、心中に思い巡らす。〈……それほどまでに、どうしてこう何年も何年も、心の中に姉君のことを思い続けていられるものであろう。もしかして、あんなふうに、心底《しんてい》深く恋着《れんちゃく》しているということを、最初に言ってしまったものだから、実際にはもう思いは薄れているのに、名残もなく忘れてしまったと思われたらいけないと、そんなことをお思いなのかしら〉などと解釈してもみる。けれども、思い内にあれば色外《ほか》に現わる、というものだから、なお仔細に表情を観察していると、やはり胸打たれるような深い愛情のほどが、さすが岩でも木でもない中君には、自然と感知せられるのであった。

さる間《あいだ》にも、薫君が、大君への思いについて、恨めしかった所以《ゆえん》など、かれこれ嘆くことも多かったので、中君は、やるせない思いに、ついため息が漏れて、〈なにとぞして、こんなご執心を止《とど》めるための御禊《みそぎ》をしてさしあげたい〉と思うからでもあろうか、例の「身代わり」の姫のことを口に出して、

「じつは、いつぞやの『身代わり』の姫が、ごくお忍びにて、このあたりに参っております」

と、ちらり仄めかした。

それを聞いて薫は、その君のことも、そこらの女と等し並みな気持ちでなく、さすがに、逢ってみたいとは思ったけれど、しかし、そうそう即座に心を移すというようなわけにはいかない。

「いやいや、その身代わりの本尊とやらが、我が出家の宿願をすっかり満足してくださるなら、それは尊いけれど、時々あきらめ切れぬ煩悩に苦しめられるようでは、かえって清《しょう》浄《じょう》の山水《やまみず》も濁るというものではありませぬか」

こんなことを薫が言うものだから、ついには中君も、

「なんとますます困ったご道心で……」

と、ほんのり微笑みながら、そう言う声もまた、薫には魅力的に聞こえる。

「さあさ、それではわたくしの存念を、どうぞそちらのほうへ、すっかりお伝えくださいませ。亡き姉君の身代わりに……など、思い出してみますれば、昔姉君は、そんな逃げ口上を仰せになったことがありましたが、なんと縁起でもない」

と、こう言うにつけても、また薫は涙ぐむ。

見し人の形代《かたしろ》ならば身に添へて
恋しき瀬々《せぜ》のなでものにせむ

その姫君が、かつて逢い見た人の身代わりだというのなら、いっそ我が身の側に置いて、かの君が恋しい折々は、その思いを撫《な》で移してもみましょうぞ……あの禊《みそぎ》の折に穢《けが》れを撫で移して川瀬に流す人形《ひとがた》のように

こんな戯れのような歌を、薫は口ずさんで、いつものように涙を紛らすのであった。

「みそぎ河瀬々にいださむなでものを
身に添ふ影とたれかたのまむ

禊する河の瀬々に流し出す撫で物というような物を、身に添う影のように一生側に置いて下さるなどと、誰がいったい頼みにするでしょうか

『引く手あまたに……』とか、古き歌にも申しますこと……それでは、姫があまりに気の毒ではございませぬか」

中君は、「大幣《おほぬさ》の引く手あまたになりぬれば思へどえこそ頼まざりけれ（あの祓《はら》えに使う

大幣をば、みなが形代《かたしろ》として引くように、あなたは数多くの女たちから引く手あまたのお暮らしぶりと聞きますほどに、どんなに思うていても、とても頼みにはなりませぬこと)」という『伊勢物語』の歌を引いて、薫に言い返す。薫も負けてはいない。

「なんと、『大幣の引く手あまた』と仰せか。されば、『大幣と名にこそ立てれ流れてもつひに寄る瀬はありてふものを(大幣の引く手あまたと、とんだ浮き名を立てられておりますが、どんな大幣でも、最後は川に流されて、やがて流れ寄る浅瀬はあると申しますものを……どんなに浮き名が立っても、しまいにはあなたの許《もと》に落ち着きましょうものを)』と答える歌もございましたろうに。その最後に流れ寄る浅瀬はそなた……それこそはいまさら申すまでもございませぬこと。なのに、こんな情ないお仕打ちでは、あのまったくいまいましいような『水の泡』と憂《う》さ辛《つら》さを競っているような我が身だ」

薫は「水の泡の消えで憂き身といひながら流れてなほも頼まるるかな(水の泡が消えずに浮(う)き漂っていく、さながらそのような憂(う)き身の私とはいいながら、いやどんなに辛い恋に流されていっても、なおそなたを頼りにしているのだ)」という古歌を思い寄せて、こんなことを言い、さらに言葉を継いで、

「……ああ、掻《か》き撫でてから、川瀬に流される撫で物とは、いやまったく、その通りの我

が身よな。なんとして、この苦悩を晴らすことができようか」

などと言い言いしているうちに、次第に日が暮れてきた。

こうなると、事は面倒になる。〈かりそめにここに宿っているあの母君なども訝《いぶか》しく思うかもしれぬ〉と、中君は気になってくる。そこで、

「どうぞ、今宵はやはり、すぐにお帰りくださいませ」

と言い拵《こしら》えて、薫を帰そうとする。

「それでは、その客人《まろうと》の姫君に、身代わりになっていただきたいという願いは、決して昨日今日の思いつきではなく、もう長い間の願いであって、いきなりこんなことを思い立つような浅薄《あさはか》な男だとはお思いにならぬように、そこはよくよく仰せ聞かせくださいませ。けっして不体裁なことにならぬよう、お願いしますよ。ああ、なにぶんこういうことには、まるで初心のまま慣れておりませぬもので、なにごとも愚かしいばかりのしこなしにて……」

と、中君によくよく頼みおいてから、薫はやっと出てゆく。

その様子を、かの母君は、

「ああ、すばらしい。なにもかも理想通りのお姿だこと……」

と、また賞嘆しつつ、内心には、〈思えば、あの時乳母が、ふと思いついて、姫君をあの君にお引き合わせして、など度々言っていたことを、その時は、まさかそんなとんでもないことを、と叱りもしたけれど、今この君のご様子を見ると、一年に一度だけ天の川を渡ってくる彦星の光を、待ちに待っているだけの織り姫のようなことでもいい。わが娘は、いいかげんな身分の男に婚《めあ》わせるにはもったいないほどの縹緻《きりよう》なのに、私は常陸介みたいな東戎《あずまえびす》さながらの夫ばかり見馴れていて、その垢抜けない目から、あの少将ふぜいのつまらぬ男を、よほど大した者のように思ってしまったものだ〉と、そのことを悔やみに悔やむ気持ちになったのであった。

薫が寄り掛かっていた檜の柱にも、敷いていた座布団にも、なお名残豊かに香り立つ移り香、これを言葉に表わして言えばどこかわざとらしくなるほどの、世にも珍しい芳香が漂っている。これは、時々は姿を拝見する機会もある中君付きの女房たちですら、そのたびごとに賞嘆して言い交わす。

「お経などを読んでみると、功徳《くどく》のすぐれていることがあれこれ書いてあるようでございますが、なかにも、香《こう》の芳《かんば》しいことをとてもすばらしい功徳だと、仏が仰せ置きになったというのも道理でございましょうね。法華経の薬王品《やくおうぼん》などに、取り分け説き置かれた牛頭《ごず》梅檀《せんだん》とか申します香《こう》は、地獄の牛頭馬頭《ごずめず》などという鬼を思わせる恐ろしげな名前ではありますけれど、ああ、ああ、なんとしてもあの右大将殿が近くでお動きになると、その香りのすばらしさに、仏は嘘偽りを仰せにならなかったのだと得心《とくしん》がゆきますね。あの殿は、幼くていらっしゃる時分から、仏に帰依《きえ》しての勤行などもずいぶん熱心になさったのが善因かもしれませぬなぁ」

などと分かったようなことを言う女房もある。かと思うと、

「前世にどんな善根《ぜんごん》を積まれたのか、知りたいものだわ、あの御《おん》有様は……」

など言う者もある。

そういう一部始終を母君は、深い考えもなく漫然と微笑んで聞いている。

中君、母君と薫について語らう

さて、中君は、薫が内密に頼んでおいたことを、それとなく口にする。

「あの殿は、いったん思い初《そ》めたことは、執念深いほどに思い込まれて、決して軽々しく

心変わりなどされる方ではないように拝見するものを、なるほど、ただ今のお身の回りの有様を思うと、縁付かれるのは煩わしいような気持ちにもなるかもしれぬが、出家させて尼になして、などと思いつきなさるくらいならば、同じく身を捨てるようなつもりで、ご縁の善し悪しを試みてごらんなさい」

これを聞いて母君は、

「あの子に、悲しい目を見せず、また人から侮りを受けまいとの心なればこそ、あの『飛ぶ鳥の声も聞こえぬ奥山の深き心を人は知らなむ（空を飛ぶ鳥の声も聞こえないほどの奥深い山、それほどにも深くあなたを思っている私の恋心を、ぜひあなたに知ってほしいものだが）』と古歌にございますような、それこそ鳥の声も聞こえぬ山奥での住まいも、とまで考えおいたものでございます。さりながら、なるほど、あの大将殿のすばらしいご様子、またお振舞いを拝見して、とくと考え申しますに、たとえば下仕《しもづか》えなどの身分でもよいから、これほどご立派なお方のお側近くにお仕え申して過ごすことは、それこそ甲斐のあることでございましょう。まして、若い女の身には、かならず心惹かれぬはずもなきことながら、物の数にも入《はい》らぬような身分の者には、ますます辛い物思いの種を蒔《ま》かせてみるような仕儀《しぎ》となりましょう。身分の高下《こうげ》にかかわらず、女というものは、こうした妹背の道につながれての妄執《もうしゅう》にて、現世《げんせ》ばかりか来世《らいせ》までも苦しい思いをする身なのだと存じております。だからこそ、あの娘《こ》がかわいそうでならぬのでございます。……とは申しながら、なにもかも、お心のままにお任せいたします。どうぞどのようにでも、お思い捨てなくお引き回しくださいませ」

と中君に懇願する。これには、中君もさすがに煩わしい気持ちになって、

「さてさて、どうしたものであろう。今までの、かの殿の深いご親切にすっかり心を許しておりましたけれど、これから先がどうなるかまでは、とても知りがたいものを」

と、ため息をつき、ふと口を噤《つぐ》んで、その先はなにも言わぬままになった。

常陸介、立腹して迎えの車をよこす

夜が明けた。

常陸介の邸からは、迎えの車など牽《ひ》いてきて、介がひどく立腹しているらしい様子などを、脅《おび》かすように伝言してくる。

「ともかく、恐縮なことでございますが、万端よろしくお頼み申し上げます。あの娘を、

いましばらくこちらにお匿《かくま》いくださいまして、やがては巌《いわお》の中にすむ尼にでもなんにでもと、思い巡らしておりますほどに、あのような人数《ひとかず》にも入らぬふつつかものでございますが、どうぞお見放しなく、なにごともお教えを賜りますように」

など、よく頼み置いて、帰ろうとする。この姫も、母に別れて暮らすなどは、これが初めてのことゆえ、たいそう心細く思うのだけれど、そのいっぽうでは、こんなに華やかで楽しいこともたくさんあるように見える中君の身近《みぢか》に、ほんのしばらくでもご一緒させていただこうと思うと、それはそれで嬉しい気持ちも感じるのであった。


母君を乗せた車を邸から引き出すころ、空はほんのりと明るくなってきた。ちょうどその時、匂宮は、内裏から退出して戻ってきた。若君のことが気にかかって、お忍びの様子で、車などもいつもとことかわり、地味な一台に乗って帰ってきたのだ。それが、ちょうど母君の乗った車とばったり出合った。母君の車が遠慮して傍らに停まっていると、宮は、車を中門廊《ちゅうもんろう》に寄せさせて、そこで降《お》り立った。その時、宮は、

「おや、なんだ、あの車は。こんなまだ暗いうちに急いで出て行くぞ」

と、疑がわし気にじっと見咎めて、供の者に誰何《すいか》させる。その内心には、〈なにぶん、

こんなふうにして、忍び忍びの通い所から出てゆくものだからな……〉と、自分の色好みなる経験から類推して、薫が通ってきて慌てて帰るところではないかと邪推するのも、気味の悪いほど気の回ることであった。

すぐに車に随行の、介の家来が、

「常陸殿《ひたちどの》がご退出なさいます」

と返答する。

すると、宮に従っている年若の前駆《さきが》けどもが、

「『殿《どの》』とはすさまじい」

と、たかが受領奥方風情に「殿」などつけてうやうやしく答えるのを、皆でわっと嘲《ちよう》笑《しよう》する声がした。それを聞くにつけても、母君は〈ああ、やはり格段に賤《いや》しき我が身のほどよ〉とつくづく悲しく思う。されば、ただ願うところはこの姫の行く末の幸福ばかりだが、いや、それだからこそ自分もこんな賤しい身分ではなくて、人並みの者になりたいと思うのであった。ましてや、その姫自身を、仮にも少将のような凡々たる男の妻におとしめてしまうようなことは、かえすがえすも勿体ないことであったと思うようになった。

宮は中君の御座《おまし》に入ってくると、

『常陸殿』とやらいう人を、ここに通わせているのかね。この風情豊かな白々《しらじら》明けに、急いで出て行く車に出合ったが、その車に随従している供人が、なにやら、わざとらしく田舎者めいて見えたぞ……」

など、なおもまだ疑心暗鬼になって言うのであった。

中君は、この宮の言いようを、〈……まあ、聞くに堪えないことを、女房どもがなんと聞くであろう〉と不愉快に思って、

「常陸殿と申しますのは、昔からわたくしの側に仕えております女房の大輔《たゆう》なるものが若かりし頃に友達であった人にございます。その者は、なんの華やかなところもないように見えますものを、いかにもわけのありそうな言い方で仰せになりますのね。それも人が聞き咎めるに決まっているようなことばかり、いつだってわざわざおっしゃいます……ほんとうに……『なき名は立てで』……」

中君は、「思はむと頼めしこともあるものをなき名を立てでただに忘れね（かつては互いにいつまでも思っていようと、そんな頼りにさせるようなことを言っていたこともあったものを、わざわざ無実の浮き名を立てるようなつまらないことをしないで、さっさとただ忘れてしまってください）」という古歌を仄めかして、「そんな根も葉もない浮き名など立てないでください」と

反撃を加え、ぷいと横を向いて拗《す》ねている。その様子がまた、宮の目には抱きしめてでもやりたいようなかわいらしい色香が感じられるのであった。

そこで、宮は中君の閨《ねや》のうちで、「玉すだれあくるも知らで寝しものを夢にも見じと思ひかけきや（夜の明（あ）ける頃になって、玉すだれを揚（あ）げるのも知らぬほど、睦まじく共寝していたものを、今ではこんなふうに夢にも逢うことができなくなろうとは、予《かね》て想像だにできただろうか）」と歌われた玄宗と楊貴妃さながら、夜の明けるのもしらず睦まじく添い寝していたのだが、やがて公達が数多く詰めかけてきたゆえ、やむを得ず宮は寝殿へ渡っていった。

どうやら明石中宮の病気は、取り立てて大病ということもなく、もうすっかりよくなったゆえ、皆々上機嫌にて、なかにも左大臣家の子息たちなどは、碁を打つやら、漢詩《からうた》の韻《いん》字《じ》を塞《ふさ》いでの当て競べで遊ぶやら、楽しそうに打ち興じている。

翌夕、匂宮、また西の対に渡り来て姫君を発見

その夕方ころ、宮はまた西の対へ渡ってきていた。折しも、中君は、髪を洗っていると

ころであった。女房たちもみな自分自分に休息などして、宮の御座所のあたりには、誰もいない。

たまたまそこにいた小さな女《め》の童《わらわ》を使いにやって、

「折悪しくご洗髪の最中とは……その間《あいだ》、ここに放って置かれるのも体裁が悪い。こうしてなす所もなくぼんやりしているのも、いかがなものかな」

と、こう言いやった。すると大輔が、

「まことに……宮のご不在のときに、いつもは洗髪を済ませますのですが……。どういうわけでございましょう、近ごろは髪を洗うのを面倒くさがられましてね、今日を過ぎてしまいますと、今月はもう洗髪にはよろしからぬお日柄ばかり、といって来月の九月《ながづき》はよらず忌む月にて、また神無月《かんなづき》は、いい、髪無しの月とやらにてこれまた髪洗いは禁物、さようなわけで、今日洗わせなさいましたような次第にて……」

と気の毒がる。

若君も寝てしまっているので、そちらのほうに女房たちが何人も詰めている関係で、宮は手持ちぶさたのあまり、邸のうちをうろうろと歩き回る。

すると……西廂のほうに、見馴れぬ女の童が見えた。

〈おや、新参の女房でもいるのかな……〉と、宮は思ってぐっと覗き込む。

西廂を南北に仕切る襖障子が細く開《あ》いているのを覗き込むと、その障子の向こうに、一尺ばかり離して屏風が立ててある。その片端あたり、簀子との間に垂れた御簾に寄せて几帳が立ててある。几帳には垂れ絹をただ一重《ひとえ》さっと懸けてあるのだが、紫苑色《しおんいろ》（表薄紫、裏青）の襲《かさね》の色目の華やかな袿《うちき》に、女郎花《おみなえし》（経《たていと》青、緯《よこいと》黄）の織物と見える表着《うわぎ》を重ねて、その袖口が几帳の外へこぼれ出ている。どうやら、手前にある屏風が一折り分畳まれているために、その端あたりから、思いがけず見えるのであるらしい。

〈ほほぅ、あの女は新参者《しんざんもの》ながら、そうとうの身分の者らしいぞ〉

と宮は思って、今居る母屋から西廂への通路となっている障子を、そろりそろりと押し開けると、抜き足差し足して歩み寄って行く……が、その人は気づかない。

西側の廊《ろう》に囲まれた坪庭《つぼにわ》の植込みには、今を盛りと色美しい秋草が咲き乱れているところへ、遣水《やりみず》のあたりの石組みが高々と組んであるのなど、まことに風情豊かであったから、それを眺めようとて、女は、端近《はしぢか》に出て几帳に添うて臥しているのであった。

細く開いていた障子を、もうすこし押し開けて、宮は屏風の端から覗き込む。すると、まさかそれが宮だとは思いもかけず、〈おや、だれかいつもこちらに来馴れている女房かしら〉と思って女は身を起こした。その姿態が、とても魅惑的に見えて、宮は例の色好みの心ぐせから、見過ごしにはできなくなった。

さっと女の衣の裾《きぬ》を捉えると、今開けて入ってきた障子は閉めて、屏風とのはざまに居着いた。

さすがに女も〈変だわ〉と思って、扇で顔を差し隠しつつ見返ったその姿の美しいこと。宮は我慢できなくなって、その扇を持った手をそのまま捉えると、

「そなたは、誰なのだ。名のりを聞きたいものだが」

と言う。そんなことをいきなり言われて、女は薄気味悪く思った。

しかし宮は、その屏風の端のあたりに顔を背《そむ》け隠して、注意深く自分が誰とも解らぬようにしているので、女は、〈さては、あのただならず恋心を伝え渡ってきた右大将……でもあろうか〉とて、馥郁《ふくいく》と香る薫物《たきもの》の気配なども、しかるべく思い合わされるので、たいそう気後れがして、どうにもならぬ。

そこへ、乳母が、人の気配常ならぬことを訝しく思って、むこうの屏風を押し開けて入ってきた。

「これはそも、いかなることでございますか。けしからぬお振舞いでございましょうぞ」と声を立てるけれど、もとよりこの邸の主《あるじ》たる宮が、そんなことで遠慮してしり込みするにも及ばぬことであった。

かような、思いつきのお戯れながら、もとより口達者な宮の性格ゆえ、なんだかんだと言い続けているうちに、すっかり日が暮れてしまった。

「しかしな、そなたが誰かということを聞かぬうちは、放してやらぬぞ」

と、いかにも馴れ馴れしく添い臥しをするので、乳母にも〈や、これはこなたの邸の主の宮だ〉とついに合点がいき、言うべき言葉も失って茫然としている。

暗くなると、油火を釣り灯籠《どうろう》に入れて、

「まもなく、お戻りでございます」

とて、中君が洗髪を終えて湯殿から戻ってくる由を女房どもが言う声がする。そうして、女君の御前ばかりは残して、あとはみな格子戸を下ろす様子である。

例の姫君の局は、もともと人気《ひとけ》を離れたところにしつらえ、背の高い棚付きの厨子を一対立てるやら、屏風を畳んで袋に入れ込んだのを所々に寄せ掛けるやら、なにかと雑然たる様子のままにしてある。ただ、現在は、こうして客人が身を隠しているというので、通路として障子を一間《ひとま》ほど開けてあるところから、右近という女房が入ってくる。右近は、大輔の娘に当たる女房で、やはり中君に仕えているのである。右近は、あちらの格子戸を下ろしてから、こちらのほうへ近寄ってくる気配である。

「まあ暗い。まだお灯明も差し上げないで。御格子《みこうし》を……一人で下ろすのは大変なのに……急いで下ろしてきたら、すっかり真っ暗で道に迷ってしまう」

と言って、また格子戸を引き上げる。

宮も、さすがに、〈これは困ったぞ〉と、この右近の声を聞いている。

乳母も、やはり〈なんという困ったことを……〉と思って、しかし、この乳母は遠慮などはせず、せかせかとして気の強い人であったから、

「もし、申し上げます。ここに、まことにけしからぬことがございますほどに、ほとほと見あつかいかねて、身動きもとれませせぬ」

と叫ぶ。右近は、

「何ごとでございます」

とて、手探りで近寄ってくる。すると、袿姿の男で、たいそう良い匂いをさせている人が、なんと女君に添い臥ししているのを発見……これはてっきりまた例の宮さまのお手癖の悪いお戯れであろうと思い合わせるのであった。しかし、まさか女のほうで、こんなことに同心しているはずもない、と推量されるゆえ、右近は、

「ほんとうに見るに見かねることでございますねえ。この右近といたしましては、さあて、どうやってお諫めしたらよいか……。そうだ、これからすぐに参上して、奥方さまにこっそりと申し上げようかしら……」

などと言いざまに、立っていこうとする。

そんなことは、あきれるばかり良からぬこと……と誰も誰も困惑したが、宮自身は、平気の平左であった。

〈うーむ、それにしてもぼうっとするくらい、貴やかで魅力ある人よな。やはり、誰なのかを知りたい。あの右近が話していた様子からすると、そうそう平凡な新参の女房ということではなさそうだ……では、いったい誰なんだ〉と、宮は、いかにも得心のゆかぬ思いがして、褒めたり賺《すか》したり、さまざまに恨みわたる。

姫君は、そのことを厭《いと》わしく思っている様子を露《あら》わに見せることもなかったが、内心

は、ただもう恐ろしくて、死ぬほど辛いと思っている面持ちで、それを見ればさすがに宮も気の毒に思い、やさしい態度で言い慰めなどもする。

右近、急ぎ中君に注進

かくて右近は、中君に、

「かくかくしかじかのことがございます。あちらの姫君がおかわいそうで、どんなに困惑しておいでいらっしゃいましょう」

と報告すると、

「なんと、またいつものうんざりするようなお振舞いね。あの姫の母親も、まさかこんなことになっては、どんなに軽率で、けしからぬことと思いなさることであろう。心配のないようにと、かえすがえすも頼んでいったものを」

とて、どうにも困ったなと思うけれど、〈……といって、なんといって宮に申し上げたものであろう……お手元に仕えている女房なども、すこしでも若々しくて見目《みめ》の良い者は、見逃すところなくお手をつけられる、ほんとうにけしからぬあの方のお心癖《こころぐせ》ゆえ、さてさてどうしたものか……でも、いったいどうやって、あの姫に気づかれたのであろうなあ〉と、あきれるばかりのなりゆきに、にわかに物も言うことができぬ。

明石中宮重病の急使至る

「きょうは上達部がたくさんおいでになっておられる日で、皆さまとあちらで遊び戯れなさいますために、とかくこういう日にはこなたへのお渡りも遅いものでございますから、女房たちはみな安心して休んでおいででした」

「しかし……ここはさて、どうしたらよろしゅうございましょう。あの乳母がまた、たけだけしいお人で……。姫君のお側にひしと座りこんで見張っておりましたが、どうかすれば宮を力任せに引きのけようとまでしかねない勢いでございましたよ」

とて、右近と少将の君と二人、中君付きの女房たちが困り果てていると、そこへ内裏から使いが来て、明石中宮が、本日夕方からお胸の具合が悪かったところが、ただ今はひどく重篤になって苦悶《くもん》している由を伝言させる。

右近は、

「おやおや、ずいぶん意地悪なときにご病気になられたこと。ともあれ、宮に申し上げましょう」

と言って立った。少将の君は、

「さてもさても、もう今となっては、事が済んでおりましょうほどに、わざわざお邪魔をしに行っても甲斐はなかろうということじゃ、愚かしく意味もないことで、あまり宮をおびやかし申し上げることのないようにね」

と引き留めるが、右近は、

「なんの、まだそこまではいってはおりませんでしょう」

と、こんなことを二人の女房たちは、小声で囁きかわす。これを耳にして、中君は、〈ほんとうに、耳にするのも疎《うと》ましい宮のご性格だこと、少しでも分別のあろう人がこんなことを知ったら、宮ばかりか、このわたくしをまで疎ましく思うだろうに……〉と思う。

右近は、いそぎ宮のいる西廂へ行って、内裏からの使いの申したことより、やや緊急らしく言いなす。しかし、宮は、そんなことではいっこうに動ずる気配もないような調子

で、

「そこに参っておるのは誰じゃ。また例によって、大げさに驚かすようなことを」

と言う。

「中宮職《ちゅうぐうしき》の侍にて、平重経《たいらのしげつね》と、さように名乗りましてございます」

右近は、そう報告する。

しかし、宮は、今ここを出て行くのがなんとしても残念で、人目を考慮する気持ちすらない。

困った右近は、一計を案じて、すぐにそこから簀子に出ると、くだんの使者を西の対西《にし》面《おもて》の庭先へ呼びつけた。そして、そこで改めて内裏よりの急使の趣を問い質《ただ》した。すると、その口上を取り次ぐ当家の家司《けいし》なども寄り来たって、

「中務《なかづかさ》の宮さま（匂宮の弟宮）参内遊ばされました。中宮職の大夫《だいぶ》もただ今参上いたします。ここへ参ります道すがら、これらの方々のお車を、ご門より牽《ひ》き出すところを見ましてございます」

と言上する。これを聞いて、さすがに宮も、〈なるほどそういえば、にわかに時々お具合が悪くなることが、なくもなかったな〉と思う。〈そうすると、中務宮やら中宮大夫《ちゅうぐうだいぶ》や

ら、その他お見舞いに参上した人も多かろうから、私が今ここでこんなことをしていたら、そういう公卿たちがなんとお思いになるであろうか〉と、きまり悪いような思いに駆られて、それはそれは別れを恨み恨み、またこの先のことを重ね重ねに契りおきなどして、姫君のもとから立ち出《いで》てゆく。

姫君は、なんだか恐ろしい夢から覚めたような心地がして、全身びっしょりと汗に濡れて臥《ふ》している。乳母も、そんな姫君を扇で煽《あお》いだりしつつ、

「かようなお住まいは、なにやかやと気を兼ねることばかり多くて、不都合でございますよ。こんなふうにして宮がお出ましになったからには、この先、なにも良い事はございますまい。ああ、恐ろしい恐ろしい。宮が、いかにこの上もないご身分のお方と申し上げましても、今のような油断のならぬお振舞いは、ほんとうに堪《た》えがたいことでございましょう。これが、特になんの姻戚《いんせき》関係もないような人であれば、ご縁の善し悪しなどをお考えになってもよろしゅうございますが、あの宮は、姉上中君さまのご夫君なれば、これはかりはなんとしても世間の外聞も聞くに堪えぬことと存じまして……心を鬼にして、お不動さまが悪魔を降伏《ごうぶく》したときの憤怒《ふんぬ》の相を出《いだ》して、かっと睨《にら》みまいらせておりました。されば宮は、なんという気色の悪い下衆下衆《げすげす》した女だろうと思し召して、これ、この手を、ぎ

ゅーっとお抓《つね》りあそばしたのは、まるでそこらの男たちの色恋沙汰めいて、それはもう可笑しく存じましたこと。……また、常陸の殿のお邸のほうでは、今日も、のっぴきならぬ大げんかをなさった由でございます。なんでも旦那さまが、『己《おのれ》の娘たった一人だけを特別扱いして、自分の子どもらをまるで見放すようなまねをして……、こうして婿の賓客がこなたにいらしていると申すに、なんだ勝手に外泊などして。とても見ていられぬわっ』と、さんざんに声を荒《あら》らげて北の方さまに申しなさったとか。下々《しもじも》の者どもまでが、聞いて気の毒がったそうでございます。すべて、あの少将の君とやら申す婿殿、あれがほんに憎たらしい感じのなさる方で……。もしかようなご縁談などが最初からございませんでしたら、ご家中は……そりゃ、心安からぬ面倒ごとなども、どうしたって折々にはございましたでしょうけれど……きっと平安に、今までと変わりもなくお過ごしでいらっしゃいましたろうに……」

など、おいおい泣きながら訴える。

姫君は、今のところはまだなにも考えることができない。ただ、ひどくきまりが悪くて、今までまったく経験したことのない目に遭っただけでも動転しているのに、またこのことを中君がどうお思いになるだろうと案じ患うにつけても、なにもかもが悲観されて、ひたすら俯臥《うつぶ》して泣くばかりであった。

そんな姫君の様子を、乳母は、ひどく痛ましく見ては、どうにも慰めかねて、

「どうしてそのようにお案じになるのでしょう。世の中に母親のいらっしゃらない人こそは、頼みにする人とてもなく悲しいものでございますよ。それは、世間の聞こえということで申しましたら、父のない人はずいぶん口惜しい身の上ではございますけれど、それでも、性格の悪い継母《ままはは》に憎まれて過ごすのに比べましたら、継父《ままちち》のほうがずっとましでございます。今はともかく将来は、母君さまが、きっと良いようにしてくださいますよ。ですから、そんなに悲観ばかりなさいますな。なにがございましても、あの霊験《れいげん》あらたかな初瀬の観音様もいらっしゃいますことゆえ、きっと深くお憐れみをおかけくださいますでしょう。もとより旅慣れぬ御身《おんみ》ながらに、ああして何度もしきりに御参詣あそばしますからには、ともすれば人が侮りがちなお身の上ながら、やがてからりと逆転して『ああ、こんな幸《さいわ》い人であったのだ』と思うほどのご幸運が、御身にございますように、とわたくしどもはお祈りしておりました。姫君さまには、どういたしまして、世間の物笑いのお身の上のままで終わられるなんてことがございましょうや」

とて、これから先はきっと安心らしく言い慰めている。

宮は、急ぎ参内する気配である。

この西側が内裏に近い方角なのであろうか、こちら側の門から出てゆくので、なにかと物を言う宮の声が聞こえてくる。その声は、たいそう気品があって、この上ない美声に聞こえ、それで情趣豊かな古歌などを朗詠しながら、門のあたりを過ぎてゆくのだが、その声に宮の色好みなる心を感じて、姫君は、なにがなし厭《いと》わしくてならぬ。

諸国の御牧《みまき》から宮中の馬寮《めりよう》に移し飼うている公用馬を牽き出して、宿直《とのい》に伺候する人々も、十人ばかり揃ってお供につき、参内してゆく。

中君、匂宮と薫と人格を思い比べる

中君は、こんな目にあった姫君が気の毒で、さぞいやな思いをしているであろうと思い、あえて知らぬ顔をして、こう言いやった。

「中宮さまがご病気だといって、宮は参内なさいましたので、今宵はお下がりになられることはございますまい。わたくしは、髪を洗ったのが応えたのか、どうも気分がすぐれませぬが、起きておりますので、どうぞこちらへおいでください。きっと所在なくておいでしょう」

姫君からは、

「気持ちがとても悪うございますので、すこし治まりましてから……」

と乳母を通じて返事がある。

「いったい、どんなふうにお加減が悪いの」

中君からは、また折り返し加減を聞いてくる。

「なにがいけませぬのか、はっきりいたしませず、ただただ苦しいばかりで」

姫君がそのように答えると、少将と右近は、目と目を見合わせ、

「きっと、さぞ居心地悪くお思いのはず……」

など言う。こんなことを中君付きの女房たちが囁くところを見れば、おそらく姫君には宮のお手がついたと皆が合点しているものと思われ、かかる状況で中君に呼ばれるのも、やや気の毒というものであった。

中君は、つくづくと思い続ける。

〈なんというまいましい、胸の痛むことでしょう。あの姫には、右大将の君が心を留《と》め

たみたいなことを仰せであったようだけれど、こんなことになっては、さぞ軽率な女だとお見下げなさろう。また、こなたの宮は、まことにあちらのほうがだらしないお方だけれど、私などには、聞くに堪えぬ根も葉もないようなことまでも、邪推をなさってはねちねちと言い……でも、自分がだらしない分、ほんに、多少は慮外《りよがい》なことがあっても、そこはそれ、見てみぬふりをする度量はおありのようだ。でも、大将の君のほうは、なにか嫌なことがあっても、それを口には出さず、ただ内心に厭わしく思っておくような、こちらが恥ずかしくなるような思慮深いところがある方、されば、願いと掛け違って物思いの種となるようなことが、あの姫の身の上に起こってしまった……。長《なが》の年月《としつき》あのような妹がいることは、見たことも聞いたこともなかった、そんな身の上の姫だけれど、じっさいの人柄や容貌《かおかたち》を見れば、どうしたって知らん顔はできないほど、いじらしげにかわいくて胸の痛む思いがするくらいなのに、ああ、男と女の世の中というものは、なんと過ごしにくく煩わしいものなのであろう……。私自身のこれまでを振り返っても、不満に思うようなことはいくらもあった。けれども、今思えば、こうして妹姫が遭遇したような、つまらぬ目を見たかもしれない我が身ながら、幸いに、さまで落ちぶれることもなく、かつがつに過ごしてきたのは、なるほど皆が言うように、それなりに悪からぬ運命だった。問題は、あの右大将の君の横恋慕……あの嫌らしい野心を持った人が、今後なにも事を構えずにさらりと諦めてくれるなら、もうこれ以上私が物思いに苦しむこともなくなるはずなのだけれど……〉

こんなことを、とつおいつ思いながら、ひたすら髪の乾くのを待っているのだが、なにぶんたいそう豊かな黒髪ゆえ、そうすぐには乾かしきれず、ずっと起きて座っているのも苦しい。そうして、白い袿一襲《ひとかさね》のみを身にまとっている、その容姿は、いかにもほっそりとして美しげであった。

姫君のほうは、実際気分がずいぶん悪くなってしまったのであったが、乳母が、

「そのように鬱《ふさ》ぎ込んでおられましては、まことに体裁も悪うございましょう。実際になにもなかったことは、この乳母しかと承知いたしておりますけれど、あちらさまでは、きっと何かがあったと邪推なさいましょうから、ここはぜひ、なにごともなかったように鷹《おう》揚《よう》に構えてお目にかかるようになさいませ。右近の君などには、事の一部始終を、わたくしからよくお話ししておきましょうほどに……」

と、こんなふうに強く勧めて、中君のいる母屋の障子のところへ進み出ると、

「もし、右近の君にお話しがございます」

と申し入れる。すぐに右近が出てきた。

乳母はさっそく語りかける。

「まことに、なにがなにやら分からぬようなことが出来《しゅったい》いたしました、その余波《なごり》にて、わが姫君は、お熱が出るようなことになりまして、まことにお苦しそうなご様子でございますので、お労《いたわ》しく拝見いたしております。されば、どうか御方さまの御前にて、お慰め申し上げていただきたく存じまして……。真実正真《しんじつしょうしん》、なんの過《あやま》ちもなくていらっしゃる御身なるに、たいそうきまりの悪い思いに悲観しておいでのご様子にて……かかることは、いささかなりとも男女《おとこおんな》の仲らいかれこれをご承知の人ならばともかく、姫君はまるでその方面はご存知なくておいでですから、どれほど胸つぶれておいでであろうかと思いますと、鬱ぎ込まれるのも道理と、お労しいことに拝見いたしております」

こう言い入れて、乳母は、傍らに臥せている姫君を引き起こすと、母屋の中君のもとへ参上させる。

中君、参上した姫君をやさしく慰める

姫君は、前後を忘じた状態で、あたりの人々がどう思うかと恥ずかしくてしかたないのだが、しかし、たいそう従順で鷹揚すぎるほどの人柄なので、乳母に押し出されて、そこに控えている。

額髪《ひたいがみ》などが涙で濡れそぼっているのを扇で隠しながら、灯火《ともしび》に背を向けている姿……女房たちは、中君を比類なく美しいと日ごろから思っていたのだが、いやどうしてどうして、この姫君もおさおさ劣るとも見えず、気高く美しい。

〈さてもさても、これほどの姫君なれば、いったん宮さまが思いをかけなさったら最後、どうしても心外千万なることが起こらずには済まされまい〉〈これほど美しい人でなくとも、新参の女房などには、かならずいたずら心《ごころ》をお持ちになるご性分ゆえ……〉と、右近と少将、側近の女房二人だけは……さすがに中君の御前に出た以上は、姫君もそうそう恥ずかしがって顔を隠してばかりもいられぬことゆえ……こんなことを内心に思いながら、この姫の相貌《そうぼう》を見ているのであった。

中君は、親しみやすい態度で姫君に話しかける。

「どうか、見馴れない気詰まりなところだなんて、お思いにならないでね。故姉君が亡くなられてから、一時《いっとき》として忘れる時もなく、せつなく、一人残された我が身のほども恨めしく、わたくしは世の中でもっとも不幸な人間のような気持ちで過ごしてきましたが、いまそなたのお姿を見れば、たいそう亡き姉君にそっくり、見るに心も慰められる思いがして、しみじみと身に沁みます。世に、姉君のようにわたくしを思ってくれる人など無いわが身、せめて、そなたが姉君のように思うてくださるなら、それはたいそう嬉しいこと……」

と、こんなふうにやさしく語りかけるけれど、姫君は、ひたすら緊張して、またもとより田舎びた心からは、うまく返答することもできず、やっとのことで口を開いた。

「長い年月《としつき》、とても遠い高いところにおいでの方とばかり存じておりましたが、今こんなふうにお目にかからせていただくのは、なにもかも慰められる心地がいたしております」

と、姫君はそれだけを少女のような声で言う。

中君は、物語絵などを取り出させると、右近にその文言を読ませて、絵のほうを見る。

やがて姫君も、絵を真ん中にして中君と向かいあいながら、恥ずかしさも忘れて一心に見入っている……その姿が、先ほどまでは背を向けていた灯火の光に、今は照らされてよく見える。すると、どことといって見劣りのするところもなく、繊細な美しさをたたえているように見えた。額のあたりや目許など、ふわりと薫り立つようで、まことにおっとりとした貴《あて》やかさは、まさに余人ならず、かの大君その人かと思い出される気がする。これには、中君も、絵などどうでもよくなってしまって、〈ああ、なんと心に沁みるほどよく似た容貌《かおかたち》……どうしてまた、ここまで瓜二つなのであろうな。たぶん故父宮に二人ともよく似ているということなのであろうぞ。亡き姉君は父宮に似、私は母上に似ていると、よく昔から仕えていた女房たちも申していた……なるほど、ここまで似ている人ともなると、なつかしさも並々でない〉と亡き父や姉の面影と、この姫の相貌とを、つい心のなかで引き比べながら、涙ぐんで姫君を見ている。

〈姉君は、どこまでも貴やかで凛《りん》とした気品を具《そな》えておいでであったけれど、でも、お心ざまは親しみ深くって柔和《にゅうわ》で、どうかすれば度を越してなよなよと優しく危なっかしい感じがなさったものだが、こなたの姫はまた、振舞いが物馴れせず、なにについても物怖《お》じしがちなせいだろうか、見どころの多い典雅《てんが》な美しさは多少見劣りするけれど、これで、もうすこしなにか由緒ありげな様子が身に付いたら申し分ないこと。そしたら、あの右大将殿がお通いになるようなことになっても、さらさら不似合いということはなかろうな〉などと、すっかり姉らしい心になって将来の身の振り方まで思い巡らす。

女房ども、宮との仲らいをめぐって議論す

それから、姉妹二人、なにくれとなく物語などして、暁がたになって、やっと床に就いた。中君は、妹姫を傍らに寝かせて、亡き父宮のことども、とりわけ生前にどんなふうであったかという有様など、ほんの片端《かたはし》ずつながら語り聞かせる。その話を聞くにつけても、姫君は〈ああ、お目にかかりたかった。でも、とうとうお顔を拝することもできぬまになってしまったのは、口惜しく、悲しい……〉と思っている。

いっぽう、昨夜の一件を心得ているつもりの女房たちは、

「さて、いったいどうだったのでございましょうね」

「これほど、いじらしいようにかわいいお姿ですもの、上さまがどんなに懇《ねんご》ろに思し召すとも、さあて、宮のお目にとまってしまった以上は、なんの甲斐もございますまいに

……」

「ほんに、お気の毒……」

など口々に言い交わしている。これには、右近が黙っていられぬ。

「そんなことはございますまい。あの御乳母が、わたくしを目の前に座らせてとやかく語り訴えた様子では、まだお手などはついていないやに申しておりましたぞ。宮も、それあの『臥すほどもなくて明けぬる夏の夜は逢ひても逢はぬここちこそすれ（寝《やす》んだと思う間もなく早《はや》明けてしまった夏の夜は、恋しい人と逢っても逢わぬ心地がすること）』というようなことと見えて、そんな歌を口ずさみながら、お帰りでございましたよ」

「いいえ、なにかあったからこそ、わざとそんなことを口にされたのかどうか、そこは分かりませぬぞ」

「でも、昨夜の、あの火影《ほかげ》のもとで、ゆるゆるとしたご様子で物語絵などご覧になっていたのを拝見しては、とても何ごとかあったようには見えませなんだが……」

など、しきりと囁きあっては気の毒がっている。

姫君、二条院から去る

乳母は、車を頼んで、常陸介邸へ戻った。

そうして、母君に、昨夜はかくかくしかじか、と報告すると、びっくりしたのは母君、まさに胸の潰《つぶ》れる思いがして、おろおろあわてふためく。

〈さようなことがあったとすれば、二条院の女房たちも、さぞとんでもないことを言いもしようし、思いもしよう。されば、中君だってどんなふうに思っておいでであろう。こういう男女《おとこおんな》の間のやきもちの沙汰は、貴きも賤しきも関係あるまいし……〉と、自分の日ごろの嫉妬心から類推して、居ても立ってもいられない思いになる。それで、ついに夕方ごろ、二条院へ駆けつけた。

折しも宮は不在であったので、母君は心安く思って、

「なんとしたことか、いつまでも幼稚な娘をこなたにお預けして、やれもう安心だとお頼み申しておりましたところが、……なにやらあったと聞いて、心配性の鼬《いたち》のようにそわそわとしてしまいまして、矢も楯もたまらず、またこうして家を後《あと》に、出向いてまいりまし

た。こんなことで、また内かたのつまらぬ者どもに、勝手に家を空けるとやらなんとやら、憎まれ口をたたかれることになるのでございます」

などと言った。これを聞いて中君は、

「いえいえ、そのように言うほどの幼稚さでもないように見えますけれど、なにやら心配らしく顔色を変えて、『鼬の目蔭《まかげ》』とやら、きょろきょろと手《て》翳《かざ》しする鼬よろしく駆けつけておいでになったのは、なんのことかと案じられますが……」

と手を目の上に翳してみせながら笑った。そう言われて、母君は思わず、こちらが恥ずかしくなるほど凛とした中君の目のあたりを見る。すると、おのれの疑心暗鬼ぶりが、ひどく恥ずかしくなった。母君は、〈ああ、昨夜のこと、この方はなんとお思いになっておられるだろう〉と思うと、どうしても自分から、昨夜のことは言い出せぬ。

「こうして、わが娘が上さまのお側に居させていただいておりますのは、年来の宿願が叶った心地がいたしまして、このことをよその方々が漏れ聞いたといたしましても、まことに体裁もよろしく、面目の立ちますことのように存じます。さはさりながら、やはりご遠慮申してしかるべきことでございました。しょせん、いずれは深い山に隠れて尼に、という本心は、決して変ろうはずもございませぬに」

とばかり言って、よよと泣き崩れる。中君は、あまりにかわいそうに思って、

「こなたの邸で、いったい何を以て気掛かりにお思いになるべきことがありましょうぞ。ともかく、仮にも、わたくしがかの姫をないがしろにして見放し申したとでもいうのなら、それはご心配かもしれませぬが、まず、けしからぬ癖があって、よろしからぬ人が、時々お見えになるようではありますが、その点は、皆々重々承知をしておりますほどに、せいぜい気を配って、不都合なことがないように努めよう、とそう思うているものを、いったいなにをどうご推量なさっておられるのやら」

と言う。

「いえ、上さまがなにかお心隔てをなさっているのではないか、などとは夢にも思い申さぬことでございます。もとより、きまりわるきことに、故宮さまが、あの娘をわが子とお認めくださらなかったことについては、このうえ、なんとしてちらとも申し上げることがございましょうか。それはもう良いのでございます。ただ、父宮さまのお血筋のほうでなくて、御母北の方さまの御血縁に連なるわたくしどもなれば、やはりお見捨てにはなれぬ絆《きずな》もございますので、そこにお縋《すが》りしてお頼み申し上げようと存じます」

母君は、こんなことを一心に訴えてから、

「では、明日明後日《あすあさって》の両日は、重い物忌みに当たっておりますほどに、謹慎生活をきちんと守れるところで過ごしましてから、またこちらのお邸へ参上いたさせましょう」

と言って、娘を連れて出て行く。

〈なんと気の毒な、また不本意なことであろうぞ〉と、中君は思うけれど、といってとうてい引き留めることなどできはしない。

母君は、この呆れるばかりけしからぬ出来事にびっくりして、気も動転してしまっているので、ろくろく退出の挨拶も申さずにあたふたと出ていった。

三条あたりの小家に姫君をかくまう

じつは、こういう時の方違《かたたが》えの場所にと思って、母君は、かねて小さな家を用意しておいたのであった。それは三条あたりにある、小洒落た家であったが、まだ建築の途中であったゆえ、はかばかしい調度なども揃っていない。

「ああ、そなたのこの御身一つを、万事につけて持て扱いかね申すことじゃ。思いのままにならぬ世の中には、このままとうてい生き長らえてゆけるものではありませぬ。私自身だけのことなら、それはもうなんとしてでも身分を隠し、下ざまの者に身を窶《やつ》してなりとも、そこはかつがつに隠れ過ごして生きてもいけましょう。この宇治のご一族のほうは、私たちに冷淡なお仕打ちをなさって、それはもう情無い、辛いと恨めしく思い申していたのですけれど、そこを、こちらからお親しく願ったその果てに、なにか不都合なことが起こりでもしたら、それこそひどく物笑いの種ともなりましょう。ああ、やるせない……ここはこんな異様な家ですが、人には知らせることなく、きっと隠れていらっしゃい。その間に、なんとしてでもうまく身の立つようにしてあげますから」

と言い置いて、母君は、帰って行こうとする。

姫君は、わっと泣いて、〈どこにも身の置き所のないわたくし……〉と鬱《ふさ》ぎ込んでいる様子は、ひどくかわいそうであった。が、まして親の身になってみれば、大事な姫がもったいなくて惜しくて、この先つつがなく思いのままの良縁を得させてやりたいと思い、あの匂宮のいたたまれぬような曲事《くせごと》が出来したことについては、世の人々からなんと軽率な女だと思われもし、噂にも立つかもしれぬと思うと、それはもう安からぬ思いに駆られるのであった。

この母君は、決して分別のない人ではないのだが、どこか腹を立てやすく、我がままなところが少しあるのであった。

常陸介の邸にあっても、姫を目立たぬところに隠しておくことはできただろうが、そんなふうにこそこそと日陰者のような暮らしでは姫がかわいそうだと思うゆえに、こうあれこれと苦労をするのである。しかし、今まで片時として母の側を去らずに、明け暮れ顔を見て暮らしていたので、こうして別れて住むことは、親子ともに心細く堪えがたいことに思っている。

「この家は、まだこんな未完成の家で、なにかと不用心《ぶようじん》な所のように見えます。だからよく気を付けるのですよ。あちこちの部屋にいる侍女《じじょ》どもを、適宜召し出してお使いなさい。宿直《とのい》の番人のことなども、よく申し付けてありますが、それでも気が揉めてなりません。でもね、常陸介の家のほうでは、今ごろまたかんかんに怒って、ぶつぶつ恨み言など言っているでしょう。それがほんとうに辛いから……」

と言って、母君は、泣きながら帰ってゆく。

常陸介の婿となった少将の実相

常陸介は、なにしろこの婿殿の少将をもてなすことを、なによりも大切なことと思って準備万端整えるについて、この妻が心を一つにして働いてくれぬ、それはもうじつに格好がつかぬ、と恨みわたるのであった。しかし、母君にしてみれば、〈まったく嫌になる、この少将のせいで、こんな大混乱が起こっているのだから〉とて、ことは自分にとってもっとも大切な姫の行く末がかかっているだけに、少将なんて奴のことは、ひたすら嫌だ、厭わしいと思っているから、ろくろく世話もしようとしない。それに、匂宮の御前で、まるで人の数にも入らないような軽輩ぶりが露顕して、がっくりと評価を下げてしまったのだから、秘かに自分の大切な婿殿として面倒を見よう……などと思っていたことも、きれいさっぱり消えうせていた。

〈でも、あの貧相な少将殿も、この常陸の家では、どのように見えるだろう……まだ家族として気を許したところを見ていないが……〉と母君は思って、くだんの婿殿がのんびりとしている昼ごろに、西の対のほうへ渡ってきて物陰から覗き見た。

すると、白い綾絹《あやぎぬ》の着馴れてしんなりとした下衣《したごろも》に、今様色《いまよういろ》（紅染）のこざっぱりとした袿を着て……その袿には、砧《きぬた》で柔らげた擣《う》ち目がくっきりと見えている。今、廂の端近なところに座って庭の植込みを見ようとしている、その風采を見れば、どこと言って劣ったところもなく、たいそうさっぱりと美しげな様子よな、と見えた。

その妻たる娘は、まだまだ未熟な体格で、なんの屈託もなさそうに、少将の脇に添い臥ししている。自然に、匂宮と中君が二人並んでいたところが思い出されて、〈まるでがっかりするような夫婦《めおと》ぶりだこと〉と見えてしまう。少将は、側に控えている年かさの女房になにか戯《ざ》れ口を叩《たた》いて、いかにものんびりくつろいでいるのは、いつぞや匂宮の御前で見たときのようには、みすぼらしく風采悪くも見えなかったので、〈あれは、もしかしたらこの少将ではなくて、これとは別の少将ではなかったかしら〉と思った折も折、こんなことを言ったことであった。

「あの兵部卿の宮の萩《はぎ》な、あれはやっぱり格別結構なものであったよ。よくもあんな種《たね》があったものだ。この庭の萩と同じ萩なのだが、その枝ぶりに、そりゃもう優艶な趣があってな。こないだ宮邸に参上した折には、ちょうど折悪《あ》しく宮がお出かけになるところであったので、ばたばたして折り取ることも叶わなかった。そしたらな、『移ろはむことだに惜しき秋萩に折れぬばかりも置ける露かな（色が褪《あ》せてしまうことだけだって惜しまれる秋萩に、いまやその枝も折れぬばかり一杯置いている露よな）』という歌を朗々と吟詠なさったのを、うちの若い女房衆にも一目見せてやりたかったがな」

などと言っては、少将自身も歌を詠んでいる。

母君は、つい、

「さても、この男の心根《こころね》の賤しさを思えば、まず人並み以下というところね。出るところへ出ると、その見劣りすることは大変なもの……それしきの者が、なにを一人前に歌など詠んでいるのやら」

と呟《つぶや》きが漏れてしまう。とはいえ、この男とて、まるで風流っ気のかけらもない人物とは、さすがに見えないので、母君は、〈いったいなんと返歌を詠んでよこすやら〉と思って、試みに歌を詠み懸ける。

しめゆひし小萩《こはぎ》がうへもまよはぬに
いかなる露にうつる下葉ぞ

禁《し》め縄を結《ゆ》い渡して、きちんと約束をした小萩のほうは迷わずに待っていたのに、

さてどんな露が置いたからとて色を変えた萩の下葉なのやら……

小萩のような姫は真面目に待っていたのに、さっさと約束を変じた人の心はどういうものか

……

この歌を聞いた少将は、さすがにかわいそうに思って、

「宮城野《みやぎの》の小萩がもとと知らませば

つゆもこころをわかずぞあらまし

あの姫が、宮城野の小萩……宮様の姫君……だと知っていたら、

その葉末の露(つゆ)ではないけれど、つゆほども心を他の人に移したりなどしなかったものを

どうでしょう、ことの次第を、なんとか私自ら姫君に申し開きたいと思いますが」

と言うのであった。

〈さては、姫があの故八の宮の落し胤《だね》だと、どこかで聞いたものとみえる〉と思うにつけても、ますます身分柄に相応しい婿殿を探さねばと、それればかりが母君の心を占めてい

る。と、こんなときに不謹慎ながら、あの右大将の薫君の容姿風貌が、恋しくも面影に彷彿する。同じようにすばらしい男ぶりと拝見するものの、宮のほうはこの際問題外で、心惹かれることもない。〈……しかも、あんなふうに姫を侮って押し入ってきた事実を思うだけでも、癪に障るけれど、こなた大将殿のほうは、そのようにわざわざ尋ね出《いだ》して思いを懸けようというお心はありながら、いきなり求愛したりはなさらない。それで、なにごともないような顔をしているところなど、まことに大したもの、私だって、なにかにつけてあの君の面影が浮かんでくるのだから、若い姫君は、まして胸を焦がすように思い出し申し上げていらっしゃるだろう。それにつけても、こんな憎《にく》たらしい男をわが姫の婿に、など思ったことは、まったくみっともない仕儀であった……〉など、ただ姫のことばかりが心に掛かって、日がな物思いばかり、こうしたらよいか、いやああしたらよかろうかと、なにやかや姫の行く末について、よかれと思う理想ばかり考え続けているものの、やはり、実現はほんとうに難しい気がしてくる。

〈……右大将の薫君は、もとより高貴のお身の上といい、お振舞いといい、申し分なく、また、現にご正室としてお迎えしておられるお人は、さらに並外れたご身分の内親王だった方だし、そう考えてゆくと、わが娘をどんなふうに思ってお心を留《と》めてくださるだろうか。いや、公家社会一般の様子を見聞するにつけて、人柄の善し悪し、品格の貴賤、いずれも生まれつきの身分に従って決まってくる。容貌《すがたかたち》から、心の劣り勝りに至るまで、すべて同じこと……。私の子どもらを見ても、八の宮の血を引く姫君に肩を並べられる者がいるだろうか。……あの左近少将など、常陸介の家の中ではまたとない殿御のように思っているけれど、なんの、宮を拝見した目で見比べれば、もうもうまるでがっかりするような男であったことからも類推することができる。ただ、今上陛下のご鍾愛《しょうあい》なさる御娘《おんむすめ》を正室にお迎えなさっているような方が、そういう高貴の姫君を見馴れている御目でわが姫をご覧になったら、さてまことにまことに恥ずかしい限り……どうしたってきまりの悪い思いをせずにはいられまい……〉と思うほどに、わけもなくぼんやりと気の遠くなるような思いがするのであった。

三条の小家に隠れている姫君の日々

さて、三条の隠れ家なる姫君にとっては、かかる仮の宿りはまことになすこともなく退屈で、庭の草までも気の滅入るような感じがするうえに、賤しい東国訛りの者どもばかりが出入りして、心の慰めに見るような植込みの花ひとつ無い。全体にまだどこも不備な家で、晴れ晴れとしない思いで明かし暮らしていると、かの匂宮の上（中君）の様子を思い出して、まだ若い娘心には恋しく思われる。すると、あんな嫌らしい振舞いに及んだ宮の様子も、やはり自然と思い出されて、〈……あの時、宮はなにを仰せになっていたのだろう……なにやかや、やさしげな口調でおっしゃっておいでであったが……〉と、宮が立っていかれた名残の香も、まだ漂っているような心地がして、ふっと、あの時の怖かった気持ちまで蘇《よみがえ》ってくる。

母君は、この心細い暮らしをしている姫君に対して、ここはせめて母親らしく励ましてやろうと思って、しっとりと心のこもった手紙を書いてよこした。その文を読むにつけても、姫君は、〈……母君がこんなに心をこめて、胸の痛む思いでわたくしの行く末などを心配してくださろうというのに、自分はそんな甲斐もないような情ない有様で……〉と、よよと泣けてきてしまう。そうして、母君の手紙に「そのように退屈な家で、どんなに住み馴れない思いをしていることでしょう。いましばらく我慢してお過ごしくださいね」と書いてあることへの返事として、

「退屈との仰せですが、なんでもありません。それどころか、却って気やすいくらい、

ひたぶるにうれしからまし世の中に

あらぬところと思はましかば

とてもとても嬉しく思うことができましょうものを。もしここを辛い世の中から
離れた別天地だと思うようにしたならば……」

と、幼くもけなげなことを書いてある。これを見るほどに、母君は、ぽろぽろと涙を流して泣き、〈こんなふうになんのあてどもなく彷徨《さすら》わせるような目に遭わせてしまって……〉と身に沁みて悲しく、

憂き世にはあらぬところをもとめても

君がさかりを見るよしもがな

こんな辛い俗世ではないところ、どこかすばらしい別天地を捜し求めてでも、
あなたの栄えるところを、なんとかして見ることができたらよいのに

と、せめては思ったまま素直なことを詠み交わして、互いの心を安んじるのであった。

薫、また宇治に下って新築の山荘で弁の尼に面会

かの薫の右大将殿は、また例によって、秋も深まる時分になると、つねづね宇治に行き通ったことを思い出しては、寝覚め寝覚めに亡き大君のことは忘れもやらず、ただもう哀痛の思いに駆られなどしている。やがて、かつての宮の山荘を寄進した山寺の御堂《みどう》が完成したということを聞いて、みずから宇治に出向いていった。

久しく見なかったことゆえ、山の紅葉もめずらしい感じに眺められる。解体した寝殿の跡に、新たな山荘が、このたびはたいそう晴れ晴れとした風情に建て直してある。その昔、宮は、質素そのものの、まるで修行者さながらの暮らしぶりをしていたことを思い出すと、また亡き宮が恋しくてならず、こうして今、宇治の山荘が、すっかり様を変えてしまったことも口惜しく思うくらい、いつになくしんみりと物思いに耽りながら眺めている。

思い出してみれば、かつての山荘では、母屋《もや》の西面《にしおもて》は仏間《ぶつま》としてたいそう尊《たっと》げにしつらえてあったし、また反対側の東面は姫君がたの部屋で、そちらはいかにも女らしく細《こま》やか

な調度で飾ってあった……などなど、かの山荘のしつらいは、一様ではなかったものを……と薫は思い出す。網代屏風《あじろびょうぶ》やらの無骨《ぶこつ》な調度類は、山の阿闍梨の御堂の僧房の道具として、特に役立てさせるように命じてあった。そうして、いかにも山里らしい道具類を、わざわざ新たに造らせて、見たところはそれほど質素というのでなくて、こざっぱりと見える趣味ながら、なかなか由緒ありげにしつらえてある。

薫は、遣水《やりみず》のほとりの岩に腰掛けて、一首の歌を詠じた。

絶え果てぬ清水《しみづ》になどかなき人の
面影をだにとどめざりけむ

こうして滾々《こんこん》と絶えることなく湧きいずる岩清水に、どうして亡き人たちの面影だけでも留《とど》めておいてくれなかったのでしょうか

涙をぬぐいながら、薫は弁の尼の部屋に立ち寄った。

弁は、薫の姿を拝するにつけても、ひどく悲しいばかり、ただ顔を顰《しか》めて泣きべそをかいている。簀子に上がった薫は、そこから一段高くなった廂の間の下長押《しもなげし》にちょっと腰を

掛け、簾《すだれ》の端を引き上げて尼と物語をする。尼は、几帳の蔭に隠れながら相手をしている。

やはり話のついでに、薫は、

「いつぞやの『身代わりの姫』は、さきごろ匂宮の邸に移ったと聞いたが、さすがに、なんだか気恥ずかしいような気がしてね、なかなか訪ねてゆくこともできないのだ。されば、そなたから、よしなに伝えていただきたい」

と、かの姫のことを口にした。

「せんだって、かの母君から手紙がまいりましてね……なんでも、姫君は、物忌みの方違《かたたが》えとやらにて、あちらこちらと、転々としているようでございます。で、最近は、みすぼらしい小家《こいえ》に身を隠しておいでとみえ、それも母君としては胸が痛むというわけで、『もし宇治の里が、今少し近間《ちかま》でございましたら、あちらへお移しして安心もできましょうけれど……なにぶん、険しい山道でございますから、そうそうたやすく決心もできかねております……』と、さようなことを書いてまいりました」

弁の尼は、そんなことを言った。

「うむ、人々がみなそんなふうに恐ろしい思いをすると見える山道だが、私だけは、昔を忘れず、こうして踏み分けて来るのだぞ。ほんとうに、どれほど深い前世からの因縁で結ばれているのであろうと、そう思うと、胸がいっぱいになるわ」

薫は、そう言っていつものように涙ぐんだ。それからまた、

「ではな、その姫が隠れているという、心安くできるというところへ、私の思いを言いやってはくれまいか。あるいは、そなたがみずからそちらへ出向かれる気はないか」

と尋ねる。弁の尼は、

「仰せのとおりにお伝え申し上げるのは、いともたやすいことでございます。ただ、この年になって今さらに京を見にゆくなどは、億劫《おつくう》でございましてね、匂宮さまのところへすら、なかなか参れませぬくらいで……」

と、そう言った。

「どうしてさようなことを申す。なんだかんだと人々が噂をするようなことになっては面倒だが……しかし、愛宕山《あたごやま》に籠《こも》り行《ぎょう》をしている修行者《しゆぎようじや》だって、時と場合によっては山を出ないものでもあるまい。それどころか、山籠修行《さんろうしゆぎよう》の深き誓いを破ってでも、助けを求める衆生《しゆじよう》の願いを叶えてくださるのこそ、尊い仏の道ではあるまいか」

「さてさて、わたくしごときは、衆生済度《さいど》の力とてもございませぬに、……うかうかと上

京して、それが人の知るところとなりましたら、それこそ人聞きの悪い噂などもたちましょうほどに……」

尼は、これはまた迷惑なことをと思っているが、薫はあきらめぬ。

「いまこそ、もっとも良い折なるものを」

と、いつも消極的な薫には似合わぬ仕方で、無理強いして、

「あさってのほどに、迎えの車を差し向けさせましょう。だから、それまでにその仮の宿りの場所を突き止めておいてくれ。いや、私は、ゆめゆめ愚かしい曲事《くせごと》には及ばぬほどにな……」

などと、にっこりしながら言う。尼は、〈さても面倒なことを……いったいなにをお考えなのであろうか〉と思うけれど、〈もともとこの君は、軽々しく浮ついたところのないお人柄ゆえ、当然のことながらご自身の御為《おんため》にも、人聞きの悪いようなことはなさらぬよう自重されるであろう〉と考えて、

「さらば、承りました。が、その仮の宿りとやらは、三条のお邸に近いところのようでございます。できましたら、まずはお手紙などお遣わしくださいますように。わたくしなどがわざわざ賢《さか》しらぶったことをして、お取り持ちをするように思われますのもねえ……今

さらに伊賀の仲人姥《なこうどうば》みたようなこと……きまり悪うございますもの」

と、慎重なことを言う。

「手紙か、それならおやすいご用だ。とかく人の口に戸は立てられず、なかなかやかましいものだからな。きっと『右大将は、物好きにも常陸介ふぜいの娘に求婚しておるそうな』などと、取沙汰《とりざた》するかもしれぬ。その常陸とやらは、たいそう無骨な男のようだしな」

薫がこんなことを言うと、尼は、ほほほっと笑って、〈こんなことまでいちいちお気になさるのは、お気の毒に〉と同情する。

薫、山の草木を二の宮への土産にもち帰る

暗くなってきたので、薫は帰ってゆく。道々、木々のもとに咲く美しい秋草の花々、あるいは紅葉した枝などを折らせて、これは北の方の二の宮に披露する。

宮は、右大将家に降嫁してきた甲斐もなくはない生活をしているはずだが、とはいえ、薫はただ鞠躬如《きっきゅうじょ》として畏《かしこ》まり祀《まつ》り上げるというような様子で、心から打ち解けて睦《むつ》びあう

という風情ではないようであった。

内裏の帝からも、まるで普通の親さながら、女三の宮にまでも二の宮のことをよろしく頼むという御意が伝えられるので、この上ない正室として、薫はひたすら大切に思ってはいるのであった。さては、帝からも母の女三の宮からも、大切に大切に思われている二の宮に対して、婿として誠心誠意仕えなくてはいけないところへ、面倒な密事《みそかごと》の恋が絡んできたのは、なかなか大変なことであった。

弁の尼、宇治を出て仮住まいの姫君を訪問

明後日と弁の尼に約束しておいた、その当日の早朝、よく気心の知れた下級の家来一人を車添えに付けて、世間に顔を見知られていない牛飼いを特に選んで車を牽《ひ》かせ、宇治への迎えに遣わした。

「よいか、むこうのほうの荘園の者どもで、いかにも田舎くさい者を召し出して、警固に付けよ」

薫は、家来にこう言い含める。田舎者の道中らしく装うのである。

弁の尼には、必ず京へ出てくるようにと、くれぐれも申し付けておいたので、尼としては、ひどく気が引けて辛い思いであったけれど、せいぜい粧《めか》し込み身ごしらえを調えて迎えの車に乗った。

道々、野山の景色を見るにつけても、昔から今にいたるさまざまの出来事が、それからそれへと思い出されて、ただ物思いにくれながら、日の暮れがたに、やっと京へ着いた。くだんの三条の隠れ家は、たいそう物寂しげで人気《ひとけ》もないような所ゆえ、車を門のなかへ引き入れて、

「しかじかの者が参上いたしました」

と、道案内として伴なってきた男を通じて言い入れると、かつて初瀬詣での途次、宇治の山荘に立ち寄った時に、姫君に随行していた若い女房が出てきて、尼を車から降ろした。

姫君は、こういう殺風景なところで終日《ひねもす》物思いに明け暮れているところであったから、弁の尼のような、昔語りでも出来そうな人が来てくれたのは嬉しく、すぐに部屋に呼び入れる。姫君から見れば、この尼は、父親として長く思慕を寄せていた八の宮に、側近く仕えていた人だと思うゆえ、より睦まじい気がするのであろう。

「心中秘かに、しみじみとおなつかしい姫さまと思うてお姿を拝しまして以来、一日として思い出さぬことはありませなんだ。されど、ご覧のとおり、この俗世を捨て果て申した身でございますれば、あの二条の宮邸の中君さまの御許《おんもと》にすら、参上いたさずにおります。けれども、あの右大将殿が、訝《いぶか》しいほど御熱心に仰せになりますので、えいっと思い切って山より出てまいりました」

まず弁の尼は、こんなことを言った。

姫君も、乳母も、あの二条院でその姿を一瞥《いちべつ》し、なんとすばらしいのだろうと思っている薫の風采であったから、その君が、忘れることもなく、こうして言葉をかけてくれるというのも身に沁みてありがたく思うゆえ、やわか、下心にとんでもない計略を巡らしているなどとは思いも寄らぬ。

薫、密かに三条の小家を訪なう

宵を少し過ぎた時分であった。

「宇治から使いの者が参りました」

と言って、門をそっと叩く者がある。

弁の尼は、〈もしや、大将殿であろうか……まさか〉と思うけれど、すぐに門を開けさせてみると、牛車を引き入れる気配がする。

〈やや、なぜに車など……〉と、姫君近侍の女房たちは訝《いぶか》しんだが、

「尼君に対面を賜りましょう」

と言って、この近辺の荘園の預かりの者の名を名乗ったので、尼は戸口に躙《にじ》り出た。

雨がざっと降り注ぎ、風はひやりと吹き込んできて、その風が、えもいわれず良い薫りを運んでくる。それでわかった……〈あ、薫君が……そういうことだったのか〉と、邸うちの誰も誰もが心をときめかすほどに、その薫りはすばらしいのであった。

しかし、何の用意とてなく、家の内はまだむさくるしいままで、こなたはまさか薫がやってくるなど夢にも思っていないから、女房たちはうろたえながら、口々に、

「なんでしょう、さて……」

「これはいったいどういうことなのかしら」

など言い合っている。

「安心なところ……と伺いましたので、ここ幾月もわが胸に思い余ることを、申し上げた

くて……参りました」

薫は、弁の尼を取り次ぎに、そう言い入れる。

〈そんなことを言って、なんとお返事したものか……〉と、姫君は、困惑を極めている。

これには乳母が見るに見かねる思いで、

「とにもかくにも、こうしてお見えになってしまったものを、まさか立ったままのご挨拶だけでお帰し申し上げるわけにもまいりませぬ。この上は、常陸殿のお邸のほうへ、かくかくしかじかと、密かに申し上げましょう。ここからは近いところでございますから」

と言う。弁は、

「子供でもあるまいに、なぜそのようなことをなさる必要がありましょうぞ。お若いお方どうし、ゆるゆるとお話などなさいますのは、そこからすぐにわりない仲になるべくもないことにて、それも、あの君は、不思議なほどにおっとりとしたお心構えで、また深いお考えをお持ちでいらっしゃいますから、よもや姫君のご承引《しょういん》なきままに狎《な》れ狎れしいまねはなさらぬはず……」

などと言っているうちに、雨は次第に強くなり、空はますます暗い。

宿直《とのい》の番人の声は聞きも馴らわぬ東国訛《なま》りにて、その者どもが夜回りをしている。

「家《やか》の東南《たつみ》の崩れが、たいそうあぶねえ」
「おっと、この誰ぞのお車を、中に入れるんであれば、さっさと引き入れてご門の鍵を掛けよ」
「まったく、こういう人のお供人なんて、気の利かぬことはひでえもんだなあ」
など怪しい言葉遣いで怒鳴り合っている。それを聞くにつけても、東訛《あずま》りなど耳馴れぬ薫にとっては、なんだか気味悪く恐ろしい気がしてくる。
薫は、
「苦しくも降り来る雨か三輪が崎佐野のわたりに家もあらなくに（おお、つらくも降ってくる雨よな、三輪が崎の佐野のあたりには家もないのに）」
と、名高い古歌を口ずさみながら、田舎びた造りの簀子の、そのまた端のあたりに腰をかけている。そうして、
さしとむるむぐらやしげき東屋《あづまや》の
あまりほどふる雨《あま》そそきかな
さていったい、戸口を閉ざす雑草がみっしりと茂っているのでもあろうか。この東屋の軒の

あたりに程経（ふ）るまで待たされているうちに、降（ふ）る雨の滴にすっかり濡れてしまったが
……

薫は、催馬楽『東屋《あづまや》』の「東屋の、真屋《まや》のあまりの、その雨（あま）そそき、われ立ち濡れぬ、殿戸《とのど》ひらかせ。かすがひもとざしもあらばこそ、その殿戸、われ鎖《さ》さめ、おしひらいて来ませ、われや人妻（寄棟の家の軒先の、切妻の家の軒先の、その雨垂れがかかって、私は立ち濡れてしまった、どうかその戸を開いておくれ。なんの、鎹《かすがい》も錠《とざし》もあるものですか、その殿の戸は何も閉ざしてはおりませぬほどに、どうぞ押し開いてお入りくださいな、私は人妻でもあるまいに）」と謡う文言を下心に思いながら、こんな歌を詠じては、袖の雨滴《うてき》を払う。するとそのたびに、またあの芳しい香りが風に乗って漂ってきて、室内もただならず香り満ちるゆえ、さすが風雅を解さぬ東人どもも、びっくりして目を覚ますに違いない。

ああもしようか、いやこうもしようかと、知恵を絞ったところで、ここに至って、もはや逃れる方法もなさそうに思われて、やむなく、南の廂の間《ま》に御座《おまし》を調《ととの》えて、薫をそこへ招じ入れる。ただし、姫君は、気安く対面などするはずもない。が、女房たちが何人も力

を合わせて、姫を端近いところまで押し出す。仮の家とて、まともな建具も揃わず、廂と母屋《もや》の間は、遣《や》り戸（引き違い戸）とやら呼ぶ下世話な建具で隔てられていて、それに錠が鎖《さ》してある。それでも、声の通う程度には細く開けてある。

「開《あ》けてあっても開《ひら》かぬこの遣り戸とやら、飛騨《ひだ》の匠を恨めしく思うような隔てよな……。このような戸の外に締め出されているなど、いまだ経験したこともないが」

薫は、せめてそう言って嘆き訴える。

……が、さてどうしたことか、ふっと戸が開いて、薫は母屋の内に入った。

そうして、あの亡き大君の身代わりになってほしいという、予《かね》ての願いなど、どこ吹く風で、ただ、

「ふとしたものの合間から、そなたを一目見てから、わけもわからず恋しくてならぬ……これは、そうなるべき前世からのご縁があるのであろうか……ともかく、我と我が心が不思議なほどに、思い申しているのです」

などと、心こめて語りかけているもののようである。

薫の目に見えた、その人の有様は、すぐにでも抱きしめたくなるようなかわいらしさで、しかもおっとりとしている。こうして目の当たりにしてみると、思っていた以上に魅

力的で、心から愛《いと》しく思うのであった。

そのまま、一夜を共にしての翌朝

もっともっとこうしていたい……恋しい女との一夜は、さしも秋の夜長とても、あっという間に明けてしまったという心地がする。

もう帰らなくてはいけない鶏鳴《けいめい》のころになっても、この町なかの隠れ家では帰りを促す鶏も鳴かず、なにやら、すぐ外の大路《おおじ》の人声が直接に届いてくる。寝ぼけたような声で、何と言っているのか、聞いたこともない物の名を呼ばわりながら、どうやら大勢連れ立って行くらしいのが聞こえる。〈こんな白々《しらじら》明けに見ると、下々《しもじも》の者どもが頭に何か載せて歩く様子は、まるで鬼のような姿であったな……〉などと思いながら、外の物音を聞くにつけても、薫にとっては、こんな草深い宿に帯も解かずに寝るなどという珍しい経験が、いっそ面白くも感じられるのであった。

やがて、宿直の番人も、門を開けて出て行く物音がする。また、夜勤の者どもも、それぞれの臥所《ふしど》に入って寝るらしい様子を耳にして、薫は、すぐに供人を呼んで、車を廂の隅の開き戸に引き寄せさせる。

　そして、その車に、姫君をしっかりと抱きかかえて乗せてしまった。

　これには、誰も誰もさすがに〈なんと、けしからぬことを……〉〈いきなりこんなことをされてはこまる〉と思って慌てている。乳母らが、

「妹背のことは固く忌むという九月《ながづき》でもございますものを……」

「なんと厭わしいことをなさいます……いったいぜんたい、どういうおつもりぞ」

　と口々に訴えると、尼君も、姫君がかわいそうで、また思ってもみなかった展開に驚きながら、

「おそらく、かの君には、それなりの深いお考えがあってのことでございましょう。どうぞ、そのようにご案じなされますな。九月と申しましても、明日は節分と聞いておりますほどに……」

　とせいぜい言葉を尽くして宥《なだ》めようと努める。

　今日は、その十三日であった。尼君は、

「今日のところは、わたくしはようまいりませぬ。中君さまのお耳に入ることもございましょうに、だまってこっそりと行き帰りいたしますなど、ほんとうに心憂きことゆえ

……」

と愁《うった》えるが、しかし、こんなことを早速に中君に言いつけられては、心恥ずかしい限りと思って、薫は、

「まああ、いずれそのあたりのことは、おいおいお詫びなどされたらよろしいでしょう。あちらの、宇治のほうでも、どなたか案内知った人がいなくては、まことに頼りないことですから」

と、語気を強めて車に乗るように促す。そしてさらに、

「だれか、もう一人、供にまいるものはおらぬか」

と薫は言い、姫君にいつも側仕えをしている侍従《じじゅう》という女房と一緒に、弁の尼は車上の人となった。しかし、乳母や、尼君の供人の女の童《めわらわ》などは、置き去りにされて、どうにも納得のいかぬ思いに茫然としている。

宇治へ姫君を拉《らっ》し去る道中

こんなふうにして、にわかに拉致《らち》していくからには、どこか近いところへ行くのかと思

っていると、意外にも、宇治へ行くのであった。そのため、薫は、あらかじめ牽《ひ》き替えのための牛まで用意するという周到さであった。

やがて、賀茂川原から、法性寺《ほうそうじ》のあたりへさしかかった頃、すっかり夜が明けた。

年若い女房の侍従は、いつぞや二条院で、薫の風貌をちらりと見て以来、ともかくすばらしい君と嘆賞《たんしょう》して、わけもなく恋しく思っていることゆえ、人目をも憚らず、なにやら浮き浮きしている。

しかし、姫君は、夜来《やらい》のことといい、この朝のにわかな移動といい、呆れ果てるほどの出来事に、なにがなんだかわからぬまま、茫然と俯伏《うつぶ》せに臥《ふ》しているばかりであった。そんな姫君の様子を見て、薫は、

「石ばかりごつごつした道は辛いものだからね」

と言いながら、姫君をひしと抱きしめた。

車の前方に薫と女君が、そして後方に尼君と侍従が乗っている。その間は、几帳の帷子《かたびら》の代わりに、ただ薄物の細長を仮の仕切りとして掛けてあるばかりなので、折しもきらびやかに差し昇ってきた朝日の光が車内に射《さ》し入るままに、尼君は、おのれの縁起でもないような尼姿が露わになってしまうのをきまり悪く思うにつけても、〈ああ、同じことなら、

かような劣り腹の姫君ではなくて、亡き大君のお供をして、こんなふうに薫君とご一緒のお姿をみたかったものを……いたずらに長生きなどすると、思いもかけぬ目を見るものだ……〉と、それが悲しく思われて、我慢しようと思うけれど、どうしても顔を顰《しか》めて泣いてしまうのであった。侍従は、泣く尼君の姿を見ると、〈まあ、なんて憎らしい、せっかくの晴れ晴れしい姫の首途《かどで》に、縁起でもない尼姿で同乗してきているだけだって不愉快なのに、なんだってまたこんな泣き顔まで見せて〉と、憎らしくまた愚かしくも思う。……尼君にしてみれば、今までのもろもろのことを思って泣くのであったけれど、若い侍従はそんなことを知らないから、単に〈老人は、なんでもこんなふうに涙もろいから嫌《いや》よね〉と、思っているのであった。

薫は薫で物思いのうちに宇治へ

薫君も、いま腕《かいな》のうちに抱きながら見ている人は、もちろん憎からず思うけれど、しかし、宇治に近づくにつれ、その秋の空の気配を見るにつけても、あの頃の大君への恋しさが蘇ってきて、山深く入っていくほどに、しだいに山霧の立ち初《そ》めた道の景色にそえて、薫の心も茫《ぼう》たる霧に包まれるような気がするのであった。そうして、ぼんやりと思いに沈みながら、寄り添っている二人の袖が、重なりながら車の外へ長々と漏れ出《いで》ているのが、折からの川霧に濡れている。姫君の袿《うちき》の紅《くれない》と、薫の直衣《のうし》の縹色《はなだいろ》が重なって、色濃い喪服のような、びっくりするような色合いになって見えるのを、急な下り坂を降り切ってまた登るところで、薫はふと見つけて、あわてて引き入れる。

形見ぞと見るにつけては朝露の
　ところせきまで濡るる袖かな

この姫は、あの大君の身代わりだと見るにつけても、朝露がみっしりと置いたように、びっしょりと涙で濡れた我が袖よな

と、こんな歌を、薫は、思わず独り言のように口ずさんだ。これを聞けば、尼君の涙は滂沱《ぼうだ》と流れ落ちて、袖もしぼるほどに泣き濡らしている。侍従の若い目からは、なぜこうして皆が泣いているのかさっぱり分からず、〈変なの……泣いてばかりいらっしゃるなんて、見るに堪えない御仲だわ……〉と、願いの叶ったはずのめでたい首途《かどで》の道に、とんでもなく煩わしいことが立ち添うてきたような心地がするのであった。

尼君が、堪えがたい様子でしきりと鼻を啜《すす》り上げるのを聞いて、薫もそっと鼻をかみ、〈こんなに泣いていては、この姫君がなんと思うであろう〉と、なにやら気の毒な気がする。そこで、

「いや、今まで何年にも亙《わた》って、この山道をたびたび行き来したことが思い出されて、なんとはなしに心にしみじみとした思いが募るのだ。……さあ、どうかね、そなたも少し起き上がって、この山の景色でもごらんなさい。ずいぶんと鬱《ふさ》ぎ込んでいるのだね」

と言いながら、薫は、女君を無理に抱き起こす。すると、しとやかに扇で顔を隠しながら、そっと外の景色を眺めている……その目のあたりの風情などは、亡き大君を思い出させるほどそっくりであった。しかし、この君は、穏やかなのはよいけれど、些《いささ》かおっとりとし過ぎているところは、なんだか頼りない感じに見えた。〈……かの亡き君は、たしかにおっとりと大らかなお人柄ではあったけれど、心用意はしっかりとしていたものをなあ〉と薫は思って、かの「わが恋はむなしき空に満ちぬらし思ひやれども行くかたもなし（私の恋はあの虚空《こくう》に充《み》ち満ちているにちがいない。どんなに恋しい人のほうへ思いをやっても、行くべき方角も分からない）」という古歌ではないが、その晴らしようのない悲しみは、まるでこの空という空に充満しているかのように思えるのであった。

宇治の山荘に到着

やっと宇治に着いた。

寝殿に車を寄せると、薫は、〈ああ、この辺りには、あの亡き姫の魂が、今も留《とど》まっていて、この様子をご覧になっているであろう。いや、誰のせいでもない、こんなふうに当てもなく彷徨《さまよ》ってあるいているのは、かの大君のためであろうに〉と、思い続けつつ、車を降りてから、もしやそこで見ているかもしれない魂にすこし心配りをして、女君を腕から放し、立ち去ってゆく。

女は、〈今ごろはさぞ母君が案じておられよう〉と、悲しくてため息ばかりついていたが、薫君が、優艶な様子で、いたわり深くまたしみじみと語らってくれるのに、いくらか慰められ気を取り直して、車から降りた。

尼君は、しかし、そこでは降りずに、わざわざ廊のほうへ車を寄せる。これを見て薫は、〈なにも高貴な御方を正式に御殿にお迎えするというわけでもなかろうに、この心遣いは余計なことよ〉と思う。

近在の荘園から、いつものように、人々がうるさいほど参集してくる。女のためのお膳は、尼君のほうから調え参らせる。その頃には、姫君の心もいくらか晴れて、〈ここへ来る道中は木々も繁り合って鬱々としていたけれど、このお邸の佇まいは、たいそう晴れ晴れとしている……〉と思い、川の景色も山の色も、巧みに借景として取り入れた造作を眺めやって、姫君は、日ごろの気鬱《きぶ》せな思いも晴れる心地がしたけれど、〈でも、これから先、わたくしをどうなさろうというおつもりであろう〉と、なんだか落ち着かず割り切れない思いがするのであった。

薫は、京に宛てて、文を書いた。

「先日はまだ出来ておりませんでした仏のお飾りなどを拝見し、今日は、お日柄もよろしきことゆえ、急いで当地に参っております。さるところ、俄《にわ》かに気分が悪くなりましたばかりか、ちょうどただ今は物忌みの折に当たっておりますことを思い出し申しましたるにつき、今日明日がほどは、ここに逗留《とうりゅう》して謹慎して過ごしたいと存じます」

など、母三の宮にも、また正室女二の宮にもこう書き送った。

薫と姫君、宇治の山荘にてむつまじく語り合う

しばらくあって、薫は外出着を脱いで、今少し砕けた姿に替えて、姫君の部屋へ入ってきたが、それはまた一段と素敵で、それも女にとっては身の縮まるような思いであった。とはいえ、俄かに身を隠すわけにもいかぬことゆえ、そこにただじっと座っている。

いっぽうの女の装束は、さまざまの色を按配《あんばい》良くと思って重ね着しているけれど、すこし田舎びたところが間々《まま》見受けられる。それにつけても、また昔大君が、着馴れてたいそうしんなりとした衣を着ていた姿が思い出される。それはまことに気品匂うばかりで、しかも飾り気のない清艶《せいえん》な美しさであったことが、しきりと脳裏に去来する。〈しかし、この姫君の黒髪の裾あたりの美しさなどは、繊細で気品ゆたかで……これなら女二の宮の御《み》髪《ぐし》がたいそうすばらしいのにも勝るとも劣らぬに違いない……〉と薫は見た。

かくあるについてはまた、〈さてな、この人をどうやって処遇したらいいだろう。今ただちにしかるべき処遇を以て三条の邸に迎えて、対の御方としてでも住まわせるというのも、やはり外聞上不都合があろうな……。さりとて、有象無象《うぞうむぞう》の女房どもと等し並みにし

て、いいかげんに宮仕えなどさせるのは、不本意というものだろうし。……よし、しばらくの間《あいだ》、この宇治の邸に匿《かくま》っておこう、とは思うけれど、宇治は遠いから、そうそうは逢えなくなる……それもまた寂しいことであろう〉などなど、ああも思いこうも考え、この姫君への恋着もひとしおに感じられるので、ねんごろに語らいあって、その日は暮らした。

この間《かん》、薫は、亡き八の宮のこともあれこれと話題にのぼせて、昔の思い出語りを興趣豊かに心濃《こま》やかに語り、かつはまた戯《たわむ》れごとなども言いかけてみるけれど、女のほうは、ただただ気後《きおく》れがして、ひたすら恥ずかしがるばかり……〈これでは、なんだか物足りないなあ〉と薫は思う。そしてまた〈いやいや、このように頼りなく引っ込み思案なのは、悪くないぞ。これからおいおいよく教えて矯《た》めてゆくことができようからな。……が、しかし、これがまかり間違って、田舎くさい洒落もの気取りなんぞで、その気になっていられたら、それはもう下品で手が付けられぬ。そんなふうで、お調子にのってしゃしゃり出てきたりした日には、亡き姫君の身代わりどころではないからな〉と、また考え直しもするのであった。

薫、琴を弾じ、詩を朗詠す

この山荘にもともとあった琴《きん》や箏《そう》を持ってこさせて、〈まあしかし、こういう風雅の方面も、ましてや、ようせぬであろうな〉と口惜しく思いながら、薫はみずから独りでこれを奏でてみせる。そうして、〈……八の宮が亡くなられて後《のち》、ここでこんな楽器にも、ずいぶん久しいこと手も触れたことがなかったな〉と、なんだか珍しいことのように、我ながら感じられて、たいそう懐しい思いで弾きすさびつつ、ぼんやりと昔のことを思い出している。

月が出た。

〈ああ、亡き八の宮の琴《きん》の音《ね》は、鬼面人《きめんひと》を驚かすようなところはなくて、ただしんみりと静かに……情緒纏綿《じようしよてんめん》とお弾きになったものだったなあ……〉と思い出して、薫は、

「昔な、この山荘に、故宮も大君もご存命でいらっしゃった時に、もしそなたがここにお育ちになっていたら、よろずのご感慨もずっと深かったことであろうに……。亡き宮のお

人柄は、赤の他人の私でさえ、それはもうしみじみと心惹かれて恋しく思い出されるほどなのだからね。そなたは、何故にいったい、そのような片田舎に年を経て過ごされたのであろうぞ」

と言う。姫君は、恥ずかしく思って、白い扇をまさぐりながら、脇息に倚《よ》って俯伏している……その横顔は、すみずみまで真っ白で、すっきりとした額の生え際のあたりなど、まさに亡き大君の面影が偲《しの》ばれて、薫の胸は一杯になる。

〈この上は、さらにこうした風雅の嗜みなども、身に相応《ふさわ》しいほどには、教えてやらねばならぬな〉と薫は思って、

「こちらの楽器だったら、少しは……ちらりとでも弾いてごらんになったことがおありか。どうじゃ、これはああ、吾《あ》が妻よ、という名の『吾《あ》妻琴《づまごと》』というものだ。されば、東の琴という楽器ゆえ、東国育ちのそなたでも、多少は手習いなさったことがあろうに」

と尋ねては、大和琴《やまとごと》（和琴《わごん》）を指し示した。姫君は、

「その……大和言葉（やまとことば）……和歌の道すら、おぼつかぬ暮らしでございましたゆえ、まして大和琴（やまとごと）などは、とても……」

と答える。

〈いや、この返答からすれば、とてもそのようにみっともなく気の利かぬ人とも見えぬぞ……〉と薫は推量する。〈しかしな……この姫をこの邸に置いておくとしたら、この遠道《とおみち》を思うがままに通って来るなどとても叶わぬことだし〉と思うほどに、そのことが、今から辛く思われるのは、よほどこの姫に執心を持ったものであろう。

和琴はそのまま傍らに押しやってしまって、薫は一句の漢詩《からうた》を朗誦《ろうしよう》しはじめた。

楚《そ》王《わう》が台《たい》の上《うへ》の夜《よる》の琴《きん》の声

楚の王が楼台に登って、夜に琴を弾じる音……

姫君も侍従も、あの弓矢引くことのみ巧みな東《あずま》の国に長く住み馴れた心には、たいそうすばらしく、非の打ち所のない美声だと聞き惚れている。しかし、この詩句は、もともと「班女《はんぢよ》が閨《ねや》の中《うち》の秋の扇《あふぎ》の色（楚王に捨てられた班女は、閨の内に、もう秋になって用無しになった白扇《はくせん》を玩《もてあそ》ぶ）」という句と一対なのであって、こんなときに、白扇などを玩ぶべきではないという、閨の故事を知らないので、単純にただ称賛しているのは、まことに教養の欠けたことと見える。

この様子を見て、薫は、〈しまった、こともあろうに、なんでまた私は「女に飽きて捨てる」というような詩を朗詠してしまったものだろう……〉と悔やむ。

尼君、果物を差し上げて歌を贈答す

尼君のところから、果物が運ばれてくる。箱の蓋に、紅葉《もみじ》や蔦の美しく色づいた枝を折り敷いて、その上に、由緒深げに取り合わせて敷いた紙に、老尼らしい太々とした字でなにやら書いてあるのが、隅々まで照らしている月光に、ふと見えた。そこで、じろりとそちらのほうへ目をやったもので、薫がいかにも果物を急いで食べたがっているように見えた。

そこには、弁がこういう歌を書きつけておいたのであった。

やどり木《き》は色かはりぬる秋なれど
むかしおぼえて澄める月かな

このやどり木、すなわち蔦の葉も、すっかり色を変じて紅葉《もみじ》してしまいました秋ながら、昔ながらに少しも変わらず、澄(す)み渡った月の光でございますね……ここにお宿(やど)りの方は、すっかり変わってしまいましたが、月の光のような男君は、昔を思い出してここにお住(す)みになるのでしょうね

このように、古めかしい字で書いてあるのを読んで、薫は、恥ずかしくもあり、また胸にじんわりと応《こた》えもして、

里の名もむかしながらに見し人の
おもがはりせるねやの月かげ

宇治(うぢ)という里の名も昔ながらで、世を憂(う)しと見る私も昔と変わりはないのに、今見れば、その昔過ごした人が面変わりしてしまったかと見える、この閨の月の光よな

これは、ことさらに「返歌」というようなことでもなくて、独り言のように小声で詠じたのを、お側にいた侍従が聞き伝えたのだということである。

【第九巻】訳者のひとこと

常陸介の行列

林　望

『源氏物語』の中に常陸介《ひたちのすけ》という人が二人出てくる。

ひとりは、かの空蟬《うつせみ》の夫（元の伊予介《いよのすけ》、Aとしよう）であり、もうひとりは、浮舟の母中将の君が、八の宮のもとを去って後に縁付いた夫（元の陸奥守《みちのくのかみ》、Bとしよう）である。

まず、常陸介Aについては、『夕顔』に、伊予からの上京と源氏の対面の場面があり、そこにこう描写される。

「すこし黒みやつれたる旅姿、いとふつつかに心づきなし。されど人もいやしからぬ筋に、容貌《かたち》などねびたれど、きよげにて、ただならず、けしきよしづきてなどぞありける」

Aは、もともと上級貴族から受領に成り下がった人物で、老けてはいるけれど、なおなかなか端正な男ぶりでもあり、由緒ありげな気品を具《そな》えていたものと見える。

また、『関屋』には、ちょうどこの常陸介の任を終えて上京するAの行列が描かれるが、そこに、

「車十《とを》ばかりぞ、袖口、ものの色あひなども漏《も》り出《い》でて見えたる、田舎びず、よしありて、斎宮《さいくう》の御下《くだ》りなにぞやうのをりの物見車おぼし出でらる」

とあるから、常陸介とは言いながら、なお都人《みやこびと》としての風情や品格を持《じ》していたことがわかる。

いっぽうの常陸介Bのほうは、『東屋』に、

「守もいやしき人にはあらざりけり。上達部《かむだちめ》の筋《すぢ》にて、仲らひもものきたなき人ならず、徳いかめしうなどあれば、ほどほどにつけては思ひあがりて、家のうちもきらきらしく、ものきよげに住みなし、事好《ことこの》みしたるほどよりは、あやしう荒らかに田舎《ゐなか》びたる心ぞつきたりける。若うより、さる東《あづま》の方《かた》の、はるかなる世界にうづもれて年経《へ》にければにや、声などほとほとうちゆがみぬべく、ものうち言ふ、すこしたみたるやうにて、豪家《かうけ》のあたり

恐ろしくわづらはしきものに憚《はばか》り懼《お》ぢ、すべていとまたく隙間《すきま》なき心もあり。をかしきさまに琴笛《ことふえ》の道は遠う、弓をなむいとよく引きける」

とあって、これも上達部の筋からの落ちぶれ貴族なのだが、しかし、Aと違うらしいことは、青年時代から東国暮しであったらしく、ひどく田舎びて、言葉などもすっかり東国訛りであったということである。で、『宿木』で、弁の尼が「陸奥《みちのくに》の守《かみ》の妻になりたりけるを」と述べるので、浮舟の母中将の君がその妻になったときBは陸奥守であったことがわかる。それが一度上京して後、「さてまた常陸になりて下」ったので、ずっと東国暮しが長く、ほとんど東男と言ってもよい人であった（ここに「守」とあって「介」でないのは、この常陸守は親王が任じられる定めで実際には赴任せず、介が事実上の常陸守であったので、このように書かれる）。

さて、『宿木』で浮舟の一行が宇治の山荘へやって来るシーンは非常に印象的な書き方がされている。

「女車《をんなぐるま》のことことしきさまにはあらぬ一つ、荒《あら》ましき東男《あづまをとこ》の、腰にもの負へるあまた具《ぐ》して、下人《しもびと》も数《かず》多くたのもしげなるけしきにて、橋より今わたり来る見ゆ」

女車なのだが、質素なこしらえの車がたった一両、そこへ胡簶《やなぐい》などを背負った護衛の武者やら下人やらを数多く引き連れてやって来たというのである。

奥ゆかしい押し出《いだ》しの袖などを見せつつ、雅びた女車を夥《おびただ》しく行列させて上京してきた、『関屋』のAの行列とは正反対のたたずまいがそこに見て取れる。

このところは、じつは解釈が分れるところで、岩波の旧日本古典文学大系、小学館日本古典全集、玉上琢也評釈、などはこの「たのもしげ」を、裕福らしい様子という風に解釈している。たしかに「たのもし」は古く裕福で頼りがいがあるという意味に用いられることも多い。

いっぽう、吉澤義則『対校源氏物語新釈』新釈には「力強い様子して」と解釈し、新潮社日本古典集成はこれに従って「道中用心堅固な様子で」と解いている。

こういう場合に、もちろん語誌的にはどちらに解くのも間違いではない。しかしながら、女車の道行きを巡る描写として、『関屋』のA一行のたたずまいと、『宿木』のBの継子浮舟のそれのたたずまいとを比較すると、まるで正反対の感じがする。

それは畢竟《ひっきょう》、同じ常陸介と言いながら、Aが都人の成れの果てであるのと、Bの東男化した荒々しく田舎くさい人柄との違いを反映しているものと見られよう。

ここで、Bが「をかしきさまに琴笛の道は遠う、弓をなむいとよく引きける」と書かれていることには、ことに注意しなくてはならぬ。当時の都の公家衆の目からみれば、東男というものは、無骨、無風流、荒くれ、というイメージが固定していて、いわばBはその都人から見た東男の類型に当てはめて書かれているふしがある。

たしかに、その後、『東屋』では、この常陸介Bがいかに大金持ちであったかということが、縷々《るる》書かれていて、それゆえに左近少将という男が婿入を願うくらいなのだが、裕福さは、いわば当時の受領というものの当たり前の姿であったと見るべきこと、明石入道の金満家ぶりを見てもよくわかる。

この宇治山荘へ接近してくる一行の描写は、都人薫の目から見た印象として描かれるのであって、しかも、わざわざ胡簶《やなぐい》などで武装した警固の武士がおおぜいで、たった一台の女車を囲繞《いにょう》して進んでくる様が描かれているのだから、私はここは、金持ちであることを印象しているというよりは、ものものしくいかにも道中安心堅固なと見る解釈に従うのが至当であろうと考え、そのように訳した。解釈の分れるところは、そこだけ読んだのでは判断が付きかねる、という一例である。

本書の主な登場人物関係図（早蕨～東屋）

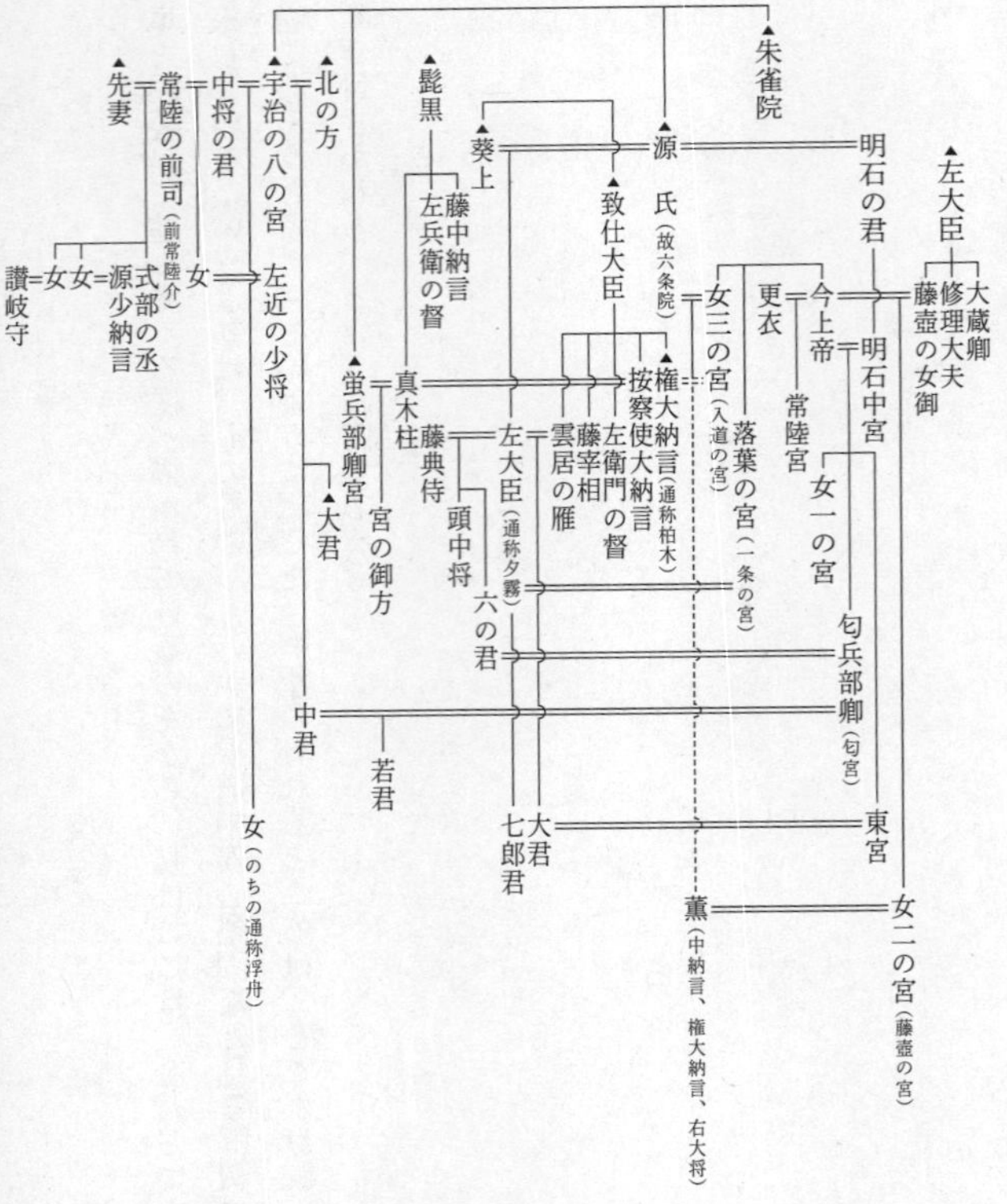

※▲は故人

内裏の建物配置図

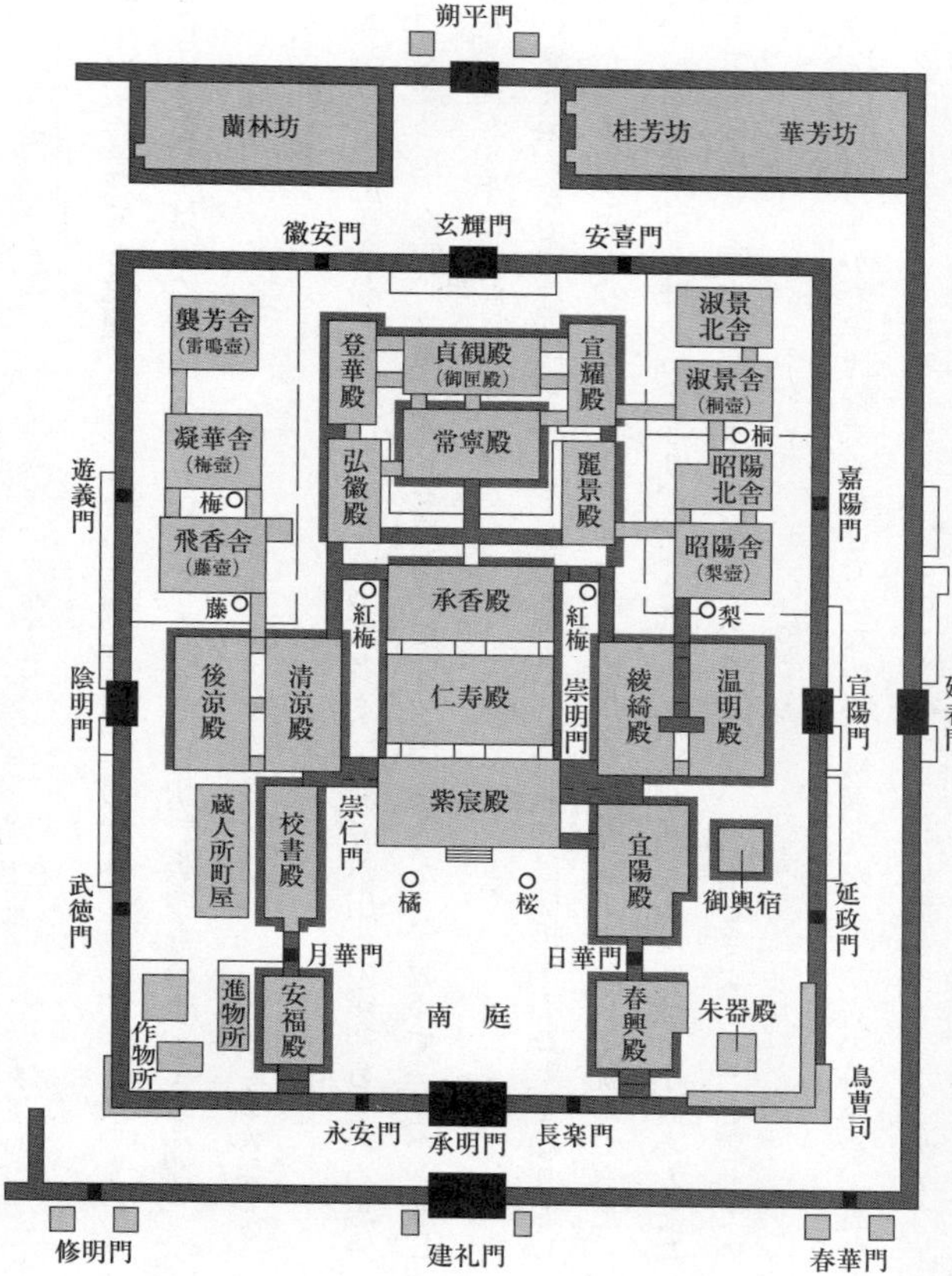

朔平門
蘭林坊
桂芳坊
華芳坊
徽安門
玄輝門
安喜門
襲芳舎
(雷鳴壺)
登華殿
貞観殿
(御匣殿)
宣耀殿
淑景北舎
淑景舎
(桐壺)
桐
凝華舎
(梅壺)
常寧殿
弘徽殿
麗景殿
昭陽北舎
遊義門
梅
嘉陽門
飛香舎
(藤壺)
昭陽舎
(梨壺)
藤
紅梅
承香殿
紅梅
梨
後涼殿
清涼殿
仁寿殿
崇明門
綾綺殿
温明殿
陰明門
宣陽門
建春門
蔵人所町屋
校書殿
崇仁門
紫宸殿
宣陽殿
御輿宿
武徳門
橘
桜
延政門
月華門
日華門
進物所
安福殿
南庭
春興殿
朱器殿
作物所
鳥曹司
永安門
承明門
長楽門
修明門
建礼門
春華門

解説——千年以上経っても色褪せることない『源氏物語』の凄み、そしてそれを見事に現代人にも伝えてくれる『謹訳』版のものすごさを痛感

三浦しをん（作家）

単行本『謹訳　源氏物語』の刊行がはじまったとき、次の巻が出るのが待ちきれぬ思いで、夢中で読んだ。今回、文庫の解説を書かせていただくにあたり、改めて一巻から通して読んだのだが、やはり滅法《めっぽう》おもしろい。

私はいまに至るまで、『源氏物語』を原文で読もうと試みては挫折することを繰り返している。その無念を胸に、現代語訳は漫画を含めてさまざまなバージョンを読んできた。それぞれに訳者の方針と味わいがあり、「なるほど、『源氏物語』とは奥深い小説なんだなあ。かえすがえすも、原文で読めない我が身の不甲斐なさ、口惜《くちお》しさよ……」と思っていた。

数ある現代語訳のなかで、比較するわけではないが（当然ながら、読者の好みや、読むタイミングや、体調なども勘案されることとなので）、「ついに決定版が来た！　これだ！」

とものすごく腑《ふ》に落ちたのが、林望さんの『謹訳　源氏物語』だった。

原文をちゃんと読めてないのに言うのも憚《はばか》られるが、現代人が『源氏物語』を読むにあたってのネックは、主に以下の三点ではないだろうか。

一、敬語がわからない。

二、しばしば挿入される和歌がわからない。

三、宇治十帖がつまらない（ように感じられる）。

林さんは、地の文の敬語についてはフラットにし、かわりに主語を明確にする方針を採られた。原文では敬語の使いかたによって、「ははぁん、ここは○○さんについて語っているんだな」と読者は了解できる仕組みだが、現代の小説の「語り」に近いものにしてくださったのだ。そのおかげで、非常に読みやすくわかりやすい現代語訳になっている。

しかも、平安時代の空気はまったく削《そ》がれていない。平安時代に生きていたわけではないので、推測ではあるが、もともとの『源氏物語』が執筆された当初、宮中で暮らす人々がキャッキャと言いながら読み、つづきを楽しみにしていたであろう気持ちを、追体験することができる。

その理由は、作中で挿入／引用される和歌や漢詩の、さりげなくも的確な訳と説明にある。

私のように不調法《ぶちょうほう》なものは、登場人物が和歌を詠んでも、「……」となってしまって、なにを言いたいのやらさっぱりわからない。「古歌を引用しつつ心境をほのめかす」などという高等技法を発揮されると、我が脳内の空白はますます広大なものになり、この空白地帯が紙だったら、それこそ『源氏物語』全段を書写できるのではないかと思うほどだ。

しかし、『謹訳　源氏物語』を読めば、大丈夫！　和歌の部分もするすると頭に入ってきて、登場人物の気持ちをより深く感じ取ることができるし、和歌と響きあう作中の情景も鮮やかに浮かんでくる。つまり、『源氏物語』を楽しんだ平安時代の人々の気持ちになって、この偉大な小説に親しむことができるのだ。

『謹訳　源氏物語』の特長は、「もしかして私、原文もすらすら読めるんじゃないかしら。」というよりむしろ、私自身が風雅を解する平安貴族なんじゃないかしら」と思わせてくれるところだ。そんな勘違いをしてしまうほど、『謹訳』版は『源氏物語』の真髄を自然に堪能させてくれる。むろん、実際は何十度目かの原文読解に挫折し、平安貴族とは程遠い木石《ぼくせき》のごとき心しか有していないと判明して、がっかりすることになるのだが。

なによりも「すごい」と思ったのが、宇治十帖だ。私はこれまで、「宇治十帖って、なぜか読んでるうちに眠気が……」と思っていたのだが、『謹訳 源氏物語』ではじめて、そのおもしろさに気づくことができた。そして、自身の不明を恥じた。

『謹訳』版を通して感じたのは、「宇治十帖とは、本編（光源氏の物語）をさまざまに変奏しつつ、より深みへと到達していく話なんだな」ということだ。本編よりも登場人物の造形がさらに複雑になっており、だからこそ原文を読みこなせない身としては、これまで「わからん……、お手上げ……」だったのだなと。しかし『謹訳』版を読んで以降、宇治十帖こそがもっともおもしろく、より現代に通じる問いかけがあるのではないか、といまさらながら思うようになった。

この巻で登場する浮舟《うきふね》は、次の十巻で大変な決断をし、人々の心の綾《あや》と「運命」のようなものが、残酷なまでにありありと描きだされることになる。だがそれは、宇治十帖の最初から、いや、そのまえの本編のときから、ずっとずっと投げかけられていた問題提起だったのだ。

あくまでも現代を生きる私の感覚ではあるが、問題提起の肝《きも》は、「女性はどう生きればいいのか」ということと、「身分や立場のちがいとはなんなのか」ということだと思う。もちろん、「女性はどう生きればいいのか」を問うことは、男性も含めて「人間はどう生きればいいのか」を問うことにほかならない。

宇治十帖では、「求婚を拒否する大君《おおいぎみ》」「当初の予定とはちがうひとと結婚し、そのなかで喜びや苦しみを味わう中君《なかのきみ》」「二人の男性から求婚され、思い惑う浮舟」という三者三様の女性のありさまが語られる。そこからうかがわれるのは、「現代人が思う『愛』は、平安時代にはたぶんまったく通用しない概念である」ということと、「身分や経済力が、平安時代の恋や婚姻のみならず、実は我々の思う『愛』にも、密接に絡んでいる」ということだ。

宇治十帖に登場するヒロインたち（本編に登場する女性たちもだが）は、明確なうしろだてがなく、男性の地位や経済力に頼らなければならない立場だ。おつきの女性たちも、女主人が零落するに任せていては、自身もおまんまの食い上げだから、求婚を受け入れるよう熱心に勧める。けれどヒロインたちの心中は、ほとんど「困った……」でいっぱいなのである。若くて美形のお金持ちに言い寄られても、あまり幸せそうではない。なぜなのか、ということが微細かつ繊細に物語られていく。

これはもう、現代を生きる我々にとっても、他人事《ひとごと》とは思えぬところだろう。性別も関係ない。求婚に関する男性側の事情は、浮舟に言い寄る少将の言動から推し量られる。女性も男性も、経済力や社会的立場が、交際や結婚や将来の展望などに影響を及ぼし、「自身の気持ちや意思」は表明すらできぬ状況に陥ってしまうことがある。この「運命」にも似た理不尽、社会構造のなかで、いかに生き、現状を打破し、あるいは打破せぬまでも少しでも居心地のいい場所を見いだしていけばいいのか。登場人物が思い悩むさまは、読んでいて本当に身に迫って感じられる。書かれてから千年以上経っても色褪せることない『源氏物語』の凄み、そしてそれを見事に現代人にも伝えてくれる『謹訳』版のものすごさを痛感する。

各登場人物の個性が際立っているのも、物語に入りこみやすい理由だろう。『謹訳』版を読んでいると、そもそも薫《かおる》ってのはヒーローにふさわしくないやつだなと、つくづく思う。うじうじと抹香《まっこう》臭いことを考え、異様に未練がましく(中君からも不審がられているほどだ)、そのくせすぐにセクハラ行為を仕掛ける。「なんなんだ、おまえは。暇なのか。ちゃんと仕事しろ」と腹立たしさがマックスに達した瞬間、かような色めいたことでなくて、まともな政治向きの方面などについての薫の心のありようなどは、もっとしっかりしたものであったろうと推量してしかるべきところに違いない。

（原文：まことしき方ざまの御心おきてなどこそは、めやすくものしたまひけめとぞ推し量るべき。）

と、的確なるフォロー。仕事は仕事で、それなりに（？）してたんだな。すまん、薫。もちろん薫にもいいところはあって、たとえば母親である女三の宮（入道の宮）に優しい。出生に関していろいろ事情があるので、真相を知ってグレたりするのではと、こちらとしては気を揉《も》むのだが、薫は常に母親への敬愛の姿勢を崩さず、たまにちょっと甘えたりもする。

真面目で優しいんだけど、恋愛方面に関してだけは異様に不器用。いるなあ、こういうひと、とむちゃくちゃ親しみが湧く。

匂宮《におうのみや》についても、自分はよろしくやっているにもかかわらず、嫉妬を抑えきれず中君にネチネチ言っちゃうあたり、「まあ、そういうものだよな」と人間くささに首がもげそうなほどうなずいてしまうし、彼らに対する作中の女性陣や作者の品評も的確で、何度も笑ったりうなったりした。たしかに女性は仲間内で、「あのひとの言動って、どうなの」「いや、きっと彼は彼なりに、こう考えてるんじゃない」などと、はてしなくああだこうだとしゃべっているものである。

その会話に参加させてもらっているような、愉快な気持ちになれるのが、『謹訳　源氏物語』だ。女房の一人になった気分で読み進めるうち、卒然《そつぜん》と感受できる。私たちは喜びや苦しみを味わいながら、千年以上にわたって、「いかに生きるか」を考え模索しつづけてきたのだなということを。「正解」が見つかることはないかもしれないけれど、真摯《しんし》な模索をした登場人物たちの営みが（そしてそれを書き、読んだひとたちの思いが）、作品の形でいまも残されている事実に、非常に勇気づけられる。「我々は一人じゃないんだな」と感じられるからだろう。

『謹訳　源氏物語』は、千年以上まえの声を、「訳した」と思えないほど自然に、正確に、躍動する息吹《いぶき》すらもそのままに、いまを生きる私たちのもとに伝えてくれる。そのおかげで、我々は時空を超えてひとの心に触れ、思いを馳《は》せる回路を、手に入れることができたのだ。

単行本　平成二十五年二月　祥伝社刊『謹訳 源氏物語 九』に、
増補修訂をほどこし、書名に副題（改訂新修）をつけた。
なお、本書は、新潮日本古典集成『源氏物語』（新潮社）を
一応の底本としたが、諸本校合の上、適宜取捨校訂して解釈した。
「訳者のひとこと」　初出　単行本付月報

祥伝社文庫

謹訳《きんやく》 源氏物語《げんじものがたり》 九《きゅう》
改訂新修

令和元年 9 月 20 日　初版第 1 刷発行
令和 6 年 2 月 10 日　初版第 2 刷発行

著　者　林望《はやしのぞむ》
発行者　辻　浩明
発行所　祥伝社《しょうでんしゃ》
東京都千代田区神田神保町 3-3　〒 101-8701
電話　03 (3265) 2081 (販売部)
電話　03 (3265) 2080 (編集部)
電話　03 (3265) 3622 (業務部)
www.shodensha.co.jp
印刷所　図書印刷
製本所　ナショナル製本

 ISBN978-4-396-31765-2 C0193

林望『謹訳 源氏物語 改訂新修』全十巻

【一巻】桐壺／帚木／空蟬／夕顔／若紫
【二巻】末摘花／紅葉賀／花宴／葵／賢木／花散里
【三巻】須磨／明石／澪標／蓬生／関屋／絵合／松風
【四巻】薄雲／朝顔／少女／玉鬘／初音／胡蝶
【五巻】蛍／常夏／篝火／野分／行幸／藤袴／真木柱／梅枝／藤裏葉
【六巻】若菜上／若菜下
【七巻】柏木／横笛／鈴虫／夕霧／御法／幻／雲隠
【八巻】匂兵部卿／紅梅／竹河／橋姫／椎本／総角
【九巻】早蕨／宿木／東屋
【十巻】浮舟／蜻蛉／手習／夢浮橋